T0279935

EL ELEGIDO

EL ELEGIDO

TARAN MATHARU

TRILOGÍA EL CONTENDIENTE

I

Traducción de Estíbaliz Montero

☾ UMBRIEL

Argentina • Chile • Colombia • España
Estados Unidos • México • Perú • Uruguay

Título original: *The Chosen*
Editor original: Hodder Children's Books
Traducción: Estíbaliz Montero

1.ª edición: agosto 2023

Reservados todos los derechos. Queda rigurosamente
prohibida, sin la autorización escrita de los titulares del
copyright, bajo las sanciones establecidas en las leyes, la
reproducción parcial o total de esta obra por cualquier
medio o procedimiento, incluidos la reprografía y el trata-
miento informático, así como la distribución de ejemplares mediante alquiler o préstamo público.

© 2019 by Taran Matharu
All Rights Reserved
© de la traducción 2023 *by* Estíbaliz Montero
© 2023 *by* Urano World Spain, S.A.U.
Plaza de los Reyes Magos, 8, piso 1.º C y D – 28007 Madrid
www.umbrieleditores.com

ISBN: 978-84-19030-28-3
E-ISBN: 978-84-19413-90-1
Depósito legal: B-11.554-2023

Fotocomposición: Ediciones Urano, S.A.U.
Impreso por: Romanyà Valls, S.A. – Verdaguer, 1 – 08786 Capellades (Barcelona)

Impreso en España – *Printed in Spain*

A mis lectores, por todo vuestro apoyo.
No habría escrito este libro sin vosotros.

Observaban desde las sombras. Observaban a los habitantes del mundo vivir sus vidas, ajenos a la insidiosa mirada que los seguía.

Tantos candidatos entre los que elegir. Tanto potencial.

Pero, aun así, dudaban. Porque había muchas probabilidades de que aquel fuera el último de sus contendientes, y no les convenía apresurarse.

De modo que esperaron. Lo meditaron. Hasta que estuvieron seguros.

Un chico. Corriente en muchos sentidos, pero, de alguna manera, ideal para la competición en la que pronto estaría condenado a participar. Su mente poseía el conocimiento necesario para apreciar su juego. Para entenderlo. Quizás incluso para… Ganarlo.

Era muy posible que muriera con el primer obstáculo. Pero tenía potencial para la grandeza.

Sí. A él.

Eligieron a: *Cade Carter*.

UNO

Lugar: desconocido
Fecha: desconocida
Año: desconocido

La criatura describía círculos por debajo de Cade, como un tiburón alrededor de un barco que se hunde. Saltó hacia él y cerró la mandíbula justo debajo del estrecho saliente en el que estaba. Él se echó hacia atrás, apretando los hombros contra la fría piedra de la pared del cañón. Había una caída de dos metros y medio hasta el suelo y el paso del monstruo había revuelto la tierra hasta convertirla en un espeso lodo.

Apisonaba la tierra con los nudillos en los que acababan sus musculosos brazos, gruñendo como un perro que se pelea por un hueso. La bestia ya estaba recubierta de barro y su piel, que parecía cuero marrón oxidado, se fundía bien con las formaciones rocosas entre las que Cade había despertado unas pocas horas atrás. La criatura abrió su boca babeante y la saliva hizo brillar sus dientes largos y afilados como agujas. Pero eran sus ojos lo que más lo asustaba: dos esferas gemelas de color obsidiana que sobresalían de las cuencas.

La pared opuesta del cañón estaba a muy poca distancia, se extendía hacia el cielo y arrojaba una sombra sobre el barranco en el que se encontraba Cade. Estaba encaramado en un saliente en la roca, justo sobre el estrecho pasillo de tierra que formaba el fondo del cañón. El barranco continuaba a su izquierda y derecha, extendiéndose en ambas direcciones para formar un pasaje tosco que se curvaba hasta desaparecer de la vista, aunque dudaba de que pudiera correr mucho antes de que la criatura lo hiciera trizas.

Mientras lo observaba, el monstruo empezó a arañar la pared de roca, tal vez esperando que se derrumbara y que Cade cayera en picado hacia abajo. A lo mejor, si se quedaba quieto, se daría por vencido y seguiría adelante, en busca de presas más fáciles. Lo ignoró, tratando de averiguar cómo había acabado metido en aquel lío tan lamentable.

Lo último que Cade recordaba era estar acostado en la cama de su nueva «escuela para jóvenes con problemas», contemplando, a través de las ventanas cerradas, el cielo iluminado por la luna. En ese momento, sus pensamientos habían estado teñidos de tristeza.

El alijo de ordenadores portátiles robados que su compañero de habitación ricachón había escondido debajo de su cama. El arresto, el interrogatorio policial. Su abogado de oficio, que a duras penas había sido capaz de recordar su nombre. Su madre, llorando, y la confusión y la vergüenza en los ojos de su padre.

El ultimátum que le había dado el juez. Un año en una escuela «alternativa» o enviarían a Cade a un centro de menores. Sus padres habían accedido, aunque los había devastado saber que había arruinado sus posibilidades de ir a la universidad. Eso había sido hacía seis meses. Quedaban seis más.

Y al instante siguiente, ya no estaba en el dormitorio.

Había sido demasiado inmediato para que se tratara de un sueño. Un momento estaba mirando a la luna y, al siguiente, estaba de pie en un saliente en las profundidades de un cañón rocoso. Antes de tener tiempo de seguir pensando en aquel surrealista giro de los acontecimientos, la criatura había salido de detrás de las rocas del estrecho fondo del abismo.

Cade se apretaba contra una pared de roca cubierta por una capa de fino polvo rojo, pero había pocos asideros para poder escalar. Era suave como el mármol, con el brillo anaranjado de lo que supuso que era el sol poniente visible en la franja de cielo que quedaba doce metros por encima.

Y a Cade le preocupaba que el sol se estuviera poniendo. Nunca había intentado dormir de pie, y el saliente era demasiado estrecho para tumbarse en él. Pero si se sentaba y dejaba los pies colgando por el borde, quedaría al alcance del monstruo de abajo. No parecía que aquella situación fuera a tener un final feliz.

Tampoco ayudaba la incomodidad que suponía estar clavándose una roca irregular en la espalda. Menuda suerte: la pared de roca era lisa por todas partes, excepto en el sitio en el que tenía que apoyarse. Decidió que, si aquellos eran sus últimos momentos, bien podían resultar cómodos. El saliente se extendía unos centímetros a lo ancho, por lo que se arrastró hacia la izquierda.

Hizo una mueca cuando su movimiento agitó a la criatura, sus gruñidos bajos se convirtieron en aullidos de emoción cuando saltó hacia él. Sus gruesas uñas negras arañaron la roca, tratando de encontrar un punto de apoyo para poder alcanzar el estrecho saliente.

Cada vez que Cade miraba hacia abajo, se sentía mareado. Estaba intentando pensar con claridad, a pesar de que sentía en las sienes el pulso frenético de su corazón. Era lo único que podía hacer para evitar hiperventilar.

Cade respiró hondo y giró la cabeza hacia un lado. La protuberancia que se estaba clavando era una piedra negra incrustada en la pared, afilada hasta acabar en una punta tosca. Parecía fuera de lugar, una gota azabache en aquel mar de óxido.

Deslizó la mano derecha hacia arriba y se agarró a la pared, aunque solo fuera para ayudarse a quedar anclado en aquella posición elevada. Pero los bordes eran tan afilados que, si la agarraba con más fuerza, lo más probable era que le cortara la palma. La piedra se movió un poco cuando tiró de ella y el más mínimo resquicio de esperanza se coló en la mente de Cade, aunque todavía no estaba seguro de lo que haría con aquello.

Solo tardó unos minutos en arrancarla de raíz de la pared. Resultó casi relajante fijar la mente en una tarea tan simple. Cuando la roca se soltó, una fina lluvia de polvo cayó sobre la cabeza de la criatura, que estornudó y tosió.

La roca parecía estar hecha de vidrio volcánico y tenía forma de lágrima. El extremo más grueso estaba cubierto de polvo, lo que permitió que Cade la agarrara con firmeza por la base. El extremo cónico era liso, con un borde astillado y tosco. Aquello era cada vez más extraño. Parecía un hacha de la Edad de Piedra.

Cade golpeó la pared con la roca en un intento de crear una grieta, un asidero. Llovió más polvo sobre el monstruo, que se restregó los ojos, resoplando. Cade sonrió y continuó, el sonido de piedra contra piedra creó eco de pared a pared. La lluvia de polvo se convirtió en una avalancha de escombros.

Cade rio en voz alta y movió los brazos hacia arriba y hacia abajo, como si estuviera haciendo un ángel en la nieve. El polvo arenoso se le pegaba al sudor de la espalda. Pronto, las paredes de mármol quedaron desnudas y lisas, y revelaron una superficie de piedra de color marrón claro debajo.

No estuvo entretenido mucho rato. Debajo, la criatura se restregó contra el barro, por un lado y por el otro, y no tardó en deshacerse de aquella molestia. Sacó una lengua larga y bífida de la boca y se lamió los ojos como un lagarto, para limpiarse la capa de polvillo.

Era un monstruo repugnante, parecía el resultado de un experimento en el que un científico loco hubiera fusionado la estructura esquelética de un simio con el cuerpo de un pez primitivo de las profundidades submarinas. Cade ni siquiera podía imaginar de dónde había salido aquella criatura. Pero, en aquel momento, no importaba. Lo único que quería era escapar de ella.

Terminado su rato de diversión con el polvillo, Cade consideró lanzarle la roca a la criatura. Puede que el golpe obligara a la bestia a huir y él pudiera echar a correr por el pasaje en la dirección opuesta.

Fue entonces cuando reparó en la pila de polvo que se había acumulado en el saliente, alrededor de sus pies. Y la sombra de una nueva idea tomó forma en su mente.

Pero desechó el plan mientras lo trazaba. Era una idea estúpida, el monstruo lo haría pedazos.

Una hora más tarde, empezó a sentir calambres en las piernas. Intentó sostenerse sobre una pierna, pero eso empeoraba las cosas cuando tenía que cambiar a la otra. Agacharse habría ayudado, pero eso lo obligaría a inclinarse precariamente sobre el vacío, desequilibrándolo, para gran entusiasmo de la criatura de abajo. Se había sentado y lo observaba como un perro de caza hambriento, moviéndose solo cuando Cade lo hacía.

Estaba exhausto, sediento y aterrorizado, y sabía que, al final, tendría que saltar y afrontar su destino. No habría partida de rescate, eso parecía obvio.

Pero si iba a morir, lo haría en sus propios términos. Sería la comida más difícil que aquella monstruosidad hubiera ingerido en la vida. Cade colocó el pie detrás de la montañita de polvo del saliente mientras el terror le palpitaba por todo el cuerpo con cada latido de su corazón. No tenía elección. No había otras opciones.

—¡Espero que te ahogues conmigo! —gritó. La criatura levantó la mirada, sobresaltada por el sonido de su voz. Cade asestó una patada al polvo y envió una lluvia roja sobre sus ojos. Antes de poder observar el efecto que provocaba, saltó.

Aterrizó con torpeza y se torció el tobillo contra el suelo: un dolor punzante le subió por la pierna. Eso dio al traste con sus esperanzas de correr más que la bestia.

El monstruo se había cubierto la cara con las garras y Cade tomó impulso para lanzar la roca al tiempo que dejaba escapar un incoherente grito de miedo y repugnancia. El proyectil rebotó en la cabeza del monstruo, ya que había apuntado mal y había lanzado con poca fuerza. Aun así, la criatura se alejó de él, rodando entre aullidos de dolor.

Por un momento, Cade se quedó mirando la roca, sorprendido por su propio atrevimiento. El miedo palpitaba por todo su cuerpo y sintió que su situación de vida o muerte calaba por primera vez.

Mientras se preparaba para echar a correr, la bestia saltó y se golpeó la cabeza contra la pared que tenía al lado. Cade cayó de espaldas. La criatura seguía cegada por el polvo, pero intentó alcanzarlo mientras siseaba de disgusto.

Se alejó gateando, resbalando y deslizándose sobre el barro mientras el horror lo asfixiaba. El monstruo escuchó el golpeteo de sus botas, se abalanzó de nuevo sobre él y esa vez aterrizó justo a su lado. Cade rugió y lo golpeó con la roca, lo único que veía era un montón de dientes afilados.

Con la punta afilada de la piedra le hizo un corte profundo en el pie, clavando a la bestia al suelo antes de que se liberara con un chillido de dolor. Se pasó la lengua por la cara y Cade se preparó cuando aquellos ojos negros como la tinta se centraron en él una vez más. La criatura dio un paso inseguro hacia delante y aulló al apoyar el peso en su pie lesionado.

Despacio, muy despacio, Cade se alejó de ella. Cuando la criatura volvió a llevarse la lengua a la herida ensangrentada, echó a correr.

Corrió soportando la agonía de un tobillo torcido, impulsado por la adrenalina que inundaba sus venas tras cada oleada de miedo. Siguió adelante, barranco abajo, con los altos muros alzándose a ambos lados. Solo se detuvo cuando cayó y tropezó, esperando que el monstruo le diera caza en cualquier momento.

Cade se estremeció y respiró hondo, entre sollozos. Cuando por fin se hubo calmado, consiguió volver a pensar.

La bestia parecía haberse dado por vencida con él, al menos, por el momento.

Así que siguió cojeando, agarrando su bifaz, esa especie de hacha de mano prehistórica, como si se tratara de un salvavidas.

Quizá lo fuera.

DOS

Hace seis meses

Cade arrastró los pies al pasar junto a la hilera de chicos en la cafetería, con cuidado de no mirar a nadie a los ojos. Sentía cómo lo observaban, cómo lo recorrían de arriba abajo con la vista, buscando cualquier debilidad.

Verían a un chico indio flacucho y de piel clara, aunque no podían saber que su padre era blanco.

No era bajo, pero tampoco alto, sus ojos eran de color ámbar y llevaba el pelo ondulado cortado casi al cero por detrás y por los lados. Un corte militar, uno que esperaba que lo hiciera parecer tan duro como todos los demás jóvenes «problemáticos» con los que estudiaría en aquella escuela.

Por suerte para él, no llevaba gafas ni presentaba ningún rastro de acné que delatara al friki interior que se escondía bajo la superficie.

Intentó convencerse a sí mismo de que no parecía más vulnerable que los demás adolescentes que había visto ese día durante la admisión. Sin embargo, por mucho que lo intentara, no logró evitar que la bandeja de la cafetería le temblara en las manos.

El uniforme azul le picaba. Era el uniforme del internado «terapéutico», aunque a él le parecía más el uniforme de un preso. Si echaba un vistazo a los altos muros de fuera, no veía demasiada diferencia.

—¿Qué quieres?

Cade miró al niño de dientes torcidos frente a él, que llevaba una redecilla en la cabeza y un cucharón en la mano. Cade señaló el puré de patatas, los guisantes y lo que supuso que era pastel de carne, y el chico, obediente, se lo echó todo en la bandeja.

La cafetería le recordó al gimnasio de su antigua escuela, pero allí no había canastas de baloncesto en las paredes. Solo supervisores con la espalda tan recta como sargentos de instrucción vigilando de cerca las mesas.

Cade no tardó nada en darse cuenta de que debería haber pensado dónde iba a sentarse. La mayoría de las mesas estaban llenas y las ruidosas bromas de los chicos que se conocían bien inundaban el aire. ¿Cómo iba a encontrar un sitio en medio de todo aquello?

No había mesas vacías, pero vio a un chico que reconoció de la sesión de bienvenida. Un chico desgarbado con la cara picada por la viruela que se había pasado el rato llorando en silencio, mientras los supervisores de cara roja les gritaban que se pusieran de cara a la pared y se desplazaran de lado hacia sus cuartos.

El chico estaba sentado solo en un extremo de su mesa, mientras que otro trío de jóvenes lo ignoraba desde el otro extremo. Cade se dio cuenta de que estaba tardando demasiado en buscar sitio. No quería parecer intimidado, aunque lo estuviera.

Con la adrenalina corriéndole por las venas, atravesó aquel infierno de mesas, con los oídos llenos de los gritos, risas y eructos de los chicos sentados a cada lado. Le pareció que tardaba una eternidad en llegar junto al otro recién llegado, que se sobresaltó cuando Cade dejó caer su bandeja frente a él.

Cade lo saludó con la cabeza y luego se concentró en su comida. Pronto se dio cuenta de que había cometido otro error. Se había olvidado los cubiertos.

—Maldita sea —murmuró por lo bajo.

Tendría que volver. Fue a ponerse de pie, pero, de repente, una cuchara de plástico repiqueteó contra su bandeja.

Levantó la mirada.

—Cade —dijo.

—Jim. —El chico le dedicó una sonrisa insegura.

Cade sintió que se relajaba y probó su puré de patatas con la cuchara. Estaba aguado y sin sazonar, por no mencionar que no tenía hambre. Aun así, comió.

Entre Jim y él se instaló un silencio incómodo.

—¿Por qué te han metido aquí tus padres? —soltó Cade, derramando las palabras antes de poder detenerse. ¿Había sido maleducado? Ya era demasiado tarde.

Jim levantó la mirada, sorprendido.

—Por… muchas cosas —empezó a decir. Hizo una pausa y bajó la mirada a su bandeja, avergonzado—. Pero la última fue la gota que colmó el vaso. Celebré una fiesta —dijo por fin—. La casa quedó destrozada. A mis padres no les hizo ninguna gracia.

Cade tragó saliva.

—Lo siento —murmuró. Se estrujó el cerebro, intentando pensar en otra cosa que decir. En vez de hacerlo, se llenó la boca con otra cucharada de puré insípido.

—Vaya, vaya, hola. —Cade sintió que le apoyaban una mano en el hombro y el corazón le dio un vuelco.

Allá vamos.

—¿Ya estás haciendo amiguitos?

Cade levantó la mirada y observó al recién llegado. Llevaba la cabeza afeitada, su mirada azul era fría y sus labios carnosos estaban dispuestos en una mueca.

Sintió un nudo aún más grande en el pecho cuando se fijó en el moretón que llevaba el chico en la mejilla y en las costras de sus nudillos. Había participado en peleas. Cade nunca se había metido en ninguna, en toda su vida.

El miedo se apoderó de su garganta mientras buscaba una respuesta apropiada. Cualquier palabra que dijera le saldría como un graznido, por lo que guardó silencio.

—¿No tienes nada que decir? —preguntó, tomando asiento al lado de Jim mientras otro chico dejaba caer su bandeja junto a Cade.

Él se giró y sintió que el corazón se le desbocaba en el pecho. El otro chico era corpulento, con ojos pequeños y porcinos y algunos rastros de barba incipiente dispersos por sus rubicundas mejillas.

Solo entonces, Cade se dio cuenta de que el primer chico estaba hablándole a Jim, no a él. Eso lo hizo sentir un poco mejor, pero el alivio se disipó en un instante cuando el chico rubicundo que tenía al lado se aclaró la garganta y, a continuación, lamió su cuchara a propósito, asegurándose de que Cade estaba mirando. Sintió que se le retorcía el estómago cuando el chico se acercó y la clavó en el pastel de carne de Cade.

—Os estabais presentando, ¿verdad? —dijo el recién llegado, colocándose innecesariamente cerca de Jim—. Tú eres Jim, él es Cade. ¿No nos vas a preguntar nuestros nombres?

—¿C-cómo os llamáis? —tartamudeó Jim.

—Yo soy Finch, y este de aquí es Glotón —respondió el primer chico—. Lo llamamos así por su apetito.

A modo de demostración, Glotón metió la cuchara en el puré de patatas de Cade antes de llevárselo a la boca. Masticó ruidosamente antes de ir a por más.

—Eres nuevo y no queríamos que empezaras con mal pie —dijo Finch, pasando un brazo cómplice alrededor de los hombros de Jim. Había elevado el tono hasta alcanzar un susurro escénico que Cade pudiera escuchar—. Este tío no te conviene. Apu puede venderte un paquete de cigarrillos en su badulaque, pero no es tu amigo. ¿Pillas lo que te digo?

Le rodeó los hombros a Jim con más fuerza y el susodicho bajó la mirada a su plato, evitando la mirada de Cade.

Cade sintió que su ira burbujeaba, como bilis caliente. Apu... de *Los Simpsons*. Aquel chico lo había desestimado como si fuera una caricatura, digno de ser ignorado. Evitado.

Pero el miedo que antes lo había obligado a guardar silencio seguía ahí y lo único que pudo hacer fue apretar los dientes.

—Deberías sentarte con nosotros —dijo Finch, poniéndole una mano en la nuca a Jim—. Ahora mismo.

Pudo ver los engranajes girando en la cabeza del chico, calculando el riesgo de rechazar a Finch. Luego asintió, con los hombros encorvados.

Finch miró a Cade y curvó el labio con desdén.

—Ve a buscar otro lugar donde existir.

Cade se levantó, pero cuando fue a recoger su bandeja, Glotón la golpeó con la palma de la mano.

—Déjala —espetó Finch.

Cade sintió que la sangre se le subía a las mejillas. El miedo y la ira se retorcieron en su estómago, como una serpiente enroscada. Su última escuela había sido muy diferente.

Por supuesto que había experimentado antes el racismo. Las miradas de desaprobación cuando su madre y su padre salían juntos. Los controles de seguridad «aleatorios» en el aeropuerto. Pero nada parecido a aquello.

Durante un brevísimo instante, quiso defenderse. ¿No era eso lo que la gente decía que había que hacer con los matones? Pero estaba en un colegio nuevo. Y él no era de esos.

Finch apoyó sus puños cerrados sobre la mesa y levantó la mirada hacia él, con una ira en sus ojos que Cade apenas podía creer que fuera posible

—Creo que quiere decir algo, Finch —murmuró Glotón con la boca llena.

Pero Cade no dijo nada.

En vez de eso, se alejó a toda prisa, aunque la vergüenza por su cobardía hizo que la sangre se le acumulara en las mejillas.

TRES

Lugar: desconocido
Fecha: desconocida
Año: desconocido

Colgaba en el aire frente a Cade como una lámina de cristal brillante. Una barrera opaca cortaba en dos el abismo, desaparecía en las paredes de polvo rojo a cada lado y se extendía hasta las cumbres.

Cade casi había chocado contra ella, porque había aparecido de repente frente a él, obligándolo a detenerse en seco.

Se había quedado mirándola durante los últimos minutos, armándose de valor para tocar su superficie. No había otra salida: en la otra dirección, lo esperaba la criatura.

Cade intentó no preguntarse qué era aquella barrera, o quién la había creado y por qué. Solo necesitaba alejarse lo máximo posible de la criatura herida. Podría estar siguiéndolo, incluso en aquel momento.

Extendió un dedo tembloroso y lo clavó en la lámina como si se tratara de un gigante dormido. La barrera era lisa. Lisa y fría, como el hielo mojado: en cuanto aplicó presión, su dedo resbaló hacia un lado. Resultaba extraña al tacto y apartó la mano para inspeccionarse el dedo en busca de cualquier rastro de congelación. Pero ni siquiera tenía frío el dedo.

De repente, como si nunca hubiera estado allí, la barrera desapareció.

—¿Qué...? —dijo Cade despacio, agitando la mano en el espacio donde se había alzado la pared.

Aquello era demasiado extraño. Trató de mantener la calma, pensar con lógica, incluso cuando sintió el corazón lleno de rabia. No tenía más remedio que seguir adelante, ver a dónde conducía aquel camino.

Cade giró en una curva poco pronunciada y vio que, más adelante, el pasaje se abría. Se detuvo, confundido. Se frotó los ojos y volvió a mirar.

El abismo que tenía delante parecía casi idéntico al que había dejado atrás. El mismo saliente, el mismo afloramiento rocoso al otro lado.

¿Se había movido en círculo? Pero el camino que había tomado era relativamente recto. Aquello no era posible.

Y lo que era aún más extraño: la pared sobre el saliente estaba cubierta de polvo y el mismo tipo de roca que había usado a modo de hacha también estaba allí, sobresaliendo como una joya negra. Todo era igual... pero, de alguna manera, diferente. Como si toda la zona hubiera sido esculpida con el mismo diseño que donde había estado antes. Pero ¿cómo era posible? Escuchó un bramido. Muy alto y muy lejos, como el de un toro herido. Solo que... sonaba humano.

Cade no pensó. En vez de eso, se apresuró en esa dirección, maldiciendo su tobillo torcido y el dolor punzante que le provocaba en la pierna. Los gritos solo se volvieron más frenéticos a medida que se acercaba, pero le dio igual. Cualquier cosa era mejor que estar solo en aquel infierno desolado.

Luego los vio. Otro monstruo, agachado frente a un chico alto que tenía la espalda apoyada contra otra barrera resbaladiza como la que Cade había visto antes. Iba en ropa interior y esgrimía su uniforme con una mano, como si fuera una capa de matador, mientras que la otra la tenía cerrada en un puño.

Lo más extraño de todo era que Cade lo reconoció, incluso en la oscuridad del abismo. Aquel cabello rubio pálido era inconfundible, al igual que los hombros anchos y musculosos. Eric. Otro chico de su escuela.

Eric no dio señales de haber visto a Cade, ya que estaba golpeando a la bestia en la cara mientras las garras de esta se enredaban en la tela. Luego, la criatura se lanzó hacia delante y el chico logró esquivar sus colmillos a duras penas.

Cade quería retroceder, pero sabía que, una vez que el monstruo terminara con Eric, lo perseguiría a él. La mejor oportunidad para derrotarlo sería cuando estuviera distraído.

Así que cargó hacia delante, con el corazón latiéndole a toda velocidad mientras sostenía el hacha en alto.

Diez pasos de distancia.

Cinco.

Resbaló en el barro húmedo y aterrizó sobre la espalda. Delante de él, el monstruo se giró con un chillido y entrecerró sus ojos negros. Saltó sobre él y Cade arremetió, gritando de miedo y desesperación.

Su mano acabó dentro de la garganta abierta del bicho, la longitud del bifaz fue lo único que impidió que este cerrara los dientes alrededor de su muñeca.

La criatura se atragantó, chilló y le hundió las garras en el pecho, desgarrándole la piel con las puntas. La sangre le corrió por el brazo mientras la punta de la piedra le hacía un corte en el paladar a la bestia. Desesperado, Cade le asestó una patada y la criatura se encabritó, arrancándose la piedra de las fauces.

Cade arremetió a ciegas, gritando mientras el monstruo bajaba la cabeza hacia él. Pero no llegó a morderlo. En vez de eso, la bestia salió volando hacia atrás y una mezcla de saliva y sangre le salpicó la cara a Cade mientras la criatura se ahogaba y se llevaba las garras torcidas a la garganta.

Eric había rodeado el delgado cuello de la bestia con el cinturón de su uniforme y había empezado a apretar, hasta que consiguió hacerla caer de rodillas.

Cade observó cómo los nudillos de Eric se quedaban blancos al apretar cada vez más mientras tiraba de ambos extremos. El monstruo abrió los ojos negros, que parecían a punto de explotarle dentro de las cuencas. Luego se oyó un chasquido y la muerte le dejó los ojos vidriosos.

Durante un instante, permanecieron así, Cade jadeando en el suelo y Eric sosteniendo a la criatura en posición vertical, con el cinturón todavía en las manos. Luego la dejó caer y se puso de pie. Le asestó una patada burlona al cadáver y miró a Cade.

—Gracias —dijo Eric.

Él le devolvió la mirada. Era la primera vez que escuchaba hablar a Eric. La primera en los seis meses que hacía que lo conocía.

En el colegio, el chico era reservado, y asustaba demasiado a la mayoría de los demás adolescentes como para que se acercaran a él. Incluso se rumoreaba que había matado a alguien. Cade solo sabía su nombre porque, una vez, un profesor lo había leído en voz alta en clase.

—De... De nada —tartamudeó, mientras Eric lo ayudaba a ponerse de pie.

Eric giró el cuello para verse la parte posterior del hombro. Cade vio surcos en la carne allí donde el monstruo había logrado clavarle las garras. Las marcas no parecían demasiado profundas y ya se le estaban empezando a formar costras, dejándole un rastro de sangre seca por toda la espalda. Eric hizo una mueca al tocárselas con uno de sus largos dedos.

—Era rápido —dijo, y volvió a darle una patada a su oponente—. Creía que no lo contaría.

Cade asintió en silencio mientras el otro chico recuperaba su uniforme del suelo fangoso y empezaba a ponérselo.

Había sido inteligente usar el uniforme para enredar las garras del monstruo. Como resultado, la mitad superior había quedado triturada, por lo que Eric se ató las mangas alrededor de la cintura y se quedó con el pecho desnudo.

Transcurrió un momento de incomodidad.

—También eres del colegio —dijo Eric al final.

—Sí —dijo Cade, tendiéndole la mano.

—Eric —respondió él, sonriendo ante semejante formalidad—. Eres Cade, ¿verdad?

Cade asintió y la gran mano de Eric envolvió la suya para darle un apretón.

Era extraño presentarse a aquellas alturas. Habían asistido a las mismas clases y se habían sentado cerca el uno del otro durante mucho tiempo.

—¿Tienes alguna idea de dónde estamos? —preguntó Cade, esperanzado.

Eric sacudió la cabeza.

—Puede que estemos muertos —murmuró.

—¿Como... si hubiera habido un incendio o algo? —preguntó Cade—. ¿Hemos muerto mientras dormíamos?

—Sí. —Eric se encogió de hombros, se agachó y retiró el cinturón del cuello del monstruo—. Puede que esto sea el infierno, y este, uno de los demonios. A mí me parece que tiene pinta de demonio.

Cade clavó la mirada en él, fijándose en sus afilados dientes translúcidos y en sus ojos negros como la tinta.

—La cabeza me recuerda a uno de esos peces de las profundidades submarinas, ¿sabes cuál digo? Creo que se llaman peces víbora.

Eric negó con la cabeza, como si nunca hubiera oído hablar de ellos.

—Una víbora. —Se encogió de hombros—. Es tan buen nombre como cualquier otro.

Miró hacia el abismo por el que Cade había llegado y le dirigió una mirada inquisitiva.

—¿Había alguna víbora donde te has despertado tú?

—He luchado contra una —dijo Cade—. Espero que no haya ninguna más.

Eric parecía impresionado, incluso un poco incrédulo, pero Cade no se sentía orgulloso de lo que había hecho. Había sido un acto desesperado y frenético. No le gustaba recordar lo cerca que había estado de la muerte.

—Me alegra que puedas apañártelas por tu cuenta —dijo Eric, dándole una palmada en el hombro a Cade—. Te había subestimado.

Cade hizo una mueca cuando el golpe lo echó hacia delante, pero sabía que Eric estaba siendo amable. Era tan fuerte como un oso y tenía la misma complexión que uno, lo cual suponía un marcado contraste con el cuerpo delgado de Cade.

Sin embargo, no era capaz de decidir si había tenido suerte al encontrar a Eric. Había oído los rumores sobre su pasado, y aquel chico no tendría problemas para superar a Cade si quisiera.

Aun así, emitía un aura más deportista que cualquier otra cosa, ahora que Cade lo había oído hablar por primera vez. También tenía la constitución de un jugador de fútbol americano.

De repente, así como así, la barrera que tenían detrás desapareció.

Eric se quedó mirando aquel espacio y pasó la mano por donde había estado antes.

—Sí —dijo Cade—. Hacen eso.

Por un momento, consideró contarle a Eric lo del bifaz, que todavía estaba incrustado en la pared, en algún lugar a su espalda. Después de todo, podría resultar útil. Pero mientras abría la boca, volvió a cerrarla. Puede que darle un arma a alguien de quien se rumoreaba que era un asesino no fuera una buena idea.

En vez de eso, examinó el cañón que quedaba más allá. Esa vez, el pasaje parecía diferente, aunque no estaba muy seguro de si eso era algo positivo.

—Supongo que hacia atrás no hay ninguna salida, ¿no? —dijo Eric, haciendo un gesto con la barbilla en la dirección por la que había llegado Cade.

—No lo sé. Pero por allí hay una víbora.

—En ese caso, vamos por ahí —respondió Eric, rodeándose el puño con el cinturón—. En marcha.

CUATRO

Cinco meses antes

Cade contempló la hoja de papel pautado que tenía delante mientras escuchaba la monótona voz del profesor. Era extraño estar en clase, en aquel lugar, pero supuso que el estado tenía que educarlos.

Incluso llevaba uniforme: la camisa azul y los pantalones que vestían la mayoría de adolescentes. Distaba mucho del uniforme que había usado en su antigua escuela: corbata a rayas, camisa y chaqueta.

Aun así, a Cade le resultaba difícil concentrarse. Hasta el momento, la vida en aquella nueva escuela había oscilado entre momentos de ansiedad y un aburrimiento aplastante y soporífero.

Aquella clase era un excelente ejemplo. Con el profesor en la parte delantera de aquella pequeña aula, se sentía bastante seguro. Pero no estaba aprendiendo nada nuevo. Su carísima escuela privada había estado a años luz por delante de lo que enseñaban allí. En aquel preciso instante, el profesor estaba esbozando los conceptos básicos de la guerra civil estadounidense.

Sin embargo, Cade no se iba a permitir quedarse retrasado. Todos habían recibido un libro de texto nuevo y reluciente. Ese mes, ni siquiera lo habían abierto en el aula. De todos modos,

Cade estaba bastante seguro de que muchos de sus compañeros de clase apenas sabían leer.

Había oído que la inmensa mayoría de delincuentes juveniles eran analfabetos funcionales y sabía que muchos de los chicos que había allí pertenecían a esa categoría, ya que los habían metido allí por orden judicial, como le había pasado a él, o porque no «encajaban» en las escuelas convencionales. Le había parecido imposible cuando lo había descubierto, pero ahora lo veía en directo, frente a sus propios ojos. La realidad era sorprendente.

El profesor apenas había usado la pizarra, aunque Cade podía ver los restos desteñidos de lo que parecían media docena de ejemplos de anatomía masculina que alguien había dibujado allí con un rotulador permanente.

Como no tenía nada mejor que hacer, Cade estaba leyendo poco a poco el libro de texto, de principio a fin, haciendo los ejercicios y respondiendo a las preguntas del interior. No había nadie que corrigiera su trabajo, pero aquello lo distraía del aburrimiento.

Se aseguraba de sentarse en la parte trasera del aula para que nadie viera lo que estaba haciendo y siempre arrugaba y tiraba su trabajo cuando la clase acababa. Hasta el momento, había pasado desapercibido. Estaba haciendo lo mismo con sus libros de texto de otras materias, pero casi había llegado a las páginas finales del de Historia.

Su asignatura favorita era Historia, sobre todo porque su padre era profesor de esa misma materia en la universidad. De hecho, habían sido las elevadas notas de Cade en Historia lo que había propiciado que le ofrecieran una beca para asistir a una escuela privada.

Incluso con la beca, a sus padres les costaba pagarlo todo, pero siempre sonreían con orgullo cuando Cade llegaba a casa el fin de semana. Eso había sido antes del incidente, por supuesto.

Cade estaba terminando un ensayo sobre el impacto de la Gran Depresión en la política internacional cuando alguien se aclaró la garganta frente a él. Levantó la mirada y, de repente, el aburrimiento fue reemplazado por un pánico angustiante.

El señor Daniels estaba ahí, con la mano extendida. El profesor era un hombre barbudo, con gafas que parecía haber robado de una convención de Harry Potter.

—No estamos en la hora de asuntos personales, Carter —dijo el profesor Daniels, dando golpecitos con el pie—. Se supone que tienes que prestar atención. Deja de garabatear y dame eso.

—Lo siento, señor —se disculpó, ganándose algunas risas por parte de los demás. Allí nadie llamaba «señor» a los profesores.

—¿Echamos un vistazo a la obra de arte de Carter? —preguntó el profesor, caminando hacia el frente de la clase.

Cade sintió que el sudor le humedecía la frente.

—No —susurró.

Pero el señor Daniels ya estaba aplanando el papel sobre su escritorio.

Se lo quedó mirando un momento y los chicos de la primera fila alargaron el cuello para ver qué era.

—Esto es... —empezó el profesor Daniels, con el ceño fruncido.

Miró a Cade con sorpresa y lo arrojó rápidamente a la papelera.

—Una carta para sus padres —dijo, sacudiendo la cabeza—. Es mejor dejar esas cosas para la hora del recreo, ¿no, Carter?

—Sí... señor Daniels —dijo Cade, inclinando la cabeza.

Pasó los siguientes minutos con la vista clavada al frente, ignorando las miradas curiosas de los estudiantes que lo rodeaban.

Cuando sonó la campana, sintió un alivio puro y sin adulterar, y Cade y los demás hicieron una fila en el pasillo al salir del aula. Los profesores ladraban órdenes, pero a esas alturas, Cade ya se conocía la rutina. Se colocó en la apretada formación de tres personas de ancho y empezó a marchar siguiendo las órdenes.

Siempre se desplazaban así entre clases, y pronto los dejaron en la sala de recreo, un espacio repleto de estudiantes ruidosos, mesas y sillas, junto con un televisor, un futbolín y varias pilas de cómics antiguos.

Sin embargo, Cade no pasaba mucho tiempo allí. Era como un campo minado en el que un movimiento incorrecto podía ganarte el resentimiento de otros chicos y, por extensión, de sus amigos. Por lo general, se retiraba a la biblioteca, una zona mucho más tranquila. Si tenía que elegir entre el miedo y el aburrimiento, siempre elegía este último.

—Bueno, chicos, echemos un vistazo a la carta de Cade para su mami —gritó una voz.

Horrorizado, Cade se giró, solo para ver que Finch agitaba su ensayo en el aire. Glotón se erguía a su lado en actitud fanfarrona, y su mirada profunda retaba a Cade a provocarlo.

Estaba claro que Finch había rescatado el trabajo de la papelera de clase. Ya se había reunido una multitud a su alrededor.

Aunque Cade hizo ademán de irse, Finch desplegó el papel y se aclaró la garganta mientras los demás se reían y se reunían para escuchar.

—Querida mami —empezó a decir, en un tono exagerado, antes de bajar los ojos a lo que había escrito en la parte superior de la página—. El colapso del mercado de valores del Viernes Negro de 1929 desencadenó una crisis mundial...

Se detuvo, confundido. Todo el mundo se quedó en silencio y Cade sintió que su miedo hervía.

—Un momento —dijo Finch, rascándose la cabeza—. ¿Estabas escribiendo esta mierda... por diversión? —Cade fue a arrebatarle el trabajo, pero Finch lo mantuvo fuera de su alcance.

—Solo intento aprender —respondió Cade—. Como todo el mundo.

—No, no como todo el mundo —dijo Finch, sosteniendo el papel aún más alto cuando Cade saltó a por él—. A nosotros no nos verás escribiendo esta mierda, niño rico. —Los demás se rieron y Cade se encogió.

Sus padres *nunca* habían sido ricos.

—Te he visto evitarnos, todo altivo y poderoso. ¿Crees que eres mejor que nosotros, Apu?

Cade retrocedió, enseñando las palmas.

—Solo intento... sobrevivir, como todos los demás —dijo.

—Escuchadlo. ¿Sobrevivir? —Finch puso un acento británico pomposo, aunque Cade no sonaba en absoluto similar—. ¿Por qué te mandaron aquí tus padres? ¿Es que no recogiste tu habitación?

—No, se le olvidó cortar el césped —intervino Glotón.

Más risas.

—Me condenaron por hurto mayor —espetó Cade.

Eso les calló la boca. Pero incluso mientras lo decía, se dio cuenta de que era un error.

—Vaya —dijo otro chico, uno de cara paliducha—. Se cree que es un gánster.

—Cuidado, gente —se rio Finch—. Apu es un gran cerebro criminal.

—Rey Apu —gritó alguien.

—Inclinaos ante su majestad —dijo otro, mientras hacía una reverencia burlona.

Finch también hizo una reverencia y dejó que el trabajo cayera al suelo. Cade retrocedió, tartamudeando negaciones y sacudiendo la cabeza. Al final, Finch se dio la vuelta, distraído por el grito de alguien al otro lado de la habitación. Le tocaba el futbolín. Y, sin más, la multitud comenzó a dispersarse, parecía que el entretenimiento de aquella tarde había terminado.

Cade retuvo unas lágrimas amargas y buscó refugio en otro lugar. No podía irse: la mayoría de los espectadores estaban apoyados contra la pared junto a la puerta. Pero había una hilera de sillones andrajosos contra una pared. Por lo general, estaban ocupados, pero ese día la mayoría estaban libres, puede que por el chico que leía una revista sentado en uno de ellos.

Eric. Comía solo y no hablaba con nadie, ni siquiera durante la hora del recreo. Se limitaba a quedarse mirando a cualquiera que se acercara a él, y pocos lo hacían.

Al fin y al cabo, era un auténtico gigante, levantaba pesas en las clases de Gimnasia y medía varios centímetros más que el propio Cade, que medía metro setenta y seis. Nadie quería meterse con él.

A aquellas alturas, a Cade ya le daba igual. Se dejó caer en el asiento más alejado del chico. Solo que, en lugar de fulminarlo con la mirada, Eric le echó una mirada apreciativa. ¿Era simpatía eso que veía en sus ojos? Antes de que pudiera decidirlo, Eric volvió a concentrarse en su lectura.

Cade se alegró de no haberlo molestado, pero, aun así, experimentó una sacudida de frustración en las manos. Rey Apu. Su nuevo apodo.

Alguien le dio un golpecito en el hombro. Cade levantó la mirada, preparándose para otro aluvión de insultos, pero, en vez de eso, se encontró cara a cara con un chico bajito y robusto con unas gafas tan gruesas que parecían el culo de dos botellas de refresco. Cade lo conocía por su apodo, Spex, aunque sabía, gracias a los profesores que lo regañaban, que su verdadero nombre era Carlos. Le tendió a Cade su trabajo.

Él lo aceptó y se lo guardó en el bolsillo.

—Gracias —murmuró.

Spex se sentó a su lado. Incluso los bibliotecarios lo llamaban así y, a menudo, Cade lo veía leyendo el mismo libro: el de los récord Guiness. Cade se preguntó por qué se había acercado a hablar con él. Después de aquello, nadie querría que lo pillaran con él ni muerto. Pero era cierto que también había visto a Finch metiéndose con Spex.

—¿De verdad estás aquí por hurto mayor? —preguntó Spex.

—Sí —respondió Cade—. Aunque eso no significa que sea culpable.

Spex asintió, pensativo. Cade dudó; luego, por fin, encontró el coraje para hablar.

—Mi compañero de habitación robó una docena de portátiles de mi escuela. Debió de esconderlos debajo de mi cama, porque ahí los encontraron durante una inspección de la habitación. Llamaron a la policía de inmediato.

—¿Les dijiste que no habías sido tú? —preguntó Spex.

—Pues claro. Pero la familia de mi compañero de habitación era rica. Hacían donaciones a la escuela. ¿Por qué iba a robar él los portátiles? No necesitaba el dinero. Pero ¿yo? ¿Un chico pobre con una beca? Me expulsaron de inmediato.

—Menuda mierda, colega —dijo Spex.

A Cade le había encantado esa escuela. Luego habían encontrado los portátiles. A nadie le había costado creerlo. Nadie se había mostrado sorprendido. Sus suposiciones sobre Cade habían estado al acecho, justo debajo de la superficie.

—La policía dijo que encontraron mis huellas dactilares por todas partes —continuó Cade—. Y yo, como un estúpido, les creí. ¿Sabías que la policía puede mentir para obtener una confesión?

Spex se encogió de hombros.

—Mis padres intentaron rebatirlo, pero estaban conmocionados. No podían creerse que hubiera hecho algo así. Me dijeron que hiciera lo que me aconsejara el abogado —continuó

Cade—. Solo que ese defensor público de mierda con exceso de trabajo no se molestó en llevar el caso al juzgado. Dijo que, si me declarara culpable, el juez se compadecería de mí.

Cade se encogió al recordarlo.

—Los portátiles eran caros: era hurto mayor, un delito grave. Así que el juez dictó que tenía que asistir a esta escuela durante un año o me mandaría al centro de menores.

Spex sacudió la cabeza.

—Te han jodido pero bien. Por lo menos, este sitio es mejor que un centro de menores.

Cade asintió, sombrío.

—¿Tú por qué estás aquí?

—Olvidé limpiar mi habitación. —Spex le guiñó un ojo, un gesto aún más llamativo detrás de sus gafas de aumento.

—¿En serio? —se rio Cade.

Le sentó bien reír. Le dio la sensación de que era la primera vez que lo hacía en mucho, mucho tiempo.

—Qué va —suspiró Spex—. Mis padres son católicos devotos y me he estado desviando —chasqueó los dedos— del «camino». —Se encogió de hombros—. Estuvieron años amenazándome con mandarme a este sitio. Si no iba a la iglesia, me soltaban: «Te mandaremos a una escuela militar». Si me saltaba alguna clase: escuela militar. Malas notas: escuela militar. Nunca pensé que lo harían de verdad. Entonces, una noche, me pillaron con una chica, bebiendo cerveza en el parque. Y, después de eso, me pareció que sería buena idea escaparme unos días.

Cade soltó un gruñido empático.

—La peor idea del mundo.

Spex asintió.

—No te lo voy a negar. Las familias brasileñas son muy moralistas, ¿sabes? Te juro que, la mitad del tiempo, a mis padres les preocupaba más lo que fuera a pensar mi abuela que lo que *ellos mismos* pensaban. Y cuando me escapé, se enteró toda la familia. Incluso la que vive en Brasil. —Soltó un largo suspiro y se subió las gafas para ponérselas bien sobre la nariz—. Volví a casa cuando me quedé sin dinero y esa fue la gota que colmó el vaso.

Cade abrió la boca para volver a hablar, pero Spex ya se había puesto de pie.

—A lo mejor nos vemos en la biblioteca alguna vez. Cuídate, Cade.

Al instante siguiente, ya se estaba alejando, dejando a Cade a solas con sus pensamientos.

No se atrevió a albergar la esperanza de que Spex pasara tiempo con él, al menos, no en público. Pero ya no se sentía tan solo. No era un amigo, pero… era alguien.

Alguien que no lo odiaba.

CINCO

Lugar: desconocido
Fecha: desconocida
Año: desconocido

El pasaje se ensanchó. En un momento determinado, se estaban arrastrando de lado por un estrecho corredor toscamente tallado en la roca y, al siguiente, se encontraron con que se abría. En aquel momento se hallaban ante una abertura en forma de V y, al otro lado de una amplia llanura, una superficie de suelo blanco se extendía ante ellos.

—¿Es un desierto de sal? —preguntó Cade, incapaz de apartar los ojos de aquella brillante extensión—. Una vez, vi uno en un documental.

Era casi idéntico al que había visto hacía tantos años, extendiéndose sin fin hacia el horizonte, los cristales que cubrían su superficie reflejando el brillo del anochecer. El calor seco parecía chupar la humedad de su piel.

Cade se giró cuando Eric gruñó por la sorpresa. Habían llegado hasta allí por uno de tres pasajes idénticos. Todos convergían en la apertura en la que se encontraban en aquel momento.

—Mira —dijo Eric, señalando el muro que les quedaba a la izquierda.

Para asombro de Cade, allí había un lavamanos, tallado en la roca misma, que sobresalía de la pared como si fuera una bañera poco profunda. Cuando se acercaron, vieron que un hilillo de agua caía en el receptáculo desde el acantilado de arriba y que, en el interior, los esperaba un charco.

De inmediato, ambos empezaron a llevarse aquel líquido tibio a la boca seca con las manos y sorbieron hasta que tuvieron la tripa a punto de estallar, y luego bebieron un poco más.

Fue maravilloso y, durante un instante de lo más breve, Cade no fue capaz de pensar en nada más. No se había dado cuenta de lo sediento que estaba.

—Dejad algo para nosotros —dijo una voz a su espalda.

Cade se giró, solo para encontrarse con la sonrisa dentada de un chico pelirrojo y escuálido. Llevaba el mismo uniforme y sostenía un bifaz.

—Tengo más sed que un camello con resaca —continuó.

Más allá, Cade vio a un segundo chico que lo observaba desde las sombras del pasaje del que habían salido, con otro bifaz ensangrentado en el puño.

—Scott —dijo el primero, dándole a Cade un rápido apretón de manos antes de recoger un puñado de agua para sí mismo—. Y este es Yoshi. —Se inclinó en actitud conspiratoria y murmuró con la boca llena—: Pero no menciones el Mario Kart, ¿vale? Parece que no le gusta mucho.

Cade retrocedió cuando Scott hundió la cabeza en el lavamanos como un caballo en un abrevadero. Observó cómo el nivel del agua bajaba cada vez que sus hombros subían.

Yoshi se acercó con una expresión sombría, fatídica, un marcado contraste con el sonriente Scott. Yoshi era nuevo en la escuela y Cade no sabía mucho sobre él. Tenía el pelo espeso y ondulado, unos pómulos afilados y una boca fina debajo.

El chico salió de las sombras.

—¿Qué pasa? —saludó, dedicándole a Cade un brusco asentimiento antes de reunirse con Scott en el lavamanos. Por el momento, Eric también se había hecho a un lado y aquel nuevo par parecía desconcertar al enorme chico. De alguna forma, todos parecían mucho más tranquilos de lo que se sentía Cade.

Cuando ambos terminaron, apenas quedaba agua, y Scott gimió y se aferró el estómago de forma exagerada.

—Bueno —dijo mientras se limpiaba la cara con el dorso de la mano—. ¿Alguna idea de cómo hemos llegado hasta aquí?

Cade miró a Eric, que se encogió de hombros y dijo:

—Creo que estamos muertos.

Scott le dio una palmada en la espalda y se rio.

—Por fin habla el grandullón.

En ese momento, Cade recordó a Scott. Al igual que Yoshi, Scott había llegado a la escuela hacía poco. Se había dado un par de paseos en vehículos robados, o eso había oído Cade. Estaba obsesionado con los coches.

Pero Cade no tuvo tiempo de rebuscar en su memoria durante mucho rato. Un grito que le heló la sangre salió del tercer pasillo, lo que arrancó a Cade de sus pensamientos y le puso los pelos de punta. Un grito humano.

A continuación, incluso antes de que pudiera plantearse dirigirse hacia allí, apareció la misma pared brillante que había visto antes, bloqueando los tres pasajes.

—Parece que alguien no lo ha conseguido —gruñó Eric, acercándose a la pared a grandes zancadas y apoyando los puños contra la superficie—. Las víboras se los habrán comido.

Silencio.

—¿También habéis visto a los monstruos? —preguntó Scott por fin.

Eric asintió, despacio.

—¿Y cuál es el veredicto? —preguntó Scott—. ¿Mutantes? ¿Monstruos que aparecen de golpe en plena noche?

—El infierno —murmuró Eric, recogiendo un puñado de arena rojiza del suelo y dejando que se escurriera entre sus dedos.

—Eres el alma de la fiesta. —Scott guiñó un ojo—. Yoshi, ¿algo que aportar?

El chico fulminó a Scott con la mirada.

—No —respondió, y tomó otro sorbo de agua.

Scott se rio entre dientes y se giró hacia Cade, que se encogió de hombros y volvió a contemplar el desierto de sal.

—Alguien nos ha traído aquí —dijo Cade—. Y alguien ha construido este sitio: el diseño de todos los pasajes es idéntico. Creo que nos están observando. ¿Por qué si no iban a esforzarse tanto?

—¿Un ejercicio militar? —sugirió Eric.

—Puede —dijo Cade, entrecerrando los ojos y mirando al horizonte—. A lo mejor somos conejillos de indias en algún tipo de experimento.

—O sea, que nos noquearon con gas o algo parecido en los dormitorios —dijo Yoshi.

—No creo. Yo no estaba durmiendo, simplemente... he aparecido aquí —dijo Scott—. ¿Y qué razón puede haber detrás de todo esto? ¿Un campo de fuerza brillante, algunas criaturas sacadas de las pesadillas de un lunático y un extraño cañón construido para que parezca real? ¿Por qué solo nos han dado una roca para defendernos? ¿Qué clase de experimento retorcido es este?

Cade sacudió la cabeza.

—La pregunta más importante es: ¿qué hacemos ahora? Aquí tenemos agua, pero no nos durará, aunque el goteo vaya rellenando el lavamanos.

—También empezará a entrarnos hambre —coincidió Eric—. No podemos quedarnos aquí.

—Uy, claro, vamos a deambular por el desierto —dijo Scott en tono sarcástico—. Seguro que ahí encontraremos mucha agua y comida.

Cade tensó la mandíbula y se concentró en la interminable extensión frente a él, como si pudiera desentrañar a la fuerza a dónde debían ir. Y, entonces... lo vio.

Al principio, pensó que se estaba imaginando cosas, pero luego volvió a pasar. Un destello. El destello parpadeó, como un trozo de cristal pulido al que el viento hace girar.

—Ahí hay algo —dijo, señalando al horizonte. Si entrecerraba los ojos, alcanzaba a ver unas motas negras. Objetos de algún tipo, o una ilusión óptica.

Eric se plantó a su lado y miró a lo lejos.

—Ya lo veo —gruñó—. Es algo brillante.

—Sea lo que sea, está a kilómetros de distancia —se quejó Scott.

—Bueno, deberíamos terminarnos el agua e ir hacia allí —dijo Eric—. Es metal, puede que cristal. Eso significa que hay rastros de civilización.

—A menos que sea un francotirador —dijo Scott sin concederle mayor importancia.

—O una cámara que nos está grabando —añadió Yoshi

—Sea lo que sea, mañana, cuando amanezca, iremos allí —dijo Eric—. Dentro de poco estará demasiado oscuro para ver a dónde vamos.

—Ya es de noche —dijo Yoshi. Habló con tranquilidad, pero el miedo de su voz cortó los pensamientos de Cade como un cuchillo caliente—. Podemos ir ahora.

Cade se giró, confuso. Yoshi estaba mirando al cielo.

—Pero pronto anochecerá —dijo Cade—. Necesitaremos luz para ver de dónde viene ese reflejo.

Yoshi no respondió, solo continuó mirando hacia arriba y señaló en esa dirección con un dedo tembloroso.

Cade levantó la mirada y, cuando vio lo que había allí, las rodillas empezaron a temblarle de repente.

Una luna de color rojo anaranjado colgaba en el cielo, proyectando la pálida luz que Cade había tomado por la tenue luz de una puesta de sol. Una segunda luna más pequeña flotaba frente a ella, como una pelota blanca de béisbol orbitando alrededor de una de baloncesto.

—Eso es… No es… —empezó Cade, pero su mente no logró encontrar una explicación razonable. Tenía que estar soñando. Aquello era imposible.

—Yoshi… —dijo Scott—. Me da la sensación de que ya no estamos en Kansas.

SEIS

Tres meses antes

—Date la vuelta.

Cade se colocó de lado y el supervisor se inclinó más hacia él con la linterna. Estaban haciendo controles corporales a todos los chicos, para asegurarse de que no hubiera contusiones inusuales. Si encontraban lesiones o marcas, significaba que alguien se había metido en alguna pelea. Eso implicaba un castigo, si no te chivabas de quién había sido.

A Cade le costaba creer que los adultos no hicieran distinciones entre una pelea y una paliza. ¿Acaso era justo que, si otros chicos se le echaban encima a Cade, los supervisores lo castigarían a *él* por haberse llevado los golpes?

Por suerte, su estrategia de ir a la suya lo había mantenido relativamente a salvo hasta el momento. Lo acosaban de pasada, algo que no había sucedido nunca en su antigua escuela, pero allí nadie lo odiaba lo suficiente para arriesgarse a resultar castigado por haberle pegado.

No era una gran existencia, pero tenía fecha de caducidad.

El supervisor gruñó su aprobación antes de continuar. Estaban en una habitación tipo barracón, entre las literas que iban de pared a pared.

Había poco sitio y olía a vestuario, e incluso había visto ratones correteando por allí. Y a los supervisores solo parecía importarles aguantar hasta el final del día y mantener a los chicos bajo control. Incluso las sesiones de terapia se convertían a menudo en conversaciones deportivas.

Sabía que no todas las escuelas terapéuticas eran así. De hecho, sabía que muchas eran buenos sitios que ayudaban a chicos con problemas a aprender liderazgo y disciplina.

Simplemente, no le parecía que aquel fuera uno de esos lugares. Y sabía que su sitio no estaba allí.

Cade había estado a punto de contarles a sus padres en qué condiciones vivía. Pero no quería preocuparlos, sobre todo, porque no podían hacer nada al respecto. No lo mencionaba en sus llamadas semanales, ni las pocas veces que lo visitaban.

Su padre no lo había visitado en dos meses. Su madre le había explicado que era demasiado doloroso para él, así que, la última vez, había ido ella sola. Cade le había pedido que dejara de visitarlo con tanta frecuencia. Después de todo, cuando había estado en el internado privado, solo había visto a sus padres unas pocas veces al año.

—Bonitas patas de pollo —dijo un chico detrás de Cade—. Joder, si también tienes brazos de espagueti. ¡Eh, chicos…!

Cade volvió a ponerse el uniforme a toda prisa, y el chico se rindió, sus amigos no parecían interesados en burlarse del cuerpo de Cade. Siempre había sido delgado y había perdido peso desde que estaba allí, en parte porque Glotón le robaba la comida varias veces a la semana y en parte porque, lo que no le robaba, Cade rara vez se lo terminaba.

Eso lo agravaba el ejercicio que hacía, flexiones aparentemente interminables, saltos de tijera y pistas de obstáculos. A pesar del ejercicio, sentía que se estaba debilitando. Iba a la deriva por los pasillos, como un fantasma, con cuidado de no ser visto, ni oído. En las sesiones de terapia grupal nunca hablaba, aunque pocos lo hacían.

Un grito sacó a Cade de su ensueño, y de repente vio a dos chicos forcejeando en el otro extremo de la habitación. El supervisor se había marchado a la sala de recreo para inspeccionar a los demás.

Típico. Las notas siempre se ponían justo después de las inspecciones corporales; así que era el mejor momento para que cualquier moretón desapareciera antes de la próxima inspección.

Pero se dio cuenta de que aquello era más que una pelea. Eran dos contra uno, y Cade los reconoció a todos. Glotón había inmovilizado a alguien contra el suelo, y Jim lo estaba ayudando, aunque de mala gana. Y habría reconocido esas gafas en cualquier lugar. Estaban atacando a Spex.

—Levantadlo —ordenó Finch, que apareció en escena con algunos de sus compinches siguiéndolo.

Cade alcanzó a ver la reticencia en la cara de Jim y en su lenguaje corporal. Era como si estuviera intentando retener a Spex sin tocarlo.

—He oído que has estado contando mierda sobre mí, Spex —dijo Finch mientras Glotón ponía de pie al chico.

—Yo no he dicho nada. Te equivocas de persona. —Spex tenía el pecho agitado por el miedo, y sus palabras quedaron ahogadas por el grueso antebrazo de Glotón alrededor de su cuello.

Finch se dio unos golpecitos en la barbilla.

—Puede.

Miró a Spex pensativamente y luego lanzó el puño hacia delante, dándole al otro chico en el estómago. Spex se dobló sobre sí mismo, sin aliento, y tuvo una arcada.

Durante un breve instante, Spex captó la atención de Cade y, a pesar del dolor, hizo un gesto con la cabeza, casi imperceptible.

—Por si acaso —dijo Finch.

Cade sabía lo que quería Spex. Que llamara a un adulto. Pero eso significaría elegir bando. Tomar una decisión.

—Jim, ven aquí —ordenó Finch.

Jim acudió a su lado y Cade vio el terror en su expresión.

—Pégale —dijo Finch.

Cade se quedó escondido a la sombra de la puerta. El pasillo estaba muy cerca, la sala de recreo a tan solo unos tres metros de distancia. Podría hacerlo. Y, sin embargo, se había quedado congelado por la indecisión. Por miedo. Se sintió asqueado consigo mismo.

—Tiene pinta de haber tenido suficiente —tartamudeó Jim.

Finch se rio.

—Está fingiendo —dijo mientras le levantaba la barbilla a Spex, de cuya boca cayó algo de saliva. Spex jadeaba como un pez fuera del agua, sus respiraciones eran cortas y poco profundas.

—Venga. ¿Me cubres las espaldas o no?

Jim dejó caer la cabeza y Spex giró la cara hacia Cade una vez más. Suplicando con los ojos.

Cade sabía por qué habían elegido a Spex: no tenía amigos de verdad que lo protegieran. No habría represalias y el riesgo de intervención era reducido. Finch era un cabrón frío y calculador.

Ahora que Cade lo pensaba, podrían haberlo elegido a él con suma facilidad. Solo que habían visto antes a Spex.

—O estás con nosotros, o estás con él —dijo Finch, acercándose más y obligando a Jim a mirarlo a los ojos. Ahora, la cara de Finch estaba a meros centímetros de la de Jim, y Cade vio que la resolución del chico flaqueaba.

Cade volvió a echar un vistazo a la puerta, solo para ver a otro miembro del grupito de Finch de pie ahí fuera. Un vigilante. Cade no creía que le fueran a impedir irse, pero sabrían quién había ido a pedir ayuda. Quiso obligarse a moverse, pero se quedó inmóvil en su sitio.

—Vamos —se instó Cade a sí mismo en voz baja—. Hazlo.

Se oyó el ruido de una bofetada. Cade vio la huella de la palma de Jim encendiendo la mejilla de Spex y escuchó cómo sus gafas caían al suelo. Luego, crujieron cuando Finch las pisoteó y las destrozó. Jim había tomado una decisión. Y Cade también.

—Bien hecho —dijo Finch, dándole una palmada a Jim en la espalda.

Glotón soltó a Spex, a quien le fallaron las rodillas, y el grupo empezó a salir de la habitación, felicitando a Jim.

—Ah, y, ¿Spex? —lo llamó Finch por encima del hombro—. Si le cuentas esto a alguien, iré a por ti. Te dejaré ciego para siempre.

Spex recogió los trozos rotos de sus gafas con las manos mientras una burbuja de sangre le explotaba en la comisura de la boca. Cade acudió a su lado a toda prisa, recogió más fragmentos y se los colocó en las manos a Spex.

—¿Cade? —dijo Spex, con la mirada desenfocada.

—Lo siento mucho, Spex. Había un chico en la puerta… no podía.

—Ya. Da lo mismo —dijo, tocándose un lado de la boca. Tenía el labio hinchado. No había forma de ocultarlo. Les imponían castigos bastante severos por pelearse, y la cosa solo empeoraría si Spex no les decía quién más había estado involucrado.

—¿Vas a contarlo? —susurró Cade.

—No.

Cade vaciló, inseguro. Spex se limpió la barbilla y fue tambaleándose hasta la litera más cercana.

—¿Puedo…? ¿Puedo hacer algo por ti?

Spex sacudió la cabeza mientras observaba sus gafas rotas.

—Déjame solo —susurró.

Cade abrió la boca. La cerró.

Luego volvió a su cama y se quedó mirando los nombres garabateados en las láminas de metal de la litera que tenía encima. No habría podido hacer nada.

Entonces, ¿por qué se sentía tan culpable?

SIETE

Lugar: desconocido
Fecha: desconocida
Año: desconocido

Calor. Era prácticamente lo único en lo que Cade podía pensar. La luna roja y su satélite más pequeño y pálido se habían hundido en el horizonte hacía varias horas. Pero un sol, blanco y caliente como el de la Tierra, había resucitado para reemplazarlos, lo que convertía la llanura blanca en un desierto resplandeciente y seco y provocaba un brillo en el horizonte por culpa del calor.

Viajaban a ciegas, caminando sin cesar en lo que Cade esperaba que fuera la dirección correcta, ayudados solo por el brillo que puede que hubiera visto, pero que bien podría haber sido un espejismo o su propia imaginación desesperada. Su único método para orientarse era la línea recta de huellas que habían dejado desde que habían partido del afloramiento rocoso.

Más extraña aún fue la visión de otros dos afloramientos, idénticos en tamaño y forma, además del suyo. Cade asumió que podría haber otras personas allí, enfrentándose a la misma situación por la que ellos habían pasado. Hacía demasiado calor para hablar de ir a investigarlo. Solo podían aceptarlo y seguir adelante.

—¿Hay algo ahí o estoy viendo cosas? —graznó Eric, señalando con el brazo que no tenía herido—. ¿Ese brillo?

Cade levantó la mirada y entrecerró los ojos en dirección al horizonte una vez más. La imagen bailó y se movió frente a sus ojos, y al poco tiempo tuvo que cerrarlos y darse sombra en la cara con la mano.

—No veo nada —respondió Cade, que tuvo que obligarse a pronunciar esas palabras con la garganta reseca.

—A lo mejor deberíamos volver —propuso Scott con la voz rasposa—. Beber una última vez, antes de morir. Preferiría una Coca-Cola, pero los pobres no pueden ponerse exquisitos.

—No —dijo Eric, adelantando a Cade a trompicones—. Está ahí. Sé que está ahí.

Cade no levantó la mirada. Siguió los pasos de Eric, concentrándose en poner un pie delante del otro. Lo más probable era que se tratara de un espejismo, pero ya no había vuelta atrás. Prefería morir rápido y abrasado en busca de una oportunidad que consumirse a la sombra.

Izquierda. Derecha. Una y otra vez, se tambaleó hacia delante, negándose a dejar que su mirada se desviara hacia el lugar al que se dirigían. Ni siquiera cuando Scott dejó escapar un grito ronco y Eric cambió la caminata por una carrera. Si no miraba, todavía podía ser real.

Pero sucedió algo extraño. El suelo cubierto de cristales blancos terminó de golpe y se encontró caminando sobre tierra. Tierra y hierba seca.

Izquierda.

Derecha.

Luego, oyó el grito de sorpresa de Eric. Cade por fin levantó la cabeza para mirar, haciendo una mueca ante el calambre que sintió en el cuello. Y se quedó boquiabierto.

Había un cadáver en el suelo, encorvado, como un monje rezando.

Era prácticamente un esqueleto, aunque todavía quedaba algo de piel en los huesos. Era una momia disecada, conservada por el calor árido del desierto. Unos restos de tela roja colgaban de su cuerpo como un sudario, y de su cuello pendía un disco de metal en el extremo de un cordón de cuero trenzado, que giraba movido por la suave brisa. En aquel momento, apenas brillaba, porque el sol quedaba detrás, pero era la única superficie reflectante que alcanzó a ver.

Cade nunca había visto un cadáver y tuvo que ahogar un jadeo de horror. Le subió bilis a la garganta, pero se la tragó con cierta dificultad. No quería que los demás lo vieran vomitar.

—Joder. ¿Quién es ese? —gimió Scott.

—Es una buena pregunta —gritó una voz.

Cade se giró, eufórico al escuchar una nueva voz. La sonrisa murió en sus labios incluso antes de haberla esbozado del todo.

Tres recién llegados avanzaban por el desierto de sal a su espalda, y eran las últimas personas a las que le apetecía ver. Finch, Jim y Glotón.

Acalorado y fatigado, Cade no era capaz de pensar, se limitó a mirar mientras los chicos se acercaban. De los tres, solo Finch parecía herido, tenía el uniforme manchado de sangre. ¿Habían sobrevivido a las mismas pruebas, las de las víboras?

—Os hemos seguido —dijo Finch con la voz ronca, mientras se detenía a unos metros de distancia—. Si sabéis lo que está pasando, será mejor que nos lo digáis.

Cade tragó saliva, tratando de humedecerse la garganta, pero Finch continuó antes de que pudiera responder.

—Eric, Scott —dijo Finch, dedicándole a Eric un asentimiento mínimamente respetuoso. Hizo caso omiso de Cade y Yoshi y caminó hacia el cadáver.

—Espera… —empezó a decir Cade, pero Finch arrancó el disco de metal del cordón de cuero deshilachado y lo examinó.

—Vaya sinsentido —gruñó, cerrando los dedos alrededor.

La curiosidad de Cade casi superó el miedo que le tenía al chico. Casi.

—Bueno, ahora que estamos todos aquí, es mejor que pensemos en algún plan —dijo Scott en voz alta—. A menos que queramos terminar como nuestro nuevo amigo aquí presente.

—Hay que seguir adelante —dijo Yoshi.

—Una gran idea —dijo Finch, aplaudiendo despacio—. ¿Se te ha ocurrido a ti solito?

Glotón se rio, pero Yoshi no parecía molesto. Se limitó a mirarlos con sus ojos oscuros.

—Bueno, ¿tienes alguna idea de lo que está pasando? —preguntó Finch, que dirigió la pregunta a Eric.

Este lo ignoró.

—Puede que esos hombres sí la tuvieran —dijo Yoshi, señalando hacia delante. Había más cadáveres, aquellos, medio cubiertos de sal y arena. Cade casi los había pasado por alto.

Avanzó unos pasos para acercarse más, dejando mucho espacio entre él y Finch y sus compinches. Puede que Jim solo hiciera lo necesario para sobrevivir, pero Finch y Glotón eran propensos a la violencia.

Ahora que miraba a su alrededor, vio que había muchos más cadáveres, al menos una docena. Pero parecían diferentes del anterior. Llevaban pantalones desvaídos y estampados, y se habían conservado mejor, quizás por estar medio enterrados en la arena. Cade sintió que se le llenaban los ojos de lágrimas al mirarlos por segunda vez y, una vez más, resistió las ganas de vomitar.

Todos estaban demacrados, llevaban barba y tenían los ojos hundidos, pero aún podía verse la sangre seca de las heridas que los habían matado. No eran marcas de garras, al menos, a él no se lo parecieron, sino que tenían varias heridas de arma blanca en el torso. De hecho, vio lo que podría haber sido una flecha sobresaliendo de un hombro, pero no quería acercarse para verificarlo.

Aun así, incluso con todos esos detalles, lo más extraño era su piel. Estaban pálidos y un poco amarillentos por la desecación, pero todos llevaban tatuadas unas extrañas espirales azules, o eso parecían, desde la cara hasta los dedos de los pies.

—Vaya bichos raros —dijo Finch, pasando por encima del cuerpo—. Venga, colegas.

Avanzó con una fanfarronería y confianza que a Cade le pareció que tenían que ser fingidas. Cade retrocedió y se situó junto a Eric, Scott y Yoshi.

—¿Tienes un plan mejor? —le preguntó Scott a Eric, con genuino interés.

Eric miró al trío que tenían delante.

—Será mejor que no nos separemos.

Alcanzaron a los demás y, cuando se alejaron de los cadáveres, Cade se fijó en el suelo. El área a su alrededor era desigual y estaba formada por entero por tierra, con algo de arena y sal aquí y allá. Bajo sus pies había restos de lo que una vez había sido hierba, que había adquirido un color amarillento por el calor del sol. Nada similar debería ser capaz de crecer en aquel lugar.

Y lo que era aún más extraño, parecía formar un cuadrado perfecto, como si alguien hubiera construido un campo de fútbol gigante en mitad del desierto. ¿Es que alguien había teletransportado un pedazo gigante de tierra y se le había caído encima del desierto de sal? ¿Igual que lo habían dejado caer a él en el saliente?

Mientras volvían al desierto de sal, encontraron más cuerpos, pero aquellos estaban alineados. Se parecían al primero: vestían una tela roja andrajosa y no llevan barba. En todo caso, parecía como si dos fuerzas opuestas hubieran librado una batalla allí: los de la piel azul contra los de las vestiduras rojas. Y habían ganado estos últimos.

—Bueno, eso no parece buena señal —gruñó Scott.

—Alguien ha puesto así todos estos cadáveres —dijo Cade—. Para exhibirlos. Y fijaos en el suelo: todo está destrozado. —Vio huellas en la sal, como las que dejaría una sandalia barata—. Aquí había gente, mucha gente.

—Eh, mirad esto —los llamó Eric.

Cade rodeó los cuerpos y el corazón le dio un vuelco al ver lo que había más adelante. Entre lo que parecía un montón de basura (trozos de madera, retazos de tela y otros detritos), había macetas. O jarrones. Fueran lo que fueran, podrían ser una señal de aquello que más necesitaban. Agua.

Trotaron hacia el montón de basura como zombis, hipnotizados por aquella imagen. Cade levantó uno de los jarrones por las asas que tenía en ambos lados y oyó que, en el interior, se agitaba un líquido.

—Es un puto milagro —gritó Scott con la voz ronca, procurándose uno. La parte superior estaba tapada con un corcho, pero Scott lo arrancó con los dientes y le dio la vuelta para beberse el contenido sin ni siquiera olfatearlo para comprobar qué era.

Siguió tragando unos segundos más y luego jadeó en busca de aire.

—Demasiado bueno para ser verdad —dijo, volviendo a llevárselo a los labios. Los demás se apresuraron a hacerse con uno y Cade se sintió agradecido de que hubiera más que de sobra para todos.

Los siguientes minutos los pasaron en silencio, excepto por los gemidos de alivio y el ruido que hacían al tragar agua. Cade podía sentir la vida volviendo a su cuerpo con cada trago. Pero no pudo evitar sentirse más inquieto con cada sorbo.

Era demasiado bueno para ser cierto. ¿Quién dejaría agua allí, en mitad de aquel desierto, entre varias hileras de cadáveres?

Aquello estaba planeado. Lo del agua, seguro. Puede que incluso lo del disco alrededor del cuello de ese cadáver. Era como una prueba... un rompecabezas. Y ellos eran los conejillos de indias.

Si aquello *era* un rompecabezas, Cade sabía que cada detalle importaba.

Observó el jarrón que tenía en las manos. Era de un color oxidado y descolorido, como las macetas de terracota que su madre usaba para las plantas. Pero era más antiguo, como los recipientes que había visto en los museos a los que lo había arrastrado su padre, el historiador. Allí había aprendido que se llamaban ánforas. Eran lo que se usaba para beber del mundo antiguo.

—¿Qué ponía en el disco? —preguntó Cade cuando su curiosidad por fin venció al miedo que le inspiraba Finch. Podría tratarse de una pieza clave en aquel rompecabezas, y necesitaba verlo.

Finch le sostuvo la mirada un momento y se encogió de hombros. Se lo arrojó, sonriendo cuando se quedó corto y Cade tuvo que escarbar en la sal para hacerse con él.

Cade lo recogió y observó las marcas. La superficie era áspera, las letras y los números formados a partir de agujeros perforados en el material en lugar de un auténtico grabado. Pero las marcas alfanuméricas estaban claras como el día y conmocionaron a Cade. Se quedó mirándolas con la boca abierta. Era lo último que esperaba ver.

—A lo mejor no es tan inútil después de todo —dijo Finch, con sus penetrantes ojos azules clavados en el rostro de Cade—. Escúpelo.

Cade dejó caer la ficha al suelo, intentando encontrarle sentido. Tenía que ser un truco. Todo aquello tenía que ser un truco.

—He dicho que lo escupas —espetó Finch.

—Dice... *Legio IX* —explicó Cade, deletreando las dos últimas letras—. Luego *Hispana*.

Finch lo miró fijamente. Solo Scott manifestó algún tipo de reacción, frunciendo el ceño como si intentara recordar algo.

—¿Y? —preguntó.

—Dice que era un soldado romano —dijo Cade, que apenas podía creerse sus propias palabras—. De la Novena Legión.

OCHO

Hace un mes

Cade jadeó y se tambaleó mientras se ponía de pie, las náuseas le revolvieron el estómago como si tuviera una serpiente enroscada ahí.

—¡Otra vez! —gritó el profesor—. Tres más.

Se tiró al suelo y se tumbó sobre el estómago, luego subió para hacer una flexión, un incómodo salto para ponerse en cuclillas y, por último, un salto hacia arriba, con las manos apuntando al cielo.

Los llamaban *burpees*, un horrible ejercicio de cuerpo entero que usaba su propio peso contra él. Al principio, a Cade le había parecido que el nombre era gracioso. Ya no le hacía ninguna gracia.

—Abajó —gruñó el profesor—. Más rápido.

Cade bajó hasta el suelo.

Había sido muy estúpido. Glotón lo había hecho tropezar en el comedor, poniéndole la zancadilla a Cade cuando este había pasado a su lado. Él no había ido mirando, demasiado concentrado en encontrar su mesa entre aquella multitud.

Por lo general, se sentaba con Eric. No a su lado, pero en la misma mesa. A pesar de que Eric ignoraba deliberadamente a Cade, era más seguro estar cerca de él que de los demás. Tener un lugar donde sentarse le facilitaba un poco la vida a Cade.

En cualquier caso, al caerse, Cade se había golpeado la cara contra el suelo. Solo tenía un pequeño hematoma en la mejilla, pero los supervisores se lo habían visto al cabo de unas horas y lo habían amenazado con castigarlo si no les decía quién más había estado involucrado.

Pero allí, los chicos no se delataban unos a otros: el código de silencio era ubicuo, y a los que lo rompían se los trataba con deliberado desprecio, e incluso violencia, si se descubría. Cade mantuvo el pico cerrado y le adjudicaron un mes de «castigo».

Durante las últimas cuatro semanas, en las pausas para comer y por la noche, lo habían puesto a prueba: flexiones, saltos de tijera y, por supuesto, los temidos *burpees*.

Hacía las carreras de obstáculos a toda máquina, solo para que le dijeran que volviera al principio y empezara de cero.

Los supervisores de cara roja le gritaban en la cara durante varios minutos cada vez, desafiándolo a hacer algo que no fuera mirar hacia delante, con el cuerpo rígido y atento.

Uno le había gritado que su trabajo era romperlo en pedazos, para que pudieran arreglarlo. Pero Cade no creía que necesitara que lo rompieran, ni que lo arreglaran, para el caso. La mayoría de los estudiantes no lo necesitaba.

Una voz incoherente salió de la radio de bolsillo del supervisor, lo que apartó a Cade de sus pensamientos. La sangre le palpitaba en los oídos con demasiada fuerza como para escucharla bien.

—Dos cuatro —respondió el hombre—. Ahora lo mando.

Cade, que de repente fue capaz de tenerse en pie, se tambaleó sobre la hierba. Después, en un repentino ataque de náuseas, vomitó.

—Ya has acabado —dijo el consejero, arrugando la nariz—. Ahora vuelve corriendo a tu habitación y será mejor que no te vea reducir la velocidad en el camino.

Cade se alejó a trompicones, obligándose a trotar mientras se limpiaba la boca. Observó a los otros chicos, que se lanzaban la pelota en el patio. Aunque antes no habría tenido el valor de pedir que lo dejaran unirse, seguía sintiendo una punzada de celos.

Los supervisores lo habían separado de los demás, tal como lo habían hecho con Spex hacía unos meses. Era una extraña mezcla de castigo y confinamiento solitario, y le llevaban las comidas a su nueva y diminuta habitación, donde también pasaba las tardes en soledad. El único tiempo que pasaba con los demás estudiantes era en clase.

En un momento dado, se había reído del castigo. Si incluso se había planteado si no lo preferiría. Tiempo para sí mismo, lejos de Finch y los demás.

Ahora, mientras volvía tambaleándose a su habitación, odió estar allí. El goteo que producía la condensación del aire acondicionado era casi intolerable, pero rompía el inmenso silencio en el que se había convertido su tiempo de descanso durante el último mes.

Cade había pensado que podría meditar. Escribir cartas mentalmente. Planificar su vida. Pero, en vez de eso, la cabeza le iba a mil por hora, a todas horas. Tal como estaban las cosas, no lograba calmarse, ni siquiera haciendo los deberes. Apenas podía dormir.

El arrepentimiento por lo que había sucedido parecía rebotarle dentro del cráneo, mientras que la ansiedad le aplastaba el pecho. Sus padres, aunque eran cariñosos, habían creído lo que la escuela les había dicho. La policía. Que había sido *él*.

Eso, en muchos sentidos, era lo más doloroso de todo. La injusticia de ser acusado falsamente todavía le dolía. Lo volvía loco de rabia, al menos en privado. Tenía que ahogar los gritos en su almohada.

Pero, aunque el juez casi había obligado a sus padres a enviarlo allí, no los había obligado a actuar de la forma en que lo habían hecho después del incidente. Decepcionados y resentidos, como si los hubiera defraudado. Cuando nada de aquello había sido *culpa suya*.

Aun así, los echaba de menos. Estar castigado también significaba que no podía tener ningún contacto con sus padres. Sin llamadas, sin visitas; incluso las cartas tendrían que esperar hasta después.

El estómago de Cade retumbó, a pesar de que acababa de vomitar, y alejó el enfado de sus pensamientos. La comida llegaría pronto. Comía más tarde que los demás, y la comida siempre estaba fría cuando llegaba.

Por lo menos, las porciones eran generosas, probablemente eran las sobras de lo que quedaba en el comedor después de la comida principal. Y Glotón no estaba allí para robarle la comida.

En mitad de tal miseria, había tomado una decisión. Que no dejaría que lo aplastaran. Que se mantendría sano. Le habían quitado la libertad, la alegría. Pero no le quitarían su cuerpo.

Así que se lo comía todo, todos los días. Sus entrenamientos, como intentaba llamarlos en su cabeza, al menos tenían un propósito más allá del castigo.

Ya estaba viendo los resultados. Estaba aumentado de volumen y, esa vez, sin ese flotador en la zona media. Antes había estado en una forma física terrible, en parte debido a los Jalebis y otros dulces indios que su madre solía enviarle al internado.

Ahora, tenía el estómago plano, pero no el pecho. Había ganado definición en los brazos y no le colgaba como los de un espantapájaros dentro de las mangas de su uniforme azul. Incluso ahora, admiraba su nueva forma en el pequeño espejo de la habitación. No era ningún Hércules, pero tampoco era un larguirucho escuálido.

La puerta sufrió una sacudida y Cade levantó la mirada, saliendo de su ensoñación con un sobresalto. Se abrió de golpe con un crujido de las bisagras. Un maestro apareció en el umbral.

—Sígueme —dijo el hombre.

—¿Voy a volver al dormitorio con todos? —preguntó Cade, contento de que el castigo pudiera haber llegado a su fin, pero triste por perder su habitación privada.

—He dicho que me sigas —espetó el hombre—. No te lo volveré a pedir.

Cade se encogió de hombros y lo siguió a toda prisa. Le costó unos minutos deducir a dónde iba. A la sala de visitas. La pequeña habitación en la que los padres podían ver a sus hijos.

Maldiciendo lo inapropiado del momento, Cade se lamió las manos e intentó arreglarse el pelo para presentarse con un aspecto decente ante sus padres. Estaba sudoroso por culpa del entrenamiento y sabía que lo más probable era que apestara.

El profesor se colocó junto a la ventana de la sala de visitas y Cade se sentó en el viejo sofá destrozado, enfrente de sus padres. Una mesita de café cubierta de folletos con chicos sonrientes yacía entre ellos.

Sintió una mezcla de alegría y tristeza al verlos. Su padre le había dedicado una ligera sonrisa cuando había entrado en la habitación, pero ninguno habló hasta que se hubo sentado.

—¿Cómo estás, Cade? —preguntó su madre, poniéndole una mano en la rodilla.

Parecía muy cansada. Tenía arrugas nuevas en la cara.

—Estoy bien —respondió él, poniendo cara de valiente—. He estado haciendo ejercicio. ¿Quieres ver mis armas?

Levantó los brazos y se pellizcó los bíceps. Su madre forzó una sonrisa al oír su broma, pero Cade sabía que en ella no había corazón. Su padre no estaba mejor: parecía demacrado. ¿Por qué no decía nada? Solo quería escuchar la voz de su padre.

—Nos han dicho que te has peleado —dijo su madre.

—Me tropecé, eso es todo —se apresuró a decir Cade al escuchar la preocupación en su voz.

Ella negó con la cabeza.

—No hace falta que mientas, Cade. —Sintió un destello de ira. La misma ira que había sentido cuando su padre le había hablado por primera vez después de que lo detuvieran. Cuando le había preguntado si lo había hecho.

—No estoy mintiendo —dijo Cade, intentando hablar en tono tranquilo.

Ella suspiró y miró hacia otro lado, como si estuviera conteniendo las lágrimas.

—¿Cómo estáis vosotros? —preguntó, después de un momento de incómodo silencio.

Su padre hizo una pausa y vio que sus padres intercambiaban una mirada. Solo entonces se fijó en la distancia entre ellos. En que su padre estaba sentado detrás de ella en vez de a su lado. En la forma en que ella se alejaba cuando él hablaba. Habían estado discutiendo. Lo sabía.

—Nos las apañamos —dijo su padre, dedicándole a Cade una sonrisa de labios apretados—. Hemos hablado con tu antigua escuela, para ver si te readmitirían.

Cade respiró hondo para resistir el impulso de desatar su temperamento contra él.

—No pierdas el tiempo —dijo Cade—. Creen que soy culpable.

—Nos han dicho que podrían planteárselo, si pagamos la matrícula completa.

—No lo hagáis —suplicó Cade—. No podemos permitírnoslo. Y allí todos me tratarán como a un ladrón.

—¡Cade, no podemos renunciar a tu educación sin más! —estalló su padre. Su madre se estremeció por culpa del grito.

—Lo hecho, hecho está. No permitáis que nos cueste nada más —dijo Cade, ignorando el dolor en la mirada de su padre.

—Si no vuelves, ¿qué futuro vas a tener? —preguntó su padre—. Tendrías suerte de entrar en una escuela de formación profesional, ya no digamos en una universidad. ¡No hablamos de unos pocos meses, sino de toda tu vida!

—No quiero hablar más del tema, ¿queda claro? —Cade retrocedió—. ¿Te crees que no lo sé? ¿Te crees que no...?

Cade se obligó a calmarse, a respirar despacio. No había sido consciente de lo cabreado que estaba. Se había esforzado mucho para ocultarles sus emociones a los demás, pero ahora todo estaba estallando delante de las personas a las que quería.

La vergüenza hizo que le ardieran las mejillas y se limpió la humedad del rabillo del ojo. ¿En qué se estaba convirtiendo?

—Vamos a hacerlo —dijo el padre de Cade—. En cuanto salgas de aquí.

—No es que pueda impedíroslo —murmuró Cade. Se quedó allí sentado, mirándose las manos, hasta que su padre se aclaró la garganta.

—Pues —dijo su padre, evitando mirar a Cade a los ojos— tienes que saber por qué estamos aquí.

Cade clavó la mirada en él, impasible.

—¿Porque os han dicho que me había peleado?

Vio cómo su padre le daba la mano a su madre y cómo ella la apartaba. Fue como si le clavaran un cuchillo en el corazón. No habrían discutido de no ser por él.

—No, Cade. Es por mí —dijo su madre—. No voy a poder visitarte con tanta frecuencia

—¿No? —A Cade se le aceleró el corazón.

—¿No has recibido mi carta? —preguntó su madre y, en ese momento, también detectó su enfado cuando fulminó con la mirada al guardia que tenían detrás.

—He estado castigado —susurró Cade—. ¿Te acuerdas?

Su madre respiró de forma entrecortada.

—¿Qué está pasando? —preguntó Cade a toda prisa antes de que ella pudiera preguntar al respecto.

—Últimamente, vamos un poco justos de dinero —explicó—. Por la multa de los portátiles y los precios de este sitio. Voy a volver a trabajar. A tiempo completo. Y como el trayecto hasta aquí es tan largo...

Cade sintió que el corazón se le desbocaba en el pecho. Las visitas eran dolorosas para él, sí, pero eran lo único que le recordaba al mundo exterior. Que había una vida esperándolo, si podía superar aquello.

¿Y que su madre tuviera que volver al trabajo? Le encantaba estar jubilada. Había trabajado duro toda su vida para poder retirarse.

Todo aquello era culpa suya.

—Seguiremos llamándote todas las semanas, ¿de acuerdo? —dijo la madre de Cade—. Te queremos.

Cade cerró los ojos, intentando luchar contra la negra oleada de desesperación. No era justo. Nada de aquello lo era.

Se le acumularon las lágrimas en el rabillo del ojo y giró la cara. No podía dejar que lo vieran llorar.

—Yo también os quiero —susurró.

Habían recorrido un largo camino para ir a verlo, pero no podía soportarlo ni un momento más. Se puso de pie e hizo un gesto con la cabeza al guardia.

—Cade —lo llamó su padre, en un tono casi suplicante.

No miró hacia atrás.

NUEVE

Lugar: desconocido
Fecha: desconocida
Año: desconocido

—Es una broma —dijo Cade—. Tiene que serlo.

—¿A qué te refieres? —gruñó Finch.

Cade cerró los ojos, intentando recordar.

—Se supone que la Novena Legión desapareció a principios del siglo II, probablemente en algún lugar de lo que hoy es Escocia —dijo, pensando en las largas discusiones que había tenido con su padre sobre ese tema—. Existe una teoría que dice que la mayoría fueron asesinados en una emboscada que les tendieron los antiguos pictos… que deben de ser nuestros amigos tatuados de la zanja. Es uno de los misterios más famosos de la historia.

—Nunca he oído hablar del tema —dijo Scott.

Los demás gruñeron su acuerdo.

—Entonces, ¿estás diciendo que ese muerto era un soldado romano? —preguntó Eric.

—Exacto —respondió Cade—. Miles de hombres desaparecieron de los registros romanos, que sin duda no eran muy completos, pero nadie ha podido descubrir por qué.

—¿Y acabaron aquí? ¿Como nosotros? —preguntó Jim en voz alta. Se ganó una mirada fulminante por parte de Finch, como si incluso hablar con Cade fuera un pecado.

—O eso es lo que quieren que creamos… sean quienes sean —murmuró Cade—. Pero es imposible. Para empezar, eso pasó hace casi dos mil años. Jesús fue crucificado menos de un siglo antes de que esos tipos aparecieran, incluso un cuerpo perfectamente momificado estaría en mucho peor estado que esos cadáveres.

—Entonces, ¿qué? ¿Todo esto es algún tipo de broma? —preguntó Finch.

—No se me ocurre ninguna otra razón para que hayan puesto esto aquí.

—¿Solo para ver cómo reaccionamos? —dijo Finch, burlón—. Estás diciendo que va a aparecer alguien con una cámara de televisión y gritará: «¡Sorpresa! Os hemos secuestrado y traído volando hasta un desierto para que os enfrentarais a algunos monstruos que os han hecho pedazos a algunos, y luego hemos metido una incierta broma histórica después de que casi murierais por un golpe de calor, ¿a que es para partirse?». ¿Eso es lo que estás diciendo?

Cade sacudió la cabeza.

—¿A lo mejor eran recreadores? ¿Como los que recrean la Guerra Civil? —aventuró. Parecía una posibilidad remota, pero era la mejor explicación que se le ocurría.

—Me importa una mierda lo que diga esa cosa —dijo Glotón—. Lo único que sé es que me muero de hambre y no hay nada que comer, solo unos tipos muertos de dos mil años de antigüedad. Hay que seguir adelante.

Finch se puso de pie, cargó con un ánfora, y sus dos compinches hicieron lo mismo.

—Yo digo que sigamos en la misma dirección —dijo Finch—. Podéis seguirnos, si queréis.

Miró a Eric mientras hablaba, ignorando a Cade, Scott y Yoshi. Luego el trío se fue, arrastrando el agua detrás de ellos.

De nuevo, los demás miraron a Eric.

—Tiene razón —dijo Eric a regañadientes—. Deberíamos llevarnos tanta agua como podamos transportar. Con suerte, pronto daremos con más. No creo que quien nos haya traído aquí quiera que muramos de sed en mitad del desierto. Tienen otros planes.

—Claro —dijo Scott, cargando con uno de los recipientes—. Preferirían vernos devorados por un mutante. Entretiene mucho más.

Vieron las nubes antes de ver las montañas. El manto blanco destacaba contra el cielo vacío, que colgaba sobre aquella mancha oscura en el horizonte. Esa mancha pronto se convirtió en una sierra de la misma roca marrón que habían visto antes, pero aquella parecía extenderse durante muchos kilómetros a su alrededor.

A medida que se acercaban, el calor opresivo del sol empezó a reducirse, ayudado por una suave brisa. Pero lo extraño era que las nubes no se movieron de su posición sobre las montañas a pesar del viento, como si una fuerza invisible las mantuviera inmóviles. Cade no mencionó aquello a los demás, que parecían no haberse fijado. Las cosas ya eran lo bastante extrañas.

Los cuatro se acercaron a lo que parecía ser una amplia entrada natural, con dos acantilados que sobresalían a cada lado. Dejaron escapar un suspiro colectivo de alivio cuando se refugiaron a la sombra, pero aquel breve respiro no duró mucho.

Porque allí había huesos, esparcidos por todo el cañón.

Finch y los demás estaban justo delante de ellos, observando los restos esparcidos por el suelo oscuro. Tenía todo el aspecto de un cementerio de elefantes, pero no había orden ni concierto en sus tamaños y formas. Una caja torácica que parecía pertenecer a una ballena yacía cerca, mientras que, más cerca aún, el cráneo del tamaño de una pelota de baloncesto de una criatura con colmillos no identificable estaba medio enterrado en el suelo. Y también había cráneos humanos, intercalados entre el resto como dados en una mesa de juego.

Cade no habría sabido decir cuánto tiempo llevaban allí, pero un escalofrío helado le recorrió la espalda a pesar del bochorno. De repente, allí el aire resultaba húmedo, como si hubiera llovido hacía poco, y el aroma de la descomposición le inundó las fosas nasales.

—Bueno, esto es genial —dijo Yoshi, agachándose para examinar uno de los cráneos humanos amarillentos—. ¿Creéis que esto es lo que les pasó a quienes vinieron antes que nosotros?

—Es posible —respondió Cade, mordiéndose el labio—. Pero tampoco es que podamos volver atrás.

El cañón era tan ancho como dos estadios de fútbol de punta a punta, con acantilados escarpados a ambos lados, que alcanzaban una altura similar a la de los edificios de oficinas. Sin embargo, cuando Cade escaneó su entorno, vio al trío de Finch yendo a toda prisa hacia una estructura que quedaba directamente frente a ellos, a cientos de metros por delante en el valle. Abrió los ojos como platos cuando lo vio. Una muralla.

—Vamos —gruñó Eric, poniéndose en cabeza.

La caminata se les hizo eterna, sus pies chapoteaban en la mezcla de barro y lluvia que había en el suelo y hacían crujir los huesos que había debajo cada dos pasos. Cuando se acercaron, Cade vio que la muralla tenía al menos seis metros de alto. Parecía haber sido construida al azar: algunas zonas eran de ladrillo rojo, otras, de piedra y argamasa, con algunos tramos de cemento rugoso.

La estructura entera se estaba desmoronando, con agujeros y marcas de quemaduras por toda su superficie. Y peor aún... rasguños lo bastante grandes como para ser vistos incluso a una buena distancia. Ningún animal de los que Cade conocía tenía garras tan grandes como las que habían hecho esas marcas, y se encontró evitando mirar al suelo por temor a ver los restos de las criaturas que las poseían.

Al acercarse más, pudo ver una rampa empedrada que subía por el centro de la muralla, donde se había construido un conjunto de puertas dobles en lo profundo de la estructura. Finch ya estaba golpeándolas con los puños, suplicando a voz en grito que los dejaran entrar hasta quedarse ronco. Pero no obtuvo respuesta. Solo el susurro de la brisa.

—Está cerrado —dijo Finch mientras le pegaba una patada a la puerta, frustrado.

Cade se sentó en el borde de la rampa y gimió de alivio. Le dolían los pies por la interminable caminata de aquel día y el ánfora que llevaba debajo del brazo le había dejado el costado en carne viva. De alguna manera, incluso en mitad de todo aquel caos, quería dormir. Dormiría durante días, si pudiera.

—Sé que prefiero estar al otro lado de la muralla que en este —dijo Eric, acercándose a ella y pasando la mano por la superficie—. Pronto podrían aparecer más víboras. Puede que sea eso. ¿Esto es otra prueba?

—Sí —dijo Yoshi—. Y parece que algunos de esos esqueletos no la superaron.

—Deberíamos seguir adelante —murmuró Eric, acercándose a Cade—. No tardará en hacerse de noche.

Cade miró hacia arriba y vio que el sol ya había descendido poco a poco hasta esconderse detrás de las montañas y que a su alrededor había empezado a refrescar. La luz se desvanecía a pasos agigantados. Cuando bajó la mirada, echó otro vistazo a la muralla, dañada pero aún en pie.

—Habrá que trepar —dijo Eric—. Es la única opción.

—¿Y rompernos el cuello? —espetó Finch—. Nunca conseguiremos llegar hasta ahí arriba.

Cade ya estaba escaneando la superficie de la estructura, trazando un camino hacia la parte superior. Era posible. A duras penas. Conocía su reputación entre aquellos chicos. Sabía lo que pensaban de él. Un niño mimado y friki que no encajaba.

Aquella era su oportunidad de demostrar que era útil. De ganarse su respeto.

Cade se quitó las botas y los calcetines y flexionó los dedos de los pies. Después de pensarlo un momento, ató los cordones de las dos pesadas botas y se las colgó alrededor del cuello, ya que no quería dejarlas atrás.

—¿Vas a subir? —preguntó Finch, enarcando las cejas.

Cade asintió.

—Mejor tú que yo.

—Eric, ¿puedes darme algo de impulso? —le pidió Cade, ignorándolo.

Se acercó a la pared y colocó las manos en una grieta entre dos ladrillos. Mientras lo hacía, el borde de la grieta se derrumbó y se vio obligado a clavar los dedos más hondo para conseguir un mejor agarre.

—¿Ya nos dejas? —dijo Finch—. Qué lástima.

—Veré si puedo abrir la puerta desde el otro lado —respondió Cade entre dientes, raspándose los pies contra la pared. Encontró un punto de apoyo para el pie y se aupó, antes de sentir el hombro de Eric contra su trasero, impulsándolo hacia arriba.

Metió las uñas en el surco de unas garras y se izó mientras otro hombro aparecía bajo su pie libre. Se impulsó y encontró una grieta donde meter la mano y, en aquel momento, notó el agotamiento del día, mientras colgaba de las yemas de los dedos y se sostenía de puntillas en el hombro que tenía debajo.

—Pesas más de lo que parece —dijo Scott desde abajo, sin aliento—. Venga, arriba.

Cade miró hacia abajo mientras Scott le empujaba el pie con un brazo, e intentó desesperadamente aferrarse a algo. Se arañó los dedos contra el cemento antes de encontrar una brecha entre un par de ladrillos. Ahora estaba a medio camino de la muralla, pero ya no tenía el apoyo de los demás debajo de él. Encontró un nuevo punto de apoyo y se quedó quieto un momento, tosiendo el polvo de mortero que había levantado. Por una vez, se alegró del peso que había perdido.

—Estaremos aquí por si te caes —dijo Scott para ayudar, dándole el coraje para impulsarse hacia arriba una vez más. Se aferró a un ladrillo suelto y se impulsó hacia arriba.

Y siguió subiendo, centrándose en un asidero tras otro. Con cada movimiento hacia arriba, sus brazos se veían obligados a soportar todo el esfuerzo mientras sus pies buscaban en vano un punto de apoyo. Pero lo logró todas las veces, con la ayuda de algunos gritos muy útiles sobre dónde poner los pies que le llegaban desde abajo. Incluso Jim gritó, aunque Finch le chistó y lo silenció rápidamente.

Por fin, con calambres en los músculos y temblores en las extremidades, Cade alcanzó el parapeto. Con un esfuerzo hercúleo, pasó por encima y, al ver una plataforma de roca construida justo debajo de las crenulaciones, se derrumbó de espaldas y tomó profundas bocanadas de aire. Después de un minuto entero, y con cierta inquietud, rodó hasta ponerse de lado y echó un vistazo a lo que había detrás de la muralla.

El alivio lo inundó como un bálsamo refrescante mientras asimilaba lo que estaba viendo. Porque allí, frente a él, había edificios.

DIEZ

A Cade le costó levantar la barra de hierro con la que estaban cerradas las puertas, porque los soportes de hierro que la mantenían en su sitio estaban oxidados. Pero al final cayó al suelo con un golpe metálico y Finch lo apartó de un empujón, ansioso por alejarse de los campos plagados de huesos.

—Esto ya está mejor —gritó Finch, abriendo los brazos de par en par—. Parece que alguien sobrevivió el tiempo suficiente para construir este sitio.

Cade no pudo evitar estar de acuerdo con él. El edificio principal se parecía más a una fortaleza medieval que a cualquier otra cosa, aunque había sido construida a partir de los mismos materiales que la muralla y solo contaba con tres pisos de altura.

Estaban en un patio adoquinado cubierto de maleza, justo enfrente de una entrada imponente. Faltaban las puertas y el interior estaba oscuro y resultaba amenazante.

A la izquierda, Cade vio lo que parecían ser unos establos, aunque muchas de las tejas habían caído al interior. A la derecha, aunque medio bloqueada por la esquina del edificio, había una cueva oscura que parecía desaparecer en el interior de la montaña que había más allá. Como era de esperar, resultaba mucho menos tentador explorar aquel lugar que el interior del edificio.

Pero ninguno de aquellos descubrimientos fue lo que más lo emocionó. No, fue el pozo de piedra que había en el centro del patio, con un cubo de hierro, una cuerda y un abrevadero circular que rodeaba el pozo y que estaba claro que se utilizaba para dar de beber a los caballos o a algún otro animal. Quizá no murieran de sed, después de todo.

Eric le entregó su ánfora y Cade dio un trago largo y profundo. Los otros hicieron lo mismo y Finch terminó con un eructo antes de arrojar el recipiente al suelo y que este se rompiera.

—Ahí dentro podría haber comida —dijo Finch mientras se limpiaba la boca y señalaba el edificio con la cabeza.

Nadie quería ser el primero en entrar. Finch se giró hacia Cade y lo condujo hasta la entrada con un gruñido.

—Adelante.

Con un suspiro, Cade se asomó al interior

La única fuente de luz provenía de las pocas ventanas, desprovistas de cristal y con persianas de listones ásperos colgando en los huecos. Sus ojos tardaron unos momentos en adaptarse a la penumbra, pero le resultó evidente de inmediato que se encontraba en un salón, un gran espacio vacío con el suelo de piedra y un alto techo de madera, con dos pasillos que conducían a izquierda y derecha. Junto a esos pasillos mal iluminados también había dos escaleras de piedra idénticas, que conducían al segundo piso.

La cara rocosa de la montaña actuaba a modo de pared, justo enfrente de él, con un túnel ancho y toscamente excavado en ella en el que se veían unas escaleras de bajada. Se paseó por el ancho atrio y oyó el sonido de una corriente de agua al pie de las escaleras. Parecía que solo descendían un piso, pero estaba demasiado oscuro como para ver algo que no fuera el suelo de piedra del fondo.

—Me encanta cómo han decorado este sitio —anunció Scott, y Cade se giró y vio que los demás lo habían seguido—. Me recuerda mucho a *La bruja de Blair*, ¿no os parece?

Apenas había muebles de los que hablar, solo una veintena de bancos de madera y mesas colocadas contra las paredes de la estancia, como si la cafetería de la escuela hubiera despejado un espacio para un recital de baile. Sin embargo, a Cade lo complació ver antorchas de estilo medieval en las paredes.

Se acercó a una y encontró pedernal y acero atados a la base con una cuerda, y después de varios intentos lograron encenderla y prender unas chispas en la tela empapada en brea de la parte superior. La llama era débil y chisporroteaba, pero era mejor que nada. La sacó de su soporte y se adentró en el corto pasillo que había a la izquierda de la entrada. Allí lo esperaba una nueva sorpresa.

Literas. Había docenas, llegaban hasta las vigas, cada una de ellas con tres camas de alto y con apenas sitio para caminar entre ellas, excepto por un pasillito despejado en el medio. La habitación era tan grande como el atrio y la mayoría de las camas, colchones y almohadas rudimentarias estaban rellenos de paja.

Allí había más efectos personales, en su mayoría, cuencos y tazas de madera, pero ningún tipo de escritura, símbolos o artefactos de ninguna clase. No había pistas sobre quién había construido aquel lugar o por qué se habían marchado, pero al menos tenían un sitio donde apoyar la cabeza.

Cade escuchó que alguien levantaba la voz y se dio la vuelta. Los demás habían ido a la otra habitación, la que quedaba al otro lado del pasillo. Cade se acercó y justo escuchó a Finch decir:

—…inútil, todo esto es inútil.

La habitación estaba casi vacía. Pero parecía que, en el pasado, allí habían guardado las armas, a juzgar por las siluetas que habían quedado en el polvo. Había algunos objetos inútiles dispersos por el suelo: el mango de una lanza, un pedazo roto de armadura. El protector de mejilla de un casco, una vaina desgastada. Algunos picos doblados podrían resultarles útiles, aunque cuando Jim, Glotón y Finch los blandieron, Cade se fijó en que las cabezas metálicas estaban sueltas.

Ahora, los tres chicos estaban armados y Cade vio a Finch evaluando al resto del grupo con una mirada fría y calculadora. Pero Scott, Eric y Yoshi no se fijaron.

Si Finch quería establecer una dinámica de poder, Cade estaba seguro de que lo elegiría a él para dar ejemplo. Era el más débil.

—Aquí hay algo —anunció Yoshi desde el rincón. Había encendido una antorcha y Cade lo vio sacar algo de una caja escondida en la penumbra. Cade lo atrapó al vuelo cuando Yoshi se lo lanzó y lo sostuvo a la luz de su antorcha.

Era un trozo de plomo, a juzgar por lo que pesaba, con forma ovalada, del tamaño aproximado de un huevo. En la superficie, Cade vio que habían hecho marcas en forma de letras. Muy a su pesar, se rio entre dientes.

—¿Qué es tan divertido? —preguntó Finch.

—Aquí hay una palabra latina, «prende». Significa «atrapar».

—¿Y qué? —quiso saber Glotón.

—Es una honda, como la que David usó para matar a Goliat en la Biblia. No se puede decir que los romanos no tuvieran sentido del humor.

Finch soltó un gruñido de frustración.

—Creía que habías dicho que era imposible que esta gente fuera romana.

Cade se encogió de hombros y le lanzó la piedra a Yoshi.

—¿Cómo demonios sabes leer latín? —exigió saber Finch—. Me parece demasiada coincidencia.

Cade consideró sus próximas palabras con sumo cuidado, ya que la sospecha en los ojos de Finch apareció también en los de los demás.

—Aprendí latín en el colegio. Tenía pensado especializarme en...

El recuerdo de una vida interrumpida golpeó a Cade con fuerza. La universidad. Eso ya no iba a suceder.

—Me enseñó mi padre. Es profesor de Historia. Yo soy más laico que otra cosa...

—¿No te parece extraño? —lo interrumpió Scott—. ¿Que aquí haya todas estas cosas romanas y tú sepas sobre el tema?

—Todo esto es muy extraño —respondió Cade, esforzándose por que el pánico no impregnara su voz. Ahora, incluso Scott sospechaba de él.

La mirada de Finch no flaqueó. La desconfianza en sus ojos era bastante aterradora, incluso sin el pico que tenía en las manos.

—Mucha gente aprende latín en el colegio —intentó Cade una vez más—. Solo soy uno de muchos.

—Sigue pareciendo demasiado conveniente —dijo Finch en voz baja.

—A lo mejor... A lo mejor me eligieron por una razón —teorizó Cade—. A lo mejor nos han elegido a *todos* por una razón.

En realidad, no era una respuesta, pero fue suficiente. La temperatura de la habitación pareció subir unos pocos grados.

—Si sabes leer latín, a lo mejor puedes leer esto —dijo Eric, señalando la roca plana de la montaña que hacía las veces de pared trasera.

Cade se acercó y sostuvo su antorcha en alto para ver las letras toscamente talladas.

Quis fortuna erit, vel bestiis devorari vel gladiatores fieri?

—Mi latín no es *tan* bueno —murmuró Cade para sí mismo. Ahora desconfiaba de revelar lo que sabía, pero basándose en lo que *creía* que significaba, parecía demasiado importante para no compartirlo. Y podría empeorarlo todo si empezaba a fingir que no lo entendía a aquellas alturas.

Frunció el ceño, pensando en las palabras que iba a utilizar.

—Creo que significa: *¿Cuál es nuestro destino, ser devorado por bestias o luchar como gladiadores?*

Se encontró con varias miradas inexpresivas.

—¿Devorados? —preguntó Yoshi.

—Los romanos solían ejecutar a los criminales haciendo que se enfrentaran a bestias peligrosas —explicó Cade, preguntándose si alguno de los demás había abierto un libro de Historia en alguna clase—. ¿Alguna vez habéis oído lo de «echar a alguien a los leones»? Eso es lo que solían hacer con las personas, mientras miles de ciudadanos lo disfrutaban como un entretenimiento. A diferencia de los gladiadores, por lo general no peleaban mucho, solo llevaban un taparrabos, a veces incluso los metían allí con las piernas o los brazos rotos. Creo que la persona que escribió esto se preguntaba si los habían traído aquí para darles una oportunidad de luchar... o si simplemente iban a ser sacrificados en algún espectáculo.

—Qué tranquilizador —dijo una voz detrás de ellos.

Cade se giró y se sobresaltó, sorprendido. No eran los únicos que habían cruzado el desierto.

ONCE

—Deberíais haber cerrado esa puerta detrás de vosotros —dijo Spex—. Esas cosas podrían haberos seguido.

—*Deberíamos* haberlo hecho —dijo Finch—. También te habría mantenido alejado a ti.

—Es una desgracia verte, Spex —dijo Glotón, ganándose una risa por parte de Finch. Mientras tanto, Jim se adentró más en la penumbra, evitando la mirada de Spex. Llevaba la culpa estampada en la cara, clara como el agua.

Spex abrió mucho los ojos al ver a Finch. Echó un vistazo a los picos que aquellos tres tenían en la mano y el miedo se encendió en sus ojos. Allí no había ningún profesor.

Spex miró a Eric.

—Parece que no sabéis mucho más que yo.

Cade intervino:

—Alguien quiere que creamos que este sitio fue construido por los romanos —explicó—. Pero es imposible, eso fue hace demasiado tiempo.

—Los cadáveres eran demasiado recientes —se mostró de acuerdo Spex. Hizo una pausa—. Entonces, ¿esto es un juego? —preguntó.

Spex miró a Cade, expectante, pero ahora se mostraba reacio a responder. No parecía que utilizar su intelecto fuera a hacerle ningún favor.

—Eso parecía pensar quien escribió esas palabras en la pared de la montaña —dijo Cade cuando el silencio se prolongó—. Pero vete a saber cuándo lo escribieron. Podría ser de antes de que construyeran este sitio.

—Bueno, puede que haya más pistas por aquí, o puede que no —dijo Eric—. Pero no encontraremos nada si nos quedamos aquí parados.

Echó a andar sin esperar a que los demás lo siguieran. Pronto, el grupo se dirigió de nuevo a la estancia principal como una tropa

Cade se alegraba de ver a Spex, aunque no hubieran hablado desde el incidente con Finch. Aun así, era un pequeño consuelo tener allí a otra persona que no estuviera compinchada con Finch y su grupito.

Eric subió por las escaleras construidas en la roca y se adentró en la penumbra, vacilante. Cade se sintió aliviado de dejar de ser su conejillo de indias durante un rato.

Abajo encontraron una caverna húmeda, donde el agua goteaba de las estalactitas del techo. Al fondo, un río subterráneo corría de un lado a otro antes de desaparecer en las profundidades de la tierra. Habían construido una plataforma de madera a lo largo de una de las orillas, con agujeros tallados en la parte superior para formar una letrina. De hecho, Cade dedujo que se trataba de aquello cuando vio unas esponjas clavadas en palos en la parte superior: *spongia*, utilizadas por los antiguos romanos en lugar del papel higiénico. En su clase de Historia, a todo el mundo le había hecho gracia ese detalle del libro de texto.

Por supuesto, no mencionó nada de aquello. Estaba empezando a pensar que resolver el rompecabezas era menos importante que encontrar su sitio en la jerarquía. Cualquier recordatorio de que había recibido una educación mejor los hacía sospechar.

Una inspección más a fondo reveló que habían tallado una amplia piscina en el centro de la caverna, con un canal que conducía al río, donde el agua parecía salpicar de un lado a otro. Puede que fuera una zona de baño, aunque concedía más bien poca privacidad. Por otra parte, las duchas durante su periodo de castigo no habían sido mucho mejores.

—Esto empieza a parecer un hogar, dulce hogar —dijo Scott mientras emprendían el camino de vuelta por las escaleras—. Tenemos nuestro propio spa y todo.

Incluso Finch esbozó una media sonrisa al oír aquello.

Se dirigieron a otra de las escaleras y emergieron en el segundo piso. Para sorpresa de Cade, allí encontraron habitaciones privadas. Todas mostraban un diseño idéntico y muchas contenían casi lo mismo: una cama de madera, mantas de piel, un colchón relleno de paja, un escritorio, una mesa, una silla y algunas velas rudimentarias.

Cade asumió que eran las habitaciones de los oficiales, si es que alguna vez se había alojado allí un ejército romano. De nuevo, se guardó ese pensamiento para sí mismo.

Ambas escaleras continuaban y conducían al último piso. Allí tuvieron más suerte, ya que emergieron en una habitación tan ancha como el atrio, aunque con techos más bajos. En el medio había una gran mesa de piedra circular, rodeada de sillas talladas en piedra.

Y en el mismo centro… había una máquina. No existía otra palabra para ello.

Era del tamaño de un pomelo y tenía la forma de una lágrima, estaba colocada de lado y miraba en su dirección. La parte delantera se asemejaba al obturador de una cámara de las caras, mientras que, a su alrededor, sus complejos circuitos mecánicos y cables yacían debajo de una superficie dura y transparente.

Mientras daban una vuelta por la habitación, Cade se agachó hasta alinear la mirada con la mesa y se fijó en un extraño detalle acerca del dispositivo: no estaba apoyado en la mesa, sino que flotaba justo por encima de ella.

Scott captó su expresión y se agachó para mirar también.

—Está flotando —soltó Scott.

—Pues… eso es raro —murmuró Spex.

—Parece una cámara —dijo Eric—. ¿Creéis que nos han estado viendo con esto?

—Seguro —dijo Finch. Se giró hacia Cade y frunció el ceño en un ademán malicioso—. Apu, ¿por qué no miras más de cerca?

De nuevo, Cade se sintió furioso. Pero aquel no era el momento de defenderse.

Hizo una pausa, con la esperanza de que alguien más interviniera, pero ninguno parecía dispuesto a hacerlo. Cuadró la mandíbula, resistiendo el impulso de soltar un resoplido frustrado. Quería demostrar su valía, pero ¿significaba eso ser siempre el que iba delante?

Cade le entregó su antorcha a Eric, se subió a la mesa y se acercó al objeto. Se arrodilló mientras lo sujetaba con las manos. Era ligero, de una forma antinatural. De hecho, era casi ingrávido. Lo soltó y la máquina se quedó flotando.

—Joder —susurró Yoshi.

De repente, una luz parpadeó y una voz plana y masculina salió de ella.

—*Identificado: Cade Carter.*

—Mierda —dijo Cade, retrocediendo.

—Sabe quién eres —gruñó Finch, levantando su pico—. Eres uno de ellos.

Mientras hablaba, el objeto giró en el aire y un amplio haz de luz le escaneó el rostro.

—*Identificado: Finch Hill.*

A pesar de su sorpresa, Cade no pudo evitar sonreír al oír eso.

La máquina giró una y otra vez. Yoshi Endo. Eric Larsen. Scott Moore. Jim Webster. Cade incluso se enteró de que el verdadero nombre de Glotón era Tom Andrews y de que el de

Spex era Carlos Silva. Los conocía a todos... y conocía sus caras.

La voz hizo una pausa antes de continuar.

—*Contendientes identificados. La ronda de clasificación comienza en ciento cuarenta y cuatro horas.*

Una imagen apareció directamente frente a su lente. Un temporizador digital hecho de luz azul. Una cuenta atrás de... seis días.

05:23:59:59
05:23:59:58
05:23:59:57

El holograma colgaba en el aire, tan real y perfectamente formado que Cade sintió que podía alargar la mano y tocarlo.

Todos se quedaron mirándolo, atónitos. Cade sabía lo que estaban pensando. Él estaba pensando lo mismo.

¿Qué es la ronda de clasificación?

Scott, como era de esperar, fue el primero en romper el silencio.

—Bueno, eso no suena demasiado bien.

—No, la verdad es que no —coincidió Eric, atravesando con una mano el reloj con la cuenta atrás. Esta parpadeó cuando lo hizo, pero permaneció allí.

—Recomiendo que nos alejemos todo lo que podamos de esta cosa —dijo Spex, empujando sus gruesas gafas por la nariz.

—Si los últimos «juegos» tienen que servirnos de indicación, una ronda de clasificación suena a pan comido —dijo Scott con sarcasmo—. Y eso que empezaba a gustarme este sitio.

—¿Más víboras? —preguntó Cade.

—O algo peor —espetó Finch—. Ya has visto los huesos de ahí fuera. Lo más probable es que sea lo que les pasa a las personas que pasan a la «ronda de clasificación».

Finch se paseó de un lado a otro, haciendo girar el pico en la mano. Cade dio un paso furtivo hacia atrás. Sabía de lo que Finch era capaz.

—La gente que construyó este sitio se largó a toda prisa —dijo Eric, ajeno a las preocupaciones de Cade—. Gente armada, y eran más de cien, por lo menos. ¿Cuántas personas formaban una legión, Cade?

Cade dudó.

—Miles —dijo.

Spex había estado mirando a la nada, pero, en ese momento, levantó la mirada, sus grandes ojos inundados de miedo detrás de sus gafas.

—Tampoco se fueron hace mucho, basándonos en el estado de este sitio. ¿A lo mejor hace un año o dos?

Cade se sintió aliviado de no ser el único allí con un poco de sentido común. Pero, al mismo tiempo, se preguntó a dónde más se podía ir. Su mente voló hacia la cueva que había vislumbrado junto a la fortaleza. Ahora parecía mucho más tentadora.

—Aquí tenemos refugio —gimió Glotón—. Un techo, incluso váteres y duchas. El muro nos protegerá. ¿O habéis visto huesos aquí dentro?

—A lo mejor las personas que construyeron este lugar son los cadáveres que hemos visto —murmuró Cade, un poco para sí mismo. Se hizo el silencio hasta que se dio cuenta de que todos lo miraban fijamente. Cambió el peso del cuerpo de un pie a otro, incómodo.

»Bueno, se supone que eran romanos, ¿no? —volvió a la carga Cade—. Y se supone que las personas que vivían aquí también eran romanos o, como mínimo, hablaban latín. Escribieron en ese idioma en la pared, literalmente.

Tenía algo de sentido… si no fuera por el hecho de que aquel lugar era mucho más antiguo que los cadáveres. ¿Podría haber habido dos conjuntos de romanos en aquel desierto? ¿Los que habían construido aquel lugar y la Novena Legión?

Fuera cual fuera la respuesta, aquella historia se estaba volviendo más extraña por momentos.

—A ver... repasemos lo que se *supone* que debemos pensar —dijo Spex, levantando las manos mientras pensaba en voz alta—. Los romanos fueron teletransportados al desierto, junto con algunos cadáveres. Tal vez hace dos mil años, tal vez hace solo unos pocos. Luego vinieron aquí y construyeron este lugar, ¿verdad?

Finch gruñó su reacio acuerdo.

Cade sospechaba que la legión había sido transportada en mitad de la batalla con los pictos, junto con el trozo de hierba del tamaño de un campo de fútbol en el que habían estado, pero no quería complicar más las cosas.

—Mientras tanto, los obligaron a jugar a este «juego», sea cual sea —continuó Spex, que frunció el ceño mientras pensaba—. Y, un día, decidieron irse a toda prisa.

—A lo mejor el juego se volvió demasiado difícil —dijo Jim de repente, ganándose otra mirada fulminante de Finch.

—A mí lo que me interesa es a dónde fueron —dijo Finch, y Cade resistió el impulso de soltar un resoplido burlón. Al parecer, *Jim* no podía hablar con Spex, pero Finch sí.

—Así que, o jugamos a este juego, o nos vamos —dijo Eric.

Scott se rio en voz alta.

—Bueno, aunque hasta ahora he disfrutado del juego, yo voto por que nosotros y nuestras pelotas nos larguemos a casa. ¿Quién está conmigo?

Hubo una serie de asentimientos y gemidos de aprobación. En realidad, nadie quería abandonar la relativa seguridad del fuerte. Y, al mismo tiempo, todos querían hacerlo.

—Todavía tenemos unos días —dijo Eric—. Dormiremos aquí esta noche, es un lugar tan seguro como cualquier otro.

—¿Quién te ha puesto al mando? —preguntó Finch.

—¿Quieres irte ahora? —preguntó Eric, señalando el cielo oscuro—. Por mí no te cortes. Te enterraremos por la mañana.

Finch murmuró algo en voz baja.

Cade lo ignoró y observó a las puertas a ambos lados de la habitación. Aquellas seguían encajadas en su sitio. Yoshi se fijó en lo que estaba mirando y abrió la puerta más cercana a él.

—Un dormitorio más grande —dijo—. Más pieles, nada más.

Oyeron un jadeo y Cade se giró para ver a Jim echando un vistazo a la habitación opuesta.

—Aquí también hay una habitación. Pero hay algo más —dijo Jim.

DOCE

Como había dicho Yoshi, la habitación era muy parecida a la otra, solo que con una cama más grande y lo que parecían mejores muebles, incluidas unas cortinas andrajosas que proyectaban sombras sobre la habitación.

Pero Jim tenía razón, había algo diferente. Una gran caja de madera pulida sobre una mesa cerca de la pared del lado de la montaña. Cade también se fijó en una cosa más: un libro, abierto sobre otra mesa.

Mientras los demás se reunían alrededor de la caja, él aprovechó la oportunidad para hojear el contenido del libro, entrecerrando los ojos para ver algo a la luz parpadeante de la antorcha de Eric. Parecía estar en latín, pero no logró encontrarle ni pies ni cabeza. Las letras estaban mal puestas, aunque separadas en lo que podrían haber sido palabras. Un mensaje cifrado, ¿tal vez?

—Louis Le Prince —dijo Finch, distrayendo a Cade de sus pensamientos—. ¿Alguien sabe quién es?

Cade dejó atrás el libro y se acercó a la caja de madera. En la parte superior, grabado en letras doradas, estaba el nombre que Finch había leído en voz alta, aunque lo había destrozado con su pronunciación.

—¿Puede que fuera un rey francés? —sugirió Eric.

—No es muy probable —dijo Spex—. Solo hubo reyes llamados Louis y ninguno de ellos usó ese nombre.

El grupo lo miró, sorprendido.

—Soy un friki del trivial, ¿y qué? —explicó Spex, que de repente parecía tan preocupado como Cade—. He visto muchos programas de preguntas y respuestas en mi vida, siempre he querido participar en uno.

—¿Alguna idea? —preguntó Glotón, girándose hacia Cade.

Él examinó la caja más de cerca. Por un lado, había dos lentes, una sobre la otra, en un compartimento aparentemente separado, mientras que, en el lado opuesto, había incrustada una manivela. En cuanto al lado que quedaba de cara a la pared de la montaña, había una única lente incrustada en el centro. Aún más extraño, la pared que tenía enfrente parecía haber sido alisada y encalada en un espacio cuadrado del tamaño de una sábana.

La caja parecía vieja, pero no antigua. Si fuera el momento de hacer conjeturas, habría dicho que era una cámara antigua y enorme. Lo cierto era que no se trataba de algo que ningún romano hubiera usado. No tenía sentido. Pero nada lo tenía en aquel lugar.

—No parece un nombre romano —se aventuró a decir Eric cuando Cade examinó la caja aún más de cerca.

Por una vez, a Cade no le importó ser el conejillo de indias del grupo, le pudo la curiosidad. Había un interruptor en el mismo lado que la manivela.

No había sido demasiado buena idea jugar con el último objeto con el que se habían topado, pero necesitaba saber lo que hacía. Pulsó el interruptor. De inmediato, se encendió una luz en algún lugar del interior de la caja. En la pared de enfrente, apareció un cuadrado de luz.

—Eh, ¿qué estás haciendo? —siseó Jim.

Pero ahora, Cade ya sabía lo que era. Con cuidado, comenzó a girar la manivela. Una imagen en blanco y negro parpadeó en la pared.

—¡Vaya locura! —exclamó Yoshi.

Lo que estaban viendo iba más allá de todo lo que Cade podría haber imaginado. No debía de haber más de sesenta y tantos fotogramas en aquella película borrosa en blanco y negro, y aceleraban y se ralentizaban al ritmo en que Cade giraba la manivela. Se reproducían una y otra vez, repitiendo el corto vídeo, hasta que este quedó grabado en la retina de Cade. Era la escena de una batalla.

Había soldados romanos en primer plano, y habían alineado sus escudos para formar con ellos un muro rudimentario, mientras un centurión a caballo sostenía su espada en alto, la medialuna de crin de caballo de su casco indicaba su rango. Un portaestandarte invadió el lado derecho de la imagen, una cabeza de león con largos colmillos descansaba sobre su casco.

Pero no fueron esos soldados los que llamaron la atención de Cade. No, fueron las criaturas que cargaban contra ellos al fondo, estrellándose contra las filas de vanguardia con una ferocidad incomparable. Monstruos con tentáculos salidos directamente de las pesadillas de H. P. Lovecraft.

Uno era tan grande como un caballo sobre sus patas traseras, un gigante bípedo que arrojaba a los hombres a un lado y a otro como si fueran pelotas, mientras despedazaba con sus brazos terminados en garras y abría sus fauces, repletas de dientes afilados como cuchillas. Otros eran del tamaño de lobos, muy parecidos al gigante, pero corrían a cuatro patas. Unas iteraciones aún más pequeñas parecían carecer por completo de brazos y corrían sobre dos piernas. Eran tan grandes como pavos y pululaban entre los humanos mientras apuñalaban y acuchillaban con sus cortas espadas.

Y muy a lo lejos, en la parte trasera, que estaba demasiado borrosa para apreciar los detalles, estaban los verdaderos gigantes, que avanzaban con pesadez hacia las líneas romanas. Más grandes que los elefantes. Mucho más grandes.

—La madre que… —susurró Cade.

Pero ahí estaba. La escena no duraba más de seis segundos y estaba rayada y desenfocada. Sin embargo, parecía tan real como algo que se podría ver en el cine. Más aún, incluso.

Lo más condenatorio de todo era que Cade reconoció los acantilados gemelos a ambos lados y el desierto que había detrás. Aquello había sido grabado en el exterior de la muralla.

—¿Qué *son* esas cosas? —susurró Cade.

No eran como nada que hubiera visto antes. Su mejor suposición era que se trataba de monstruos marinos con tentáculos sacados de los antiguos mitos romanos. ¿Qué más podían ser?

—Si pueden fingir todo lo demás, pueden fingir esto —dijo Finch, apretando el brazo de Cade e interrumpiendo la película.

Finch volvió a darle al interruptor y la habitación quedó sumida en la oscuridad una vez más.

—A lo mejor —dijo Cade, sobre todo para sí mismo—. Pero ¿crees que se esforzarían tanto para unos pocos segundos de película?

—¿Por qué iban a molestarse en hacer nada de esto? —estalló Finch, señalando el fuerte a su alrededor—. Nada de esto es real. Nada.

Cade suspiró y liberó el brazo del agarre de Finch con suavidad. Odiaba admitirlo, pero tenía cierta razón.

—Parece que no tenemos que preocuparnos solo por las víboras —dijo Eric—. Sean lo que sean esas cosas.

—Nunca creí que diría esto, pero echo de menos a las víboras —dijo Scott—. Al menos, contra ellas teníamos una oportunidad.

—¿A quién le importa? —gimió Glotón—. Me muero de hambre y no hay comida.

El propio estómago de Cade rugió ante la mención de comida. Estaba hambriento y la enorme cantidad de agua que había ingerido ya no saciaba la sensación de vacío de su tripa.

Pero mientras pensaba en ello, la penumbra pareció volverse más intensa a su alrededor, iluminada solo por la antorcha moribunda que portaba Eric. Al echar un vistazo detrás de las andrajosas cortinas, Cade vio que el sol se había puesto.

—Descansemos un poco —dijo Eric—. A menos que queráis deambular a solas en la oscuridad.

TRECE

Cade se despertó cuando Yoshi lo sacudió con suavidad. Los ronquidos de Spex y Scott inundaban la habitación, pero vio la luz de la mañana filtrándose por la ventana.

—Ven —susurró Yoshi, indicándole que lo siguiera.

Estaban en lo que Cade había bautizado en su cabeza como la habitación del comandante, donde habían encontrado la caja y el libro. Finch, Jim, Glotón y un reacio Eric habían ido a dormir al dormitorio de enfrente, ya que aquellas dos habitaciones eran las únicas con puertas, lo cual los hacía sentir más seguros en caso de que aparecieran más víboras.

Cade había creído que le costaría descansar, sabiendo lo que sabía ahora sobre las criaturas que habitaban en aquel mundo. Sin embargo, tan pronto como apoyó la cabeza en la almohada llena de paja, se quedó dormido. Pero aquel había sido un pequeño consuelo, ya que sus sueños habían estado repletos de destellos de dientes, tentáculos y sangre. Se había despertado varias veces, solo para ver la siniestra luz de la cuenta atrás brillando por debajo del marco de la puerta.

Gimió y se frotó los ojos para despertarse y vio que alguien había movido las mesas y sillas que habían apilado contra la puerta. Tras llevarse un dedo a los labios, Yoshi lo guio hasta la mesa de piedra. El dron, porque así lo había empezado a llamar Cade en su cabeza, seguía flotando en el aire y continuaba con la cuenta atrás.

05:08:56:27
05:08:56:26
05:08:56:25

Yoshi lo acercó a él y se sentaron juntos, cada uno en una silla de piedra. Durante unos instantes, Yoshi lo miró, sus ojos oscuros taladraban los de Cade. Por fin, se decidió a hablar.

—He oído que casi te mandaron al centro de menores —dijo—. ¿Qué pasó?

Cade sacudió la cabeza.

—No hice nada. Cometieron un error.

Yoshi asintió despacio, sin apartar nunca la mirada de la cara de Cade. Era bastante desconcertante.

—Podría preguntarte lo mismo —dijo Cade.

Yoshi por fin apartó la mirada. Cade apenas pudo leer su expresión. ¿Era arrepentimiento? ¿U orgullo?

—Me pillaron por fraude —explicó—. Así que mi madre me mandó lejos.

—¿Fraude? —preguntó Cade, sorprendido. No era un crimen demasiado común entre los menores.

—Sí. Mi madre vende antigüedades japonesas, mi familia vive de eso. Sobre todo, a estadounidenses a los que les flipa Japón. Así que... me hice cargo del negocio, por decirlo de alguna forma.

Cade frunció el ceño, confuso.

—Básicamente, empecé a vender antigüedades falsas a los típicos frikis del anime —dijo Yoshi, al ver la expresión de Cade—. Sabía lo suficiente para que dieran el pego. Pero me pillaron. Así de simple.

—¿Valió la pena?

Yoshi bajó la mirada y se retorció las manos.

—No —dijo—. Ahora, mi madre ni siquiera es capaz de mirarme.

Cade asintió. Sabía cómo se sentía uno cuando le pasaba eso.

—Creo que dices la verdad —dijo Yoshi, que volvió a mirarlo a los ojos.

Cade asintió, sintiéndose patéticamente agradecido.

Yoshi extendió el puño y lo abrió para enseñarle lo que tenía en la palma. Cade vio que sostenía tres monedas.

—Sabes lo que son, ¿no? —le preguntó, poniéndoselas a Cade en la mano—. Las encontré en los baños.

Él las examinó una a una, con el corazón latiéndole a una velocidad desenfrenada. Todas estaban en condiciones mucho mejores de lo que habría esperado. Mejor que cualquier cosa que él y su padre hubieran encontrado con el detector de metales mientras estaban de vacaciones en Europa. Pero lo que tenían estampado era extraño.

—¿Qué pasa? —preguntó Yoshi.

—Mira esta —dijo Cade, sosteniendo en alto una moneda de color bronce—. Es un *sestertius* de cobre con la cabeza del emperador Adriano, lo cual lo sitúa justo en el momento en que la Novena Legión estaba en Escocia. Pero fíjate en esto otro.

Levantó otra, una moneda de plata más pesada.

—Un *sestertius* plateado. Es demasiado antiguo, dejaron de hacerlos de plata mucho antes de que la Novena Legión desapareciera. Pertenece a la antigua República, antes incluso de que hubiera emperadores. Y aunque algún legionario se aferrara a una moneda vieja para que le trajera buena suerte, esta es la más extraña.

Cade se centró en la tercera moneda.

—El emperador Constantino, del siglo IV. Casi doscientos años después de la Novena Legión.

Yoshi frunció el ceño.

—¿Qué significa? —preguntó.

—Significa que, *si* hubo romanos aquí, eran de al menos tres períodos diferentes, puede que más. Lo cual no tiene ningún sentido.

Pero Cade ya no estaba tan seguro. Si habían sido transportados a otro planeta, ¿podían descartar los viajes en el tiempo? No quería creerlo. Que todo aquello fuera parte de una broma cruel o una pesadilla de lo más vívida de la que no podía despertarse. Quizá todos los sueños fueran así hasta que te despertabas de ellos.

Yoshi se encogió de hombros.

—Aquí nada aquí tiene sentido —respondió—. No sé de qué estás hablando. Pero los demás son peligrosos... mantengamos esto en secreto.

Señaló con la barbilla la puerta tras la que dormía Finch.

Cade asintió y guardó las monedas en el bolsillo de Yoshi.

Aquellas revelaciones comportaban nuevas preocupaciones para Cade. Costaba creer que fuera una mera coincidencia que él, alguien que sabía sobre monedas romanas, se encontrara ahora entre... bueno... monedas romanas.

No se trataba de una selección al azar. Él, y puede que incluso los demás, estaban allí con un propósito. Aunque ese propósito quedaba menos claro con cada nuevo descubrimiento.

No pasó mucho tiempo antes de que los demás empezaran a despertarse y emergieran de sus habitaciones entre bostezos. Pocos estaban de humor para hablar y apenas intercambiaron cuatro palabras mientras recogían sus escasas pertenencias.

—Es hora de irse —anunció Finch, apoyándose el pico en el hombro—. Vamos.

Cade echó un último vistazo al dron, que seguía flotando en el aire con su siniestra cuenta atrás. Lo alegraba estar viendo la parte posterior. Para ser sincero, tenía ganas de destrozarlo con su bifaz.

Mientras bajaban las escaleras, Cade lamentó no haber ido a darse un chapuzón en los baños, como había hecho Yoshi. Estaba seguro de que olía a animal de corral. Aun así, tuvieron tiempo suficiente para echarse un cubo de agua por la cabeza mientras bebían largo y tendido del pozo de fuera y rellenaban sus ánforas y sus estómagos. Cade vio a Finch mirando con arrepentimiento los fragmentos del ánfora que había roto el día anterior y no pudo evitar sonreír.

—Bueno, parece que ya sabemos lo que comían los ocupantes anteriores —dijo Spex.

—¿A qué te refieres? —preguntó Cade, dándose la vuelta.

Spex señaló hacia la sombra del edificio, donde yacía lo que parecía una segunda pila de huesos esparcido al azar entre los adoquines y las malas hierbas.

Cade se acercó para examinarlos. Era difícil saber qué criaturas habían sido en el pasado, ya que los huesos habían sido abiertos, probablemente para alimentarse de los nutrientes de la médula. Unos cuantos cráneos lo miraban fijamente, pero, por lo que Cade sabía, podrían haber sido cualquier cosa, desde perros hasta lagartos gigantes. Lo que era seguro era que no se trataba de cráneos humanos.

Lo que sí reconoció fue la pila de conchas. Lo que parecían conchas de ostras, caracoles e incluso cáscaras de huevos del tamaño de los de los avestruces. Aquello era la basura. Por allí, en algún lugar, había animales. Animales comestibles.

El corazón le dio un vuelco ante aquel pensamiento. Allí había un ecosistema. Puede que hubiera algún lugar donde pudieran esconderse. Algún lugar donde pudieran sobrevivir.

Incluso con ese rayo de esperanza, Cade se sintió desesperado. Por pensar en quedarse allí para siempre, en no regresar nunca a casa. Nunca volvería a ver a su familia.

Miró a su alrededor, pero aparte de las malas hierbas, el lugar parecía desprovisto de vida. Y, por algún motivo, dudaba de que las criaturas vinieran del túnel negro de la montaña que tenía justo enfrente.

—No me gusta la pinta que tiene esa cueva —dijo Eric—. A lo mejor hay otra forma de salir de aquí.

—Secundo la moción —dijo Spex—. Tú primero.

Solo había un lugar que no habían explorado: el otro lado del edificio. Mientras giraban en la esquina, Cade vio lo que estaban buscando, tallado en la ladera de la propia montaña.

Una escalera, tan destrozada y mal tallada que se parecía más a un sendero para cabras que cualquier otra cosa, pero una escalera, al fin y al cabo. Se retorcía hasta lo alto del acantilado y Cade tragó saliva al verla. No le gustaban las alturas ni en la mejor de las situaciones.

Pero era la única salida, aparte de la cueva. Y podrían hacerse una idea mejor del terreno.

—Quieres que subamos hasta allí, ¿no? —gruñó Scott.

—¿Prefieres meterte en ese agujero oscuro en el suelo? —preguntó Eric, señalando en la dirección de la boca de la cueva.

Scott gruñó por lo bajo.

—Podríamos echar un buen vistazo a nuestro entorno —dijo Cade.

Ya no le importaba ser el conejillo de indias. Era más importante encontrar la forma de salir de aquel horrible lugar.

—Voy a ir —dijo Cade—. Vosotros haced lo que queráis.

—Como si fueras a volver a por nosotros si encuentras algo —espetó Finch—. Yo también voy.

Cade se encogió de hombros y dio los primeros pasos. Lo pensó un momento y apoyó su ánfora contra una gran roca con mucho cuidado. Si aquello *era* un callejón sin salida, arrastraría el recipiente hacia arriba y de vuelta hacia abajo para nada. Si no lo era, volvería a por ella.

No miró hacia atrás mientras subía, pero escuchó el jadeo de al menos otra persona mientras avanzaba y el ruido de las piedrecillas rodando a medida que subía hacia el horizonte.

En la parte superior, vio unas vides verdes colgando por el lateral y otro tipo de vegetación que crecía en los tramos superiores. Era una buena señal: donde había plantas, había animales. Y ambas cosas podían significar comida.

Cade no tardó en darse cuenta de que, con el estómago vacío y unos dos litros de agua en su interior, casi estaba demasiado débil para seguir adelante. Cuando se encontraba a mitad de camino, se derrumbó sobre una roca plana y echó un vistazo a lo que tenía detrás.

Le complació ver que todos los demás lo habían seguido, aunque Finch, Jim y Glotón se habían llevado sus picos. Ese hecho le hizo sentir una punzada de miedo en el estómago. ¿Eran para protegerse de posibles víboras o para mantener controlados a los demás?

Cade dejó que su mirada vagara hacia arriba y vio la vasta extensión del desierto de sal desplegándose hasta el horizonte, interrumpido solo por las formaciones rocosas de las que habían emergido el día anterior. Su superficie brillaba con intensidad, tanto que no tardó mucho en tener que apartar la mirada. Más abajo, los acantilados gemelos se ramificaban hacia fuera desde la montaña, a cada lado de la fortaleza, como dos brazos extendidos, abrazando el valle de huesos. Al margen de lo que encontrara en la parte superior, no podrían volver por donde habían llegado. En esa dirección solo había desierto.

Cuando Finch lo alcanzó, Cade siguió adelante y dejó al otro chico jadeando a su espalda. Sus piernas gritaban que necesitaban descanso, pero la voluntad de sobrevivir lo impulsó hacia delante. Era probable que lo que les esperaba arriba diera forma al resto de sus vidas… duraran mucho o poco.

CATORCE

Con el corazón a mil por hora, Cade resistió el impulso de disminuir la velocidad a medida que se acercaba a la cresta de la montaña. Allí, los escalones estaban en mejores condiciones y los subió de dos en dos. Y llegó al pico, azotado por la brisa. Lo inundó el dulce olor de la vegetación.

Estaba en lo alto de una cresta de montaña tan ancha como tres campos de fútbol, que se extendía hasta adquirir la forma de una meseta plana que quedaba enmarcada por dos agujas irregulares a cada lado. El otro extremo de la cresta estaba oscurecido por hileras de árboles, y los chirridos y zumbidos de los insectos inundaron sus oídos.

Árboles frutales. El aroma de la fruta caída era inconfundible, y la mente de Cade apenas había registrado los higos morados que cubrían el suelo antes de arrodillarse y hundir los dientes en la fruta demasiado madura.

Se atiborró. No había otra palabra para ello. Higo tras higo desapareció por su garganta hasta que tuvo la cara cubierta de su espeso jugo. Apenas registró la llegada de los demás mientras avanzaba a cuatro patas por la sombra del huerto, arrojando higos podridos por encima del hombro antes de apoderarse de uno fresco y deleitarse con su dulzura una vez más. También había otras frutas allí, más lejos de lo que quería moverse antes de que el siguiente higo acabara en su boca. Manzanas, naranjas, incluso uvas, todas podían esperar.

Por fin, con el hambre saciada, Cade se puso de pie y analizó mejor su entorno. Los árboles terminaban en algún punto a su izquierda, por lo que avanzó en esa dirección, agarrándose el estómago distendido, que ya mostraba signos de agitación ante aquella repentina afluencia de comida.

Mientras avanzaba a trompicones hacia la luz, Cade se encontró en un campo de trigo que se balanceaba en la brisa y estaba cubierto de maleza. Le llegaba a la altura del pecho, pero más allá podía ver huertos, con vegetales cuyas anchas hojas desbordaban la cerca de madera que los rodeaba.

A lo lejos, algunos roedores se alejaron correteando por el suelo, perturbados por su llegada. Parecían ratones o, tal vez, ratas pequeñas. Se alegró de ver criaturas familiares. No todo eran víboras.

Lo que resultaba obvio era que nadie había atendido aquellos cultivos durante mucho tiempo. Nada había sido cosechado, podado o replantado. Al contrario, la vegetación había crecido con desenfreno, abandonada a su suerte.

Fue un alivio encontrar tanta comida, pero, al mismo tiempo, Cade sabía que tendrían que marcharse pronto. Tenían que recolectar todo lo que pudieran y trasladarse a la siguiente zona antes de que la cuenta atrás llegara a cero.

Pero ¿dónde estaba la siguiente zona? Más allá de los campos, vio el pico de la montaña, coronado por un cielo cubierto de nubes. Cade sintió curiosidad por ver lo que había más allá y vadeó el trigo hasta que alcanzó el borde de la meseta.

Verde. Nunca había visto tanto verde. Debajo de él había un bosque que daba paso a un océano verde, que se extendía hasta donde alcanzaba la vista y se perdía en la neblina antes de alcanzar el horizonte. A izquierda y derecha, las montañas formaban una sierra que describía una curva a su alrededor, como si se encontraran al borde del cráter de un meteorito gigante. Era impresionante y aterrador al mismo tiempo.

Unos cientos de metros más allá de los escarpados acantilados que bordeaban la meseta, una cascada caía por la ladera de la montaña, humedeciendo el aire y formando un profundo estanque en el bosque de abajo. Si alguien había creado aquel lugar, tenía ojo de artista.

—Es un cráter —dijo una voz amortiguada.

Spex se colocó a su lado, con la boca medio llena de higos.

—Espera, ¿qué? —preguntó Cade, que se sintió complacido de que Spex estuviera hablando con él. No era que el chico lo hubiera ignorado desde la paliza, exactamente, pero tampoco se había mostrado superamigable con él. Cade no lo culpaba.

—Como Yellowstone o el lago del Cráter. El sumidero de un volcán inactivo gigante. Estamos justo en el borde. Es probable que estas montañas formen un anillo y que ocupen cientos de kilómetros a su alrededor. —Spex se agachó y recogió un puñado de tierra oscura—. Esto es suelo volcánico: negro, fértil. No es de extrañar que todo haya crecido tanto en todas partes.

Cade se inclinó sobre la ladera de la montaña y miró hacia abajo.

—Esa es la cuenca. ¿Ves cómo la jungla se inclina hacia abajo cuanto más allá miras? —preguntó Spex, agitando una mano manchada de pulpa en dirección al bosque—. ¿Y el río, que sigue la inclinación? Es probable que haya una masa de agua justo en el centro, a varios kilómetros en esa dirección.

En aquel momento, Cade vio un río que partía del estanque de la cascada y desaparecía en la linde de la jungla. Describía un surco entre los árboles y se adentraba en la maleza.

—¿Cómo sabes todo eso? —preguntó Cade. Intentó no sonar sorprendido.

Spex se encogió de hombros.

—Tengo buena memoria —dijo—. Es cultura geográfica general.

Por un momento, ambos contemplaron la extensión de vegetación, calmados por la brisa y el rugido distante de la cascada. Cade se dio cuenta de que era un lugar imposible. Un oasis de vida contenido dentro de un anillo de montañas intransitables y rodeado por un desierto interminable. ¿Estarían más seguros ahí fuera, en la gran jungla verde?

Como si le leyera la mente a Cade, Spex preguntó:

—¿Crees que estamos muertos? ¿Que esto es el más allá?

Cade suspiró y observó cómo Spex se mordía el labio inferior.

—Si lo estamos —dijo Cade—, creo que podríamos volver a morir. ¿Es posible que el siguiente más allá sea mejor?

Solo bromeaba a medias.

—Ya, bueno —dijo Spex, obligándose a esbozar una sonrisa sombría—. Mejor no pongamos a prueba esa teoría.

El chico tomó otro higo y gimió con satisfacción cuando le dio un mordisco.

—Hablando de eso, ¿cuál es tu teoría? —preguntó Spex, balbuceando porque tenía la boca llena de fruta.

—Es demasiado extraño y elaborado para tratarse de una broma —respondió Cade—. Demasiado difícil y sin sentido para ser un experimento gubernamental. Todo es demasiado irreal. Puede que estemos conectados a algún tipo de realidad virtual superavanzada, jugando a algún videojuego para rehabilitarnos. O que las grandes farmacéuticas nos estén utilizando para probar algunas drogas alucinógenas. A lo mejor he perdido la cabeza y estoy en el ala de psiquiatría, con electrodos pegado a las sienes.

—No sé —dijo Spex, rascándose la barbilla—. A mí todo me parece bastante real. Y lo que es seguro es que no soy un producto de tu imaginación. Soy yo.

—Eso es exactamente lo que diría un producto de mi imaginación —dijo Cade con una sonrisa.

Spex volvió a sonreír y sacudió la cabeza.

—Bueno, estemos donde estemos, centrémonos en sobrevivir —dijo Spex—. O sea, si es un sueño, que sea uno feliz, ¿no?

—Por supuesto —dijo Cade.

No puede ser un sueño. A lo mejor es una pesadilla.

Cade echó otro vistazo a la jungla desde arriba. Incluso mientras miraba, le pareció distinguir la forma de algo en la niebla, algo de un gris más intenso que se extendía por encima de los árboles. Luego desapareció, oscurecido una vez más por la niebla. ¿Un edificio? U otra montaña.

El temporizador y su lento avance acudieron a la mente de Cade. Y los huesos dispersos más allá de su muralla abandonada.

—Deberíamos ir —dijo Cade, señalando la selva tropical con la barbilla—. Creo que sé a dónde conduce esa cueva.

QUINCE

Había luz al final del túnel, en ambos sentidos. La cueva era un tubo de roca amplio y nivelado, con paredes tan lisas y redondeadas como una pajita. No había sido excavado por ninguna máquina romana, o moderna, para el caso. Casi parecía cortado con láser, y aquello le dijo a Cade que todo era parte del juego, un pasaje diseñado para permitir el acceso tanto desde la jungla como hacia ella. Construido por la gente retorcida que los había llevado a aquel lugar.

Si es que eran personas siquiera.

—¿Crees que ahí fuera estaremos más seguros? —preguntó Scott, entrecerrando los ojos en dirección al círculo de luz que se veía al final del túnel—. Ahí atrás teníamos un alijo de comida bastante bueno.

—Seguro que tenemos suficiente para una o dos semanas, si vamos con cuidado —respondió Spex, que llevaba un pesado saco de fruta a la espalda. Los sacos que habían encontrado estaban medio podridos y parecía que solían emplearse para transportar grano desde el campo de trigo hasta la fortaleza, pero en un momento de apuro habían servido para llenarlos de fruta. Cada uno podía cargar con una ánfora y un saco como máximo.

—¿Y después? —preguntó Scott—. Tenemos que averiguar cómo volver a casa, no pasar dos semanas acurrucados en un agujero, muriendo de hambre lentamente.

—Si quieres quedarte y ver lo que es esa cuenta atrás, por mí, adelante —dijo Eric, cuya voz resonó por el túnel—. Yo prefiero arriesgarme con lo que haya ahí fuera. A lo mejor hay más como nosotros, más gente que ha llegado hasta aquí.

—¿Qué pasa si no encontramos a nadie? —dijo Yoshi—. ¿O si no encontramos ningún lugar seguro?

—Pasamos desapercibidos en la jungla y, a lo mejor, podemos volver y llevarnos más comida dentro de una semana más o menos —dijo Cade, empleando la mano a modo de visera sobre los ojos mientras salían a la luz—. Sea lo que sea la ronda de clasificación, habrá terminado para entonces.

O, al menos, eso esperaba Cade.

Salieron del túnel, parpadeando a la luz de las últimas horas de la mañana. Se parecía mucho a lo que había imaginado, basándose en lo que había visto desde arriba.

La zona que rodeaba la boca de la cueva estaba despejada, sin árboles, y era fácil ver por qué. Había tocones de árboles dispersos a una distancia de hasta treinta metros, hasta la linde de la jungla: después de todo, los ocupantes de la fortaleza habían necesitado madera. A su izquierda, la cascada rugía y la rociada que producía al estrellarse contra el suelo los cubrió a todos con una delgada película de humedad. Fue un alivio, porque el sol ya estaba alto en el cielo.

El bosque que tenían ante ellos parecía desalentador a ras de suelo. Antes no se había fijado en el enorme tamaño de los árboles.

Una vez, Cade había visitado las secuoyas gigantes del parque nacional Redwood, incluso había visto la más alta del mundo, Hyperion. Pero la mayoría de árboles que componían la capa superior del dosel parecían coincidir fácilmente en altura con Hyperion, y otros seguro que la superaban por un tercio.

Peor aún, las sombras que creaban dejaban el interior de la jungla en penumbra. Allí no había animales, ni pájaros, ni ciervos. Solo el suave gemido de los insectos flotando alrededor de su cabeza. Era espeluznante, como si algún depredador gigante hubiera asustado a todo lo que estuviera vivo.

—Vamos a tomarnos un descanso —anunció Eric mientras se sentaba en uno de los tocones podridos. Los demás aceptaron su orden, aunque Finch deambuló un poco más antes de sentarse con sus dos compinches.

Inquieto ante la idea de entrar en la jungla, Cade se entretuvo acercándose a la cascada, abriéndose camino a través de la espesa capa de vegetación que todavía crecía en el claro. Los mosquitos zumbaron alrededor de su cabeza y los apartó a manotazos después de dejar su ánfora y su saco de comida en el suelo.

En aquel momento, lo vio, y abrió los ojos como platos por la sorpresa. Se apresuró hacia delante, tropezando y tambaleándose para llegar al pequeño estanque en la base de la cascada. Porque allí, amarrado con una cuerda deshilachada y medio escondido entre los juncos… había un barco.

—Gracias —susurró Cade, aunque no tenía ni idea de a quién le estaba dando las gracias.

Se arrodilló en la orilla y vio que tenía más de seis metros de largo, con una cabina y bancos opuestos en el interior. Se balanceaba inquieto sobre las agitadas aguas del estanque que se habían formado alrededor del torrente de la cascada, atraído hacia el ancho río que atravesaba la jungla.

—Dios mío —jadeó Yoshi, que apareció detrás de él—. El premio gordo.

Pero ahora que estaba cerca, Cade no estaba tan seguro. El casco y la cabina del barco estaban cubiertos por una gruesa capa de liquen verde, tanto que apenas podía distinguir las letras grabadas en el lateral. Tiró de la cuerda y pasó la mano por el recubrimiento viscoso a medida que se acercaba, revelando las letras de debajo.

—*Brujería* —leyó con el ceño fruncido.

Un nombre extraño para un barco.

—Sí, esa es *una* posible explicación —dijo Yoshi.

Cade parpadeó para evitar que el sudor le entrara en los ojos. ¿Podrían sobrevivir en el barco, en la jungla? Lo que estaba claro era que sería mejor que una cabaña hecha de palos y hojas.

—¡Sí, joder! —gritó Spex, que corría hacia allí con los demás—. Es nuestro billete para largarnos de aquí.

—¿Y a dónde vamos a ir? —resopló Scott mientras se desplomaba sobre un tocón cercano.

—Me da igual, pero no voy a cargar con esto a través de Jumanji —respondió Yoshi, señalando hacia la jungla con la cabeza y dejando su comida y su agua en el suelo.

—Ni siquiera sabemos si funciona —dijo Cade—. Parece viejo.

Pero no tanto como los romanos, eso seguro. Qué hacía allí esa máquina moderna era toda una incógnita.

—Solo hay una forma de averiguarlo —dijo Finch, saltando a bordo.

Por una vez, Finch iba primero... Pero no parecía que el barco fuera peligroso.

Cade suspiró, lo siguió y entró en la cabina.

El interior del navío estaba tan mohoso como el exterior, con dos bancos tapizados sobre los que dormir a cada lado y una pequeña letrina al fondo. Pero lo que era extraño eran los maderos apilados en el suelo, así como unos remos toscos e improvisados apilados en un rincón, como si se tratara de leña.

—Parece que los dueños no usaban el motor —dijo Cade—. Debían de usar bateas y remos para subir y bajar por el río.

Mientras hablaba, se fijó en un juego de llaves que colgaba de un panel de corcho en la pared. Las descolgó y las examinó, incrédulo.

—No funcionará —dijo Yoshi, agachándose detrás de ellos—. El combustible se habrá estropeado.

—El combustible no se estropea, imbécil —dijo Finch, arrebatándole las llaves a Cade mientras estaba distraído—. Tiene millones de años.

—Si tú lo dices. —Yoshi se encogió de hombros.

Finch regresó al exterior pisando fuerte y metió las llaves en el contacto. Para sorpresa de Cade, las luces del tablero parpadearon, pero el motor ni siquiera tosió.

—Como he dicho, el combustible se ha ido estropeando —dijo Yoshi, fulminando a Finch con la mirada—. ¿Es que has visto *Mad Max*? No hay nada más inexacto que esa película. Si dejas gasolina en el tanque de combustible de un coche durante un año, no arrancará. Si la almacenas en un camión cisterna o en un barril, a lo mejor dura una década, pero después de eso, es mejor sacar el motor y enganchar un caballo a la parte delantera y de vuelta a la Edad de Piedra. Aquí el imbécil eres tú.

—Entonces, remaremos —interrumpió Cade, metiéndose en la discusión—. La corriente hará la mitad del trabajo, solo tenemos que guiarlo.

—¿Y si hay otra cascada? —preguntó Finch, distraído por la sugerencia.

—La bajamos a nado —dijo Yoshi.

Finch sonrió, pero no había calidez en su sonrisa.

—A lo mejor nos llevamos el bote y te dejamos aquí —dijo—. Como parece que tienes muchas ganas de nadar, no lo necesitarás.

Cade lo vio cambiar el peso al pie que tenía más retrasado. En una pelea justa, Yoshi tendría una oportunidad. Pero no era él quien sostenía un pico.

—Nadie te quiere aquí —dijo Yoshi—, a lo mejor deberíamos dejarte a *ti*.

—Vamos a dejar una cosa clara —dijo Finch mientras se le ensombrecía la expresión—. Si quieres irte, pues vete. Pero la comida, las armas, este barco y la fortaleza son míos. De mi propiedad

Cade vio la furia de Finch, burbujeando bajo la superficie. Esperando para entrar en erupción. Yoshi apretó las manos en puños.

—¿Y eso por qué? —preguntó.

—Porque lo digo yo —respondió Finch—. Lo dicen tus superiores.

Y, a continuación, el pico se levantó unos centímetros del suelo.

Ya estaba. Cade predijo que, en cuestión de segundos, habría un baño de sangre. Tenía que hacer algo. Aunque eso significara ponerse en riesgo.

Ya estaba junto a Finch, pero un poco fuera de su campo de visión. Cade no era una amenaza para él. Era un don nadie, un debilucho. No formaba parte de la ecuación.

Se convirtió a sí mismo en una amenaza, igualando las oportunidades. Dio dos pasos rápidos y se colocó detrás de Finch. Era hora de demostrar que, después de todo, sí estaba hecho para la pelea.

—¿Estás seguro de eso? —dijo Cade.

Se llevó la mano al bolsillo y agarró el bifaz. No sabía si tendría el coraje de usarlo, pero le sería útil si tenía que defenderse.

Finch giró ligeramente la cabeza hacia la izquierda, pero no se atrevió a apartar los ojos de Yoshi en ningún momento. Durante unos instantes paralizantes, Finch dudó. Pero el primero en moverse fue Yoshi, que dio un paso atrás y otro a un lado, haciendo sitio para que Finch se marchara.

Finch avanzó despacio, con la espalda recta como un palo, listo para defenderse en cualquier momento. Al momento siguiente, ya no estaba, porque había saltado de la parte trasera del bote para ir a reunirse con sus compinches.

Cade soltó un suspiro de alivio.

—Me habrías apoyado si las cosas se hubieran puesto feas, ¿verdad? —murmuró Yoshi una vez que Finch ya no pudo oírlos.

Cade dudó. ¿Lo habría hecho? ¿O habría huido, arriesgándose por su cuenta?

—Prefiero que no haya problemas —dijo Cade, sintiendo una punzada de culpa en la espalda—. Soy amante, no guerrero.

Yoshi sacudió la cabeza.

—Creía que podría contar contigo —dijo, y chocó contra el hombro de Cade mientras salía—. Supongo que estaba equivocado.

Bajó de un salto a la orilla y Cade se quedó solo en el *Brujería*. Gimió y se sentó en el banco cubierto de moho con un chapoteo. Cuando la comida escaseara, las cosas se pondrían feas. Puede que antes, incluso. Se imaginó enfrentándose a Finch, Glotón y Jim armado con una simple roca. De alguna manera, aquello lo asustaba más que las víboras.

Cuanto antes encontraran a otra gente, mejor.

DIECISÉIS

El barco se balanceó mientras zarpaban, usando los mástiles improvisados que habían encontrado dentro. Cade se sentó al frente, donde estaba todo el mundo, excepto el grupito de Finch. Había creído que terminaría guiando la embarcación con su remo, pero cuando entraron en la corriente y empezaron a avanzar por el río, no encontró ningún uso para él. Finch se había hecho con el timón del barco mientras los otros remaban a intervalos para mantenerse en el centro del río.

Siguieron la vía fluvial principal, aunque había varios puntos donde los afluentes se separaban, a izquierda y derecha. Aunque hubieran querido cambiar de rumbo, estaban a merced de la corriente, y Cade dudaba de que les fuera fácil redirigir el bote con los remos.

El río se había ensanchado hasta adquirir el ancho de una cancha de tenis, pero incluso a la luz del día parecía algo sombrío, el dosel vegetal proyectaba una gran sombra sobre él. Aun así, entre el ruido de la corriente de agua y el canto de los pájaros, Cade empezó a sentirse a gusto por primera vez. Se quitó las botas y metió los pies en el agua, disfrutando de que el líquido frío le lavara las ampollas, el sudor y la mugre que se habían acumulado allí en su caminata por el desierto.

Luego, una forma oscura pasó por debajo. Estaba a mucha profundidad, resultaba turbia entre las hojas verdes y en movimiento del fondo del río. Pero su mero tamaño hizo que Cade retirara los pies del agua de un tirón. Parecía casi tan largo como el barco. Quizá lo de relajarse tuviera que esperar.

—Buena idea —murmuró Spex, moviéndose para agacharse detrás de él—. Sabe Dios lo que hay ahí abajo.

—No creo que Dios haya tenido mucho que ver con este lugar —suspiró Scott, haciendo estiramientos en la proa—. Pero sienta bien que el sol no pegue con tanta fuerza.

Cade sacudió la cabeza, se puso de pie y observó la jungla a ambos lados en busca de algo, cualquier cosa que les proporcionara alguna pista sobre dónde estaban. Pero los árboles que bordeaban el agua estaban repletos de hojas, que se estiraban para captar la escasa luz solar que se filtraba por el hueco que dejaba el dosel en el centro del río. Eran como las dos mitades idénticas de un arqueado techo frondoso sobre el agua, con una franja alargada de cielo despejado en medio.

Cuando levantó la vista, algo cayó del cielo, desplomándose hacia él como un meteorito. Cade retrocedió con un grito.

Aterrizó sobre Scott en una maraña de extremidades, provocando una ristra de maldiciones. Pero no hubo chapoteo ni ruido sordo. En vez de eso, el objeto se quedó ahí, flotando en el aire, igual que había hecho sobre la mesa de piedra, en la fortaleza.

El dron. Se desplazaba al mismo ritmo del barco, como si estuviera posado en la popa, sobre un pilar invisible. Cade se quedó boquiabierto mientras la lente de la parte delantera giraba hacia ellos, con todo el aspecto de ser una lágrima robótica flotando de costado.

—¿Qué mierda es esta? —gruñó Scott—. ¿Nos está siguiendo?

Como para agravar su desgracia, el dron proyectó la cuenta atrás una vez más.

05:06:43:12
05:06:43:11
05:06:43:10

—Así que no importa lo que hagamos, ese temporizador acabará encontrándonos, igual que esa cosa —dijo Spex, rascándose la cabeza—. Me hace pensar que deberíamos habernos quedado en la fortaleza.

Eric dejó escapar un gemido de frustración.

—¿Por qué nos sigues? —preguntó Eric, poniéndose de pie y empujando al dron con su remo—. Maldita cosa estúpida.

De inmediato, el dron se acercó... y respondió.

—*Debo permanecer próximo a los contendientes en todo momento.*

Era una voz embotada, educada y robótica, pero que le provocó un escalofrío en la espalda a Cade.

Clavó la vista en el cacharro. ¿Los había entendido todo ese tiempo?

—¿Qué es este lugar? —espetó Cade, el enigma que llevaba dos días rebotando en su cabeza escapó de sus labios.

—*Respuesta prohibida.*

Cade soltó un juramento. Por supuesto. Quienquiera que fuera, no se lo pondría tan fácil.

—¿Puedes decirnos algo? —preguntó Cade.

—*Sí.*

Scott se rio entre dientes.

—Bueno, al menos es sincero.

—¿Qué puedes decirnos? —preguntó Eric, hablando muy despacio.

—*El alcance de tu pregunta es demasiado amplio. Por favor, estrecha los parámetros.*

—Es inútil —gimió Scott—. Si quisieran que supiéramos lo que está pasando, ya lo sabríamos.

—¿Qué eres? —lo intentó Spex.

—*La función principal de un códice es la recopilación y difusión del conocimiento terrestre catalogado. Es un placer brindaros este servicio.*

—¿Qué quiere decir con lo de «terrestre»? —murmuró Yoshi.

—A lo mejor se supone que nos dará información que se origina en la Tierra —dijo Cade, pensando en voz alta—. Por eso conocía nuestros nombres: venimos de la Tierra. ¿Es eso correcto… Códice?

—*Sí* —respondió el Códice.

El silencio reinó unos momentos más y el barco continuó flotando por el río.

—Muy útil, ¿no? —dijo Finch en tono sarcástico desde su posición al volante.

—Suena igual que esos asistentes virtuales —dijo Scott con una sonrisa—. Hola, Códice. Pon *Despacito*.

Cade resopló cuando el Códice se giró hacia el chico.

—*Lo siento, no te entiendo. ¿Puedes ser más específico?*

Cade suspiró y reanudó el escaneo de las riberas del río, tratando de no mirar el temporizador que continuaba su ominosa cuenta atrás justo por encima de su línea de visión.

Y luego, cuando la vía fluvial trazó una curva lenta, la vio. Una cabeza humana gigante, tallada en la roca, medio sumergida en las aguas poco profundas.

—Pero ¿qué…? —susurró.

Era enorme, más grande que una camioneta. La cabeza tenía una cara de nariz chata y un casco cuadrado en la frente. Pero aparte de eso, no había nada escrito, ni runas, ni jeroglíficos… nada que lo ayudara a saber cuál era su procedencia.

—¿Qué es eso? —preguntó Eric—. ¿Otra cosa romana?

El Códice se movió. Pasó de estar flotando sobre Cade a situarse junto a la cabeza tallada. Una luz azul parpadeó sobre la estatua cuando el Códice la escaneó antes de volver a su posición anterior.

—*Es una cabeza colosal de la civilización olmeca del México moderno, del 1023 a. C.*

Cade se lo quedó mirando con la boca abierta. Puede que el dron resultara útil, después de todo.

—¿Eso significa que estamos tres mil años en el pasado? —jadeó Jim, sacando la cabeza de la cabina del barco.

—No necesariamente —respondió Cade—. Esto podría estar aquí desde entonces.

La cabeza parecía mirarlos mientras el barco avanzaba y Cade sintió un escalofrío en la espalda a pesar del calor.

A esas alturas, ya habían dejado atrás la estatua y Cade vio que el río se estaba estrechando y que aceleraban la velocidad. Pero no fue eso lo que le llamó la atención. Era el amplio arco de piedra gris que se curvaba sobre el río, más delante, muy por encima de ellos. Solo que… no era de piedra en absoluto.

Se estaba moviendo.

DIECISIETE

Un gran pilar de carne nudosa se estiraba sobre el río como una grúa. En un extremo, una cabeza reptiliana de nariz ganchuda masticaba con tranquilidad las hojas cerosas de un árbol, mientras que, en su base, un enorme cuerpo elefantino se refugiaba en las sombras moteadas. Sus cuatro enormes patas parecían troncos de árboles viejísimos y, más allá, una cola incluso más larga que su cuello daba bandazos de un lado a otro. De extremo a extremo, era tan largo como un avión, y parecía igual de pesado.

—¿Eso es lo que creo que es? —preguntó Spex.

—*Me temo que no sé lo que estás pensando* —dijo el Códice.

—Cierra el pico —dijo Eric—. No estaba hablando contigo.

—Esto es una completa locura —gimió Yoshi—. O voy puesto hasta las cejas ahora mismo o eso es un puto dinosaurio.

Cade no podía creer lo que veían sus ojos. Era como si estuviera viendo una película y, en cualquier momento, la ilusión se haría pedazos por culpa de alguna animación mal renderizada. En vez de eso, la bestia gigante giró la cabeza para mirarlos y los observó pasar con una mirada de aburrimiento en sus ojos de vaca.

—Estoy listo para volver a la fortaleza —gimió Scott.

La corriente los alejó en solo unos minutos, dejando a Cade aturdido mientras los otros discutían a su alrededor. No pudo evitar preguntarse si se lo había imaginado todo. ¿Romanos? ¿Dinosaurios? ¿Mutantes? A lo mejor Yoshi tenía razón. Puede que *estuviera* alucinando.

Luego, como si lo hubieran provocado sus pensamientos, la jungla fue desapareciendo a la derecha del barco, sometiéndolos a la brillante luz del sol una vez más.

—Tiene que ser una broma —susurró Cade.

Los bancos del río estaban inundados de color, pero no eran flores lo que salpicaba la ancha extensión de hierba verde a su derecha. Animales. Cientos y cientos de ellos. Los había gigantescos, pero también bichos diminutos que se movían a toda velocidad.

Unos elegantes terópodos, similares a pájaros de plumaje azul y negro, se pavoneaban de un lado a otro sobre dos patas, lanzando dentelladas a las colas de los demás en actitud juguetona mientras recorrían las orillas fangosas. Había unas criaturas más pequeñas y escuálidas bebiendo de las huellas profundas dejadas por los rebaños de unos saurópodos grandes y pesados que ocupaban todo el horizonte y que coincidían en forma con el dinosaurio que habían visto en el río, aunque no en tamaño.

Los saurópodos de cuello largo eran todo un espectáculo visual. Con cada trago de sus enormes gargantas, una bola de agua se desplazaba hacia abajo en un movimiento ondulante mientras las bestias saciaban su sed en las frías aguas del río.

Más abajo, se encontraban unos hadrosaurios de pico de pato que, con sus extrañas bocas de pico redondo, devoraban malas hierbas y agua por igual. Algunos estaban en cuclillas, con sus cortas patas delanteras acabadas en garras en el aire; otros iban a cuatro patas y caminaban por los bajíos con unos pasos extraños y torcidos que hacían que pareciera que se iban a caer hacia delante en cualquier momento.

Los hadrosaurios observaron cómo el barco se alejaba flotando y gimieron con tristeza, un extraño cruce entre un mugido y un bocinazo que pareció reverberarle a Cade en el pecho mientras observaba lo que había al otro lado del agua, al ritmo de los frenéticos latidos de su corazón.

Entre los diversos rebaños, unas criaturas solitarias se deslizaban entre las grandes bestias, cada una diferente pero no menos fascinante: depredadores mamíferos peludos que parecían perros, gatos e incluso jabalíes y hienas, pero más grandes y más extraños que cualquier cosa que hubiera visto jamás. Había mucho que ver y, sin embargo, no podía concentrarse, sus ojos saltaban de una criatura a la siguiente, asombrados.

Algunos de los dinosaurios tenían la piel blanquecina y llena de bultos. Otros, tenían escamas como las de los lagartos. Más aún tenían plumas, y todos parecían estar llevando a cabo algún tipo de exhibición: papadas rojas, el espinazo erizado, sacos vocales con forma de globo, tonos de piel vívidos y plumas caleidoscópicas más coloridas que las de un pavo real y el doble de llamativas.

Todo aquello se alejaba mucho de los huesos fosilizados que lo habían fascinado tanto en sus visitas de niño al museo. ¿Quién sabía que había mucho más recubriendo sus estructuras esqueléticas?

Pero justo cuando empezaba a sonreír, una oleada de miedo lo atravesó mientras un dinosaurio que vivía en la psique de todo amante de la prehistoria emergía de detrás de árboles. Avanzó entre las masas allí reunidas como un tiburón a través de un banco de peces. A su alrededor, los demás animales se separaron y volvieron a cerrar filas a su espalda mientras avanzaba hacia el agua con pasos pesados. El *Tyrannosaurus rex*, o un enorme terópodo bípedo muy similar, metió la cabeza debajo del agua, ignorando a las criaturas cercanas. Tenía el cuerpo cubierto por un protoplumaje oscuro, unos folículos espinosos a medio camino entre piel y plumas.

Entonces, el barco volvió a desaparecer en el túnel de vegetación y la escena desapareció de la vista.

—¿Dinosaurios? —gritó Eric, golpeando la proa con las manos—. ¿Es una broma?

Cade se quedó mirando hacia atrás mientras la realidad de su situación por fin se asentaba en su interior.

—Este sitio es de locos —murmuró Scott. Hizo una pausa—. O a lo mejor soy yo el que está loco.

En algún lugar por detrás de Cade, Spex empezó a tararear la banda sonora de *Jurassic Park*.

—¿Por qué no te callas? —gruñó Yoshi.

Cade no habría sabido ni empezar a explicar lo que acababa de presenciar. Era cierto que había un tema en común. Allí había mucha historia, incluso prehistoria. Criaturas, personas y civilizaciones que llevaban mucho tiempo muertas estaban donde no deberían. ¿Habían viajado en el tiempo y el espacio? A lo mejor habían atravesado sin saberlo un agujero de gusano y los había llevado a aquel lugar.

Sin embargo, eso no explicaba lo de las víboras. A menos que también fueran una especie antigua de la Tierra y sus fósiles se hubieran perdido en las arenas del tiempo. Tampoco explicaba qué era el Códice, quién había generado esos extraños campos de fuerza en el cañón ni quién lo había llevado a él hasta allí.

Pero no había tiempo para contemplaciones, porque el río había cambiado. Ahora, la corriente estaba acelerando, la superficie que antes se mostraba plácida ahora se había llenado de remolinos y estaba cubierta de espuma. Y más allá, Cade vio rocas en el agua, al principio unas pocas, dispersas, luego cada vez más. Durante un breve y aterrador momento, él y los demás se quedaron mirando lo que tenían delante, aterrorizados.

Fue entonces cuando lo vio, medio varado en la orilla fangosa, al borde de la jungla. Un navío de madera roja, con el casco astillado y perforado y la parte trasera medio sumergida en el agua. Cade se giró para contemplar, horrorizado, la cabina del barco, y el pánico por fin le descongeló la garganta.

—¡Remad! —gritó—. ¡Hay que llegar a la orilla!

Detrás de la ventana manchada de algas, Finch maniobró el volante con la cara pálida y el agua roció a los chicos que tenía alrededor mientras remaban desesperados. El barco puso rumbo a la orilla. Pero se movía lento... demasiado lento. Una roca apareció en su campo de visión, justo debajo de la superficie, por delante de ellos.

Un ruido sordo recorrió el bote y Cade salió despedido hacia delante. Durante un segundo, agitó los brazos en el aire, intentando aferrarse a una barandilla que no estaba allí.

Al instante siguiente, se encontró en el agua, sumergido en la fría oscuridad. Se estrelló contra el fondo del río y las largas frondas acuáticas lo retuvieron al enredarse en su cuerpo. Por un momento, forcejeó, y un grito silencioso burbujeó en sus labios, pero, segundos después, la corriente lo arrastró y salió a la superficie, jadeando en busca de aire. Lo único que pudo hacer fue respirar hondo antes de ser arrastrado hacia abajo una vez más y chocar contra una roca inamovible y luego otra. El dolor le atravesó las costillas y la espalda.

Una y otra vez, fue arrastrado bajo la superficie. Respiraba cuando podía y se ahogaba cuando no, y todo el rato era arrastrado inexorablemente hacia delante. Durante lo que le parecieron horas, el mundo de Cade se redujo a un infierno de agua oscura y torrencial que lo ahogaba y vapuleaba en igual medida.

La arena le arañó el costado cuando se hundió hasta el fondo una vez más y pataleó para salir a la superficie y respirar con lo que parecían ser sus últimas fuerzas. Un grupo de juncos cerca de la orilla le dio de lleno en la cara y se aferró a ellos, ahogándose de puro terror cuando se quebraron bajo sus manos, pero le proporcionaron el agarre suficiente para aferrarse a otro puñado. Luego, con la visión borrosa por culpa del agua, se arrastró hasta un matorral, caminando de puntillas sobre el lecho del río. Impulsó el torso hacia delante mientras su cuerpo gritaba por la necesidad de aire, hasta que por fin llegó a la orilla.

Vomitó el agua que había tragado sobre la hierba húmeda. Solo entonces pudo desplomarse de espaldas, mirando el follaje que quedaba muy por encima de él.

Giró la cabeza hacia un lado para echar un vistazo al río.

No había ni rastro del barco. No había ni rastro de nadie.

Cade estaba solo.

DIECIOCHO

Sigue el río. Eso era lo que la lógica le decía a Cade que hiciera: al fin y al cabo, si el barco no había pasado junto a él, entonces debía de haber encallado más adelante.

Ojalá fuera así de simple.

Mientras cojeaba por la orilla, apartando las malas hierbas y arbustos que crecían allí, lo vio. Con un siseo de frustración, Cade cayó de rodillas.

Río arriba, el agua se dividía en dos ramificaciones, y no tenía ni idea de por cuál de ellas había llegado hasta allí. Habría lanzado una moneda si hubiera tenido una, pero no tenía nada en los bolisllos: su única arma, el bifaz, se había perdido en el fondo del río.

Echó un vistazo a la corriente. El río se había estrechado un poco: seguro que, si lanzaba una pelota de fútbol, llegaría al otro lado en la estrecha franja donde el río se bifurcaba. Pero, al mismo tiempo, la corriente había ganado velocidad.

No había forma de llegar al otro lado, aunque creyera que era la dirección correcta. Así que Cade siguió avanzando por la orilla en la que se encontraba, tomando la ruta más fácil que pudo encontrar. Siguió adelante, abriéndose paso entre juncos y arbustos, mirando hacia atrás y hacia delante en busca de cualquier señal de peligro. Muy pronto descubrió que era objeto de interés de la vida silvestre local. Por suerte para él, no eran de la variedad reptiliana.

Eran libélulas que zumbaban alrededor de su cabeza como helicópteros en miniatura. Cada espécimen era enorme, tan grande como una gaviota y el doble de veloz. Sus caparazones eran iridiscentes, de todos los colores del arcoíris, y giraron a su alrededor mientras se abría camino por el embrollado barrizal que era la orilla del río.

La situación empeoró tanto que apenas podía ver a unos pocos metros por delante, y los bichos no mostraban timidez al acercarse, algunos incluso se le posaron en los hombros.

En particular, parecían sentirse atraídos por el azul de su uniforme y mascaban la tela inútilmente con sus mandíbulas. Solo cuando se tiró al barro y se revolcó en él, los insectos comenzaron a dispersarse, su colorida ropa convertida en un marrón opaco.

Era probable que aquello fuera una buena idea de todos modos; si había algún depredador cerca, su uniforme azul habría llamado mucho la atención contra el fondo vegetal. Por encima de su cabeza, una sombra cubrió el cielo y él gimió.

—Largo, bichos. No soy comestible, ¿queda claro?

Y luego, como si hubiera estado ahí todo el tiempo, vio al Códice flotando sobre él como una luna en miniatura.

—¿Qué haces aquí?

—*Debo mantener la proximidad con los contendientes en todo momento. Por vuestro propio bien.*

Cade gimió de nuevo.

—Eso dijiste la última vez. ¿Por qué no estás con los demás?

El Códice se acercó más.

—*Tú, Cade Carter, fuiste el primer contendiente identificado. No dejaré de seguirte, Cade, hasta que se asigne un contendiente alternativo.*

—¿En serio? —preguntó Cade.

—*Sí.*

—Trasto estúpido —murmuró Cade—. ¿Y dónde está tu cuenta atrás?

Lamentó esas palabras en cuanto las pronunció.

—*Aquí.*

Unos momentos después, el temporizador apareció en el aire.

05:06:18:09
05:06:18:08
05:06:18:07

—Haz que desaparezca, ¿quieres?

La cuenta atrás se desvaneció y Cade soltó un suspiro de alivio. En cierto sentido, le vendría bien tener compañía. Y quizás otra oportunidad de conseguir respuestas a sus preguntas.

—¿Para qué es la cuenta atrás, de todos modos?

—*La ronda de clasificación* —respondió el dron con su aburrida voz robótica.

—¿Qué pasa en la ronda de clasificación? —preguntó Cade.

—*El alcance de tu pregunta es demasiado amplio. Por favor, estrecha los parámetros.*

Cade suspiró. Aquel trasto no quería decirle nada.

—Bueno, ¿podrías al menos guiarme de vuelta al *Brujería*?

—*Acción prohibida.*

—No sirves para nada —dijo Cade, sentándose en una rama podrida junto al río para descansar.

Pensó durante unos instantes. A lo mejor, si reformulaba la pregunta...

—¿Puedes hablarme sobre el *Brujería* y de dónde salió? —preguntó Cade.

—*Sí.*

Muy a su pesar, se rio. Aquel cacharro era tan escurridizo como una anguila.

—Adelante.

—*El* Brujería *es un yate de recreo de lujo de siete metros que desapareció en 1967 con su propietario, Daniel Burack, a bordo, y su amigo, el padre Padraig Horgan, en algún lugar del triángulo de las Bermudas.*

Cade sintió que se le erizaba el vello del cuerpo. El triángulo de las Bermudas. Desaparecido. Aquello era demasiado extraño. Pero ¿era cierto?

—¿Por qué puedes contarme esto pero no llevarme a dónde está?

—*Puedo identificar remanentes utilizando datos almacenados sobre la Tierra. También puedo identificar las ubicaciones donde los remanentes fueron escaneados por última vez. Si hubiera escaneado el* Brujería *recientemente y hubiera permanecido en ese lugar, podría haberte guiado hasta allí.*

Cade cayó en la cuenta de que «remanentes» debía de ser el término del Códice para los artefactos históricos como la cabeza olmeca, y asumió que «escanear» era lo que el Códice había hecho cuando había iluminado la estatua con su luz azul.

Hablando de eso…

—Interesante —dijo—. ¿Puedes guiarme hasta la cabeza olmeca?

—*Sí.*

A pesar de la inquietud que sentía, Cade no pudo evitar reír de nuevo. Al menos, aquello le diría en qué dirección ir, ya que el barco había pasado por delante poco antes del accidente.

—Guíame hasta la cabeza olmeca.

—*Por supuesto.*

El dron se acercó y, de repente, Cade se encontró mirando un rectángulo de luz azul. Le recordó al extraño campo de fuerza que había encontrado en el cañón, ya que tenía la misma opacidad semitranslúcida. Pero esa vez, distinguió un patrón.

Cade tardó un momento en darse cuenta de lo que era. Un mapa.

Pero no cualquier mapa. Era un mapa de la caldera, el extenso cráter volcánico, a vista de pájaro. O, al menos, de una parte de la caldera. Veía el borde ligeramente curvo de las montañas y la vasta franja de desierto más allá.

Y allí, en algún punto del extenso dosel verde, había un punto rojo intermitente que supuso que lo representaba a él, justo al lado de un fino hilo azul que debía de representar el río. También había puntos azules más pequeños dispersos por la proyección.

—¿Cuál es la cabeza olmeca? —preguntó Cade.

—*Este.*

Un punto azul parpadeó y Cade soltó un suspiro de alivio. Parecía que estaba en el mismo ramal del río en el que se encontraba. Si continuaba en la misma dirección, encontraría el barco. O, si eso fallaba, podría seguir el río de regreso a la fortaleza.

La idea de estar solo en aquel mundo provocaba en Cade un temor tan profundo y oscuro que tuvo que apartarlo de su mente. Los problemas, de uno en uno. Menos pensar y más actuar.

Cade alargó el brazo para tocar el mapa y, para su sorpresa, fue capaz de manipular la imagen de la misma manera en que podía hacerlo con su móvil, pellizcando para hacer zoom. Y, lo que era aún más interesante, había otro punto azul no muy lejos de él. Otro «remanente».

—¿Qué es eso? —preguntó Cade.

—*Remanente identificado como el capitán Cole Dylan Benjamin Moore del 7.º regimiento de caballería del ejército de los Estados Unidos.*

A Cade se le aceleró el pulso. ¿Un soldado? O, al menos, la última ubicación conocida de uno. No podía ignorarlo. Sí, quizá sus amigos estuvieran más adelante, incluso podía ser que el barco pasara por los rápidos mientras él estaba lejos del río y no coincidieran.

Pero ¿conocer a alguien más, alguien armado, que podría saber más sobre aquel lugar? No pensaba dejar escapar aquella oportunidad.

Tomó una respiración profunda, podría tratarse de una decisión fatal. Luego giró y, por primera vez, se abrió paso por la jungla.

Las hojas cerosas le abofetearon los pies mientras sorteaba el mar de la vegetación. Y su mundo solo tardó unos pocos pasos en cambiar por completo.

Había muchísima vida en aquel lugar. Los insectos chirriaban alrededor de su cabeza; había unos mosquitos del tamaño de avispones que hicieron que se alegrara de llevar un uniforme tan áspero. Un milpiés tan largo y grueso como una serpiente trepaba por el árbol que tenía al lado, evitando el auténtico río de hormigas rojas gigantes que parecían estar causando estragos en la franja de jungla que tenía delante.

Cade dio un salto extraño para pasar por encima del desfile de hormigas, con cuidado de no molestarlas. Eran tan grandes como escarabajos y tenían aspecto de ser dos veces más mortíferas, las hormigas guardianas que rodeaban las hileras de las trabajadoras no dejaban de abrir y cerrar las mandíbulas.

A su alrededor y por encima de su cabeza resonaban las llamadas de varias criaturas. Chirridos, silbidos, incluso bramidos bajos y guturales parecían estremecer el mismo aire. No podía verlos, pero cerca había animales mucho más grandes que los insectos. Lo mejor sería seguir avanzando, cuanto más rápido, mejor. Junto al río, por lo menos había tenido la opción de volver a tirarse al agua para escapar de los depredadores.

Continuó, apartando a manotazos a cualquier insecto que se acercara demasiado. Hacía incluso más calor en la jungla, y su uniforme enfangado pronto quedó empapado de sudor. Ahora que estaba entre los árboles, descubrió que la jungla tenía una extraña cualidad, como si hubiera dos capas: los altos árboles similares a las secuoyas creaban un techo excepcional, y los árboles más pequeños absorbían los escasos rayos en una segunda capa dispersa por debajo.

Mientras tanto, el exuberante conjunto de arbustos de hojas cerosas y la maraña de enredaderas y ramas caídas constituían la capa inferior. Pero, para sorpresa de Cade, avanzó por el suelo del bosque a buen ritmo, sobre todo debido a los extraños senderos naturales que cruzaban la zona.

Podría haberlos llamado senderos rurales, hechos por las innumerables patas de grandes animales, como jabalíes y ciervos. Pero algunos eran tan anchos como carreteras, y Cade no quería ni imaginarse el tamaño de las criaturas que los habían abierto.

Aun así, el Códice lo siguió, y vio que su punto rojo estaba casi encima del azul. Y, sin embargo… no había nada frente a él. Solo árboles altos. No sabía cuándo había sido escaneado aquel tal Cole Moore, pero ya se había ido.

—Códice, ¿cuándo se escaneó por última vez a Cole Moore? —preguntó Cade.

—*Hace tres años, dos meses, catorce días, veintidós horas y diecisiete segundos.*

—Te van los detalles, ¿eh? —dijo Cade, maldiciendo por dentro—. Ojalá me lo hubieras dicho antes.

—*¿Te gustaría que te proporcionara más detalles al responder a tus preguntas?*

—Claro —dijo Cade en tono sarcástico—. Tantos como puedas.

Suspiró. Estaba claro que debería haber hecho más preguntas antes de meterse por allí. De hecho, todos deberían haberle hecho más preguntas: era la única fuente de respuestas. No había habido tiempo… O, al menos, no desde que habían descubierto que podía hablar con ellos.

Aun así, puede que se hubiera adentrado en la jungla de todas formas, aunque solo fuera para buscar pistas. Aunque al soldado no se lo viera por ninguna parte.

Desafiando a la lógica, Cade examinó la zona, esperando encontrar huellas, marcas en los árboles, cualquier cosa. Fue entonces cuando distinguió algo brillante entre las raíces de un árbol cercano. Se inclinó y lo recogió. Era un mechero Zippo, vacío y oxidado. Había un nombre grabado en un lateral: C. Moore.

¿Lo habría dejado caer el soldado? Levantó la mirada, más por instinto que por cualquier otra cosa. Y allí, escondido entre las ramas en la parte superior del árbol, había un cuerpo. O lo que quedaba de él.

A pesar de estar tan por debajo, Cade reconoció el uniforme del ejército, aunque estaba semioculto por el follaje. Parecía que, después de todo, Moore no se había movido. Había muerto, en lo alto de aquel árbol.

Cade sintió que la decepción le retorcía el estómago. Nunca había sentido tanta soledad, tal deseo de compañía. Había creído que allí encontraría a alguien. En vez de eso, había malgastado un tiempo precioso, tiempo que podría haber dedicado a volver con los demás.

Aunque… aquel cadáver ya había demostrado su utilidad. Ahora tenía un mechero, aunque el combustible del interior se había secado hacía mucho tiempo. ¿Qué otros tesoros podría haber allí, escondidos en los bolsillos del soldado o colgando de una rama? ¿Un arma, tal vez?

Pero ¿cómo podía subir hasta allí? Podría trepar por las ramas, pero la copa estaba a quince metros por encima. Era una hazaña abrumadora. Un desliz y todo habría terminado para él. Por un momento, se imaginó a sí mismo arrastrándose por la jungla con las piernas rotas y una marea de hormigas despedazándolo mientras aún seguía con vida. Se estremeció y apartó aquel pensamiento de su mente.

En el pasado, podría haber jugado sobre seguro, pero no en su situación actual. Se suponía que aceptar presentar una confesión de culpabilidad era ir sobre seguro... y ahora daría cualquier cosa por cambiar eso.

Pero ¿en aquel momento, en aquel lugar? Era su única oportunidad de poder plantar cara. Se arriesgaría.

Cade se preguntó qué había estado haciendo Cole allí arriba. Era cierto que las copas de los árboles parecían el lugar más seguro para dormir o esconderse. Pero ¿cómo había muerto ahí? A lo mejor había resultado herido y había logrado escapar hacia la relativa seguridad del árbol antes de sucumbir a sus heridas. O, tal vez, quienquiera que los hubiera llevado allí lo había dejado ahí arriba. Puede que ya estuviera muerto.

Había muchas preguntas, pero no encontraría las respuestas merodeando por allí. Cade se escupió en las manos y apretó la mandíbula.

—A por todas —murmuró.

Saltó al tronco y se impulsó hacia arriba, agradecido por la aspereza de la corteza de la rama más baja. Para trepar, apoyó los pies a cada lado del árbol, usó la fricción para afianzarse e impulsarse con las piernas y luego se aferró a la siguiente rama más alta con los brazos. A continuación, pudo usar la rama anterior como punto de apoyo y se quedó colgando un momento, agotado ya.

No estaba tan mal: había una ruta clara hacia la cima, una escalera de ramas intermitentes y puntos de apoyo. Solo que no era capaz de mirar hacia abajo.

Levantó el brazo y repitió el movimiento mientras el sudor le pegaba el uniforme a la espalda. Luego, otra vez, y otra más. No miró hacia abajo y trató de ignorar a los mosquitos que le zumbaban alrededor de la cabeza. Impulsarse, agarrarse, impulsarse y agarrarse otra vez.

De repente, el árbol se movió, inclinando a Cade hacia delante y luego hacia atrás, como si una ráfaga de viento que no podía percibir se colara entre las ramas de arriba. Al mismo tiempo, escuchó un ruido justo debajo de él, como el corcho de una botella de champán al salir despedido, pero mil veces más fuerte.

Sus piernas salieron volando y, durante un momento repleto de desesperación, se quedó colgando de los dedos, con las uñas clavadas en la corteza. Aterrorizado, Cade consiguió apoyar el dedo gordo del pie en el tronco, lo cual lo ayudó a llegar a la siguiente rama.

Cade no se detuvo para mirar hacia abajo. Lo único que podía hacer era continuar su ascenso, arrastrándose hacia arriba a la máxima velocidad de la que era capaz. El árbol se tambaleó por segunda vez y él sintió que la bilis se le subía a la garganta mientras se balanceaba de un lado a otro. Aun así, continuó trepando.

Siguió adelante, con el sudor corriéndole por la cara y haciendo que le picaran los ojos mientras los brazos le ardían por el esfuerzo y tenía calambres en las piernas.

Y, de repente, llegó a las hojas de la copa del árbol. Se encaramó a la rama más cercana y se aferró como si le fuera la vida en ello, inspirando con desesperación mientras el mundo giraba a sus pies. El vértigo casi hizo resurgir los higos que había desayunado, pero los obligó a bajar de nuevo, a sabiendas de que podría ser su última comida durante un tiempo.

Respiró hondo y mantuvo los ojos cerrados hasta que las náuseas remitieron. Luego los abrió y parpadeó para deshacerse del sudor.

Pero cuando volvió a enfocar el suelo, un silencioso grito de horror se le quedó atascado en su garganta reseca.

Había un dinosaurio.

DIECINUEVE

05:05:43:21
05:05:43:20
05:05:43:19

El Códice flotaba por encima de la cabeza del dinosaurio, y la criatura saltó a por él, lanzando una dentellada. El sonido era el mismo que había oído mientras trepaba al árbol, y Cade sintió otra oleada de náuseas cuando se dio cuenta de lo cerca que había estado de ser devorado.

A juzgar por su físico, era un terópodo: dos patas, un pequeño par de garras delanteras emplumadas, una cola larga y una cabeza gigantesca que parecía demasiado grande para su cuerpo. Si Cade tuviera que hacerlo, lo describiría como un carnosaurio, que era un término anticuado y genérico para los terópodos más grandes que coincidían con un *T. Rex* en forma y tamaño. Por supuesto, a los terópodos más pequeños se los solía denominar raptores. Todo el mudo lo sabía.

Durante unos minutos de infarto, Cade no pudo hacer nada salvo mantener la vista clavada en la monstruosidad que tenía debajo, tanto asombrado como horrorizado de ver a una criatura semejante de cerca. Tenía el cuerpo cubierto por unas púas negras espinosas y una protuberancia anaranjada sobre la cabeza que se parecía a la cresta de un gallo. Sus movimientos eran lentos pero controlados, su cola emplumada se movía de un lado a otro mientras lo miraba con unos ojos sorprendentemente pequeños, que no por ello hacían que su mirada fuera menos aterradora.

—Piensa... piensa... —murmuró Cade.

De niño, había estado obsesionado con los dinosaurios. Su padre había alimentado esa afición, contento de que Cade se interesara por cualquier tipo de historia. Los recuerdos sobre sus conversaciones estaban borrosos en el mejor de los casos, pero recordaba una vez que su padre se había reído del póster de dinosaurios favorito de Cade.

Su padre había dicho que era poco probable que las criaturas prehistóricas coincidieran con lo que Cade había visto en las películas o en sus libros ilustrados. Había dicho que los animadores y los artistas habían hecho poco más que cubrir con una delgada capa de músculo y piel los esqueletos fosilizados reconstruidos, ignorando la grasa, los pliegues de la piel, las protuberancias, los bultos, las espinas, las aletas, el pelaje y las plumas que debían de haberlos recubierto. Por supuesto, Cade no le había creído.

Su padre había ganado el debate cuando le había mostrado a Cade las imágenes de tres esqueletos de animales y le había pedido que le dijera qué eran. A él le habían parecido monstruos. Lo que parecía ser un cráneo de cíclope había resultado pertenecer a un elefante. Otro parecía una especie de serpiente gigante con un tridente curvo por cabeza, y había terminado siendo una ballena azul. El último había parecido el más normal y Cade había podido presentar tantas conjeturas como había querido. Había apostado por un gato, un perro, un mono, un perro, una zarigüeya y una comadreja. Solo después de darse por vencido, el padre de Cade le había dicho que era un mapache.

Resultó que su padre tenía razón, si aquel bicho era de verdad un dinosaurio. Por supuesto, nada de aquello lo ayudaba con su actual situación.

—¿Qué eres exactamente? —susurró Cade. Demasiado alto.

Debajo, el carnosaurio reaccionó a su voz y embistió contra el árbol de cabeza. El estómago de Cade dio un vuelco cuando la rama en la que estaba posado se balanceó de un lado a otro y el cadáver de Cole por poco cayó del hueco en el que estaba encajado.

Hubo un breve destello de luz azul y, a continuación, la voz del Códice le llegó desde abajo.

—*El pariente más cercano conocido de este animal es el* Gorgosaurus libratus, *un tiranosaurio que vivió hace aproximadamente setenta y cinco millones de años. Era un gran terópodo bípedo carnívoro. Los adultos tenían una longitud estimada de unos tres metros y un peso de dos toneladas y media. Los primeros fósiles fueron descubiertos en...*

—¡Silencio! —siseó Cade cuando la criatura agitó la cola, entusiasmada con el ruido. Puede que no hubiera sido una buena idea pedir más detalles a aquella puñetera máquina.

De modo que *sí* era un dinosaurio, aunque el Códice no podía identificarlo con exactitud. Imposible. A menos que... ¿Descendía aquella criatura del *Gorgosaurus*? Pero aquello era poco probable. Setenta y cinco millones de años de evolución lo habrían convertido en un pollo o alguna otra criatura de aspecto muy diferente.

Pocas criaturas se parecían a sus antepasados más antiguos. Los antepasados de los humanos no habían sido más que mamíferos parecidos a musarañas en la época de los *Gorgosaurus*.

Sin ninguna explicación en mente, Cade por fin logró apartar los ojos del carnosaurio y se giró hacia la tarea que tenía entre manos. El soldado. Seguro que tenía un arma. Algo, cualquier cosa que pudiera ayudarlo.

Para sorpresa de Cade, cuando encontró el coraje de examinar los restos del hombre, no sintió demasiada repulsión.

Todo era hueso, unido por el uniforme y el hueco en el que el cuerpo había quedado encajado. Varias criaturas e insectos que lo habían encontrado se habían dedicado a picotear el esqueleto. Tres años eran tiempo de sobra para que la naturaleza siguiera su curso y dejara un cráneo sonriente acurrucado en un cuello vuelto.

Cade examinó los bolsillos del hombre, con cuidado de no hacer caer los delicados huesos de debajo. Un lápiz y un cuaderno, aunque las páginas habían quedado empapadas por la lluvia tantas veces que era poco más que un trozo de papel maché. Un paquete de cigarrillos en condiciones similares, aunque Cade distinguió la escritura japonesa del exterior. También había monedas japonesas.

Repasando sus conocimientos de historia, Cade supuso que lo más probable era que Moore hubiera sido soldado durante la ocupación estadounidense de Japón, justo después de la Segunda Guerra Mundial. No es que ese detalle lo ayudara mucho. Se guardó aquellos pocos artículos en los bolsillos, algo decepcionado, pero ansioso por llegar al auténtico premio. Porque encajada debajo de las piernas del capitán había una larga bolsa de lona.

Obligándose a moverla muy despacio, la liberó y se alegró de sentir que pesaba. Dentro habría más que restos de papel. Puede que incluso un rifle.

La cremallera no se abría por culpa del óxido, pero las costuras de los bordes estaban lo bastante desgastadas como para que Cade lograra abrir una gran raja en el lateral. Pero cuando metió la mano, la sacó resbaladiza. Dentro había objetos alargados y circulares, cada uno envuelto en un trozo de tela empapada.

Tomó el que estaba más cerca de la parte superior y desenrolló la tela, con cuidado de no dejar que su contenido cayera al suelo. Esperaba una pistola de servicio o un rifle. Pero lo que encontró era mucho más arcaico.

Era una espada. Una espada samurái, supuso, con un mango de cuero y su correspondiente vaina. Se imaginó que el resto de objetos también serían espadas, pero de todos modos examinó a fondo la bolsa. Tenía razón, todo eran espadas. No había armas, ni documentos, ni ropa. Solo espadas.

—Genial —murmuró Cade.

Hacía una hora, habría matado por una espada. Pero aquello no iba a resolver su problema con los dinosaurios. Y estaba empezando a sentirse sediento. Intentó no pensar en el fresco río a menos de treinta metros de distancia de él.

Miró hacia abajo y su mirada se encontró con el carnosaurio. La bestia estaba sentada como un perro en la mesa, muy concentrado en él. A Cade no le parecía que fuera a marcharse pronto.

VEINTE

05:00:39:17
05:00:39:16
05:00:39:15

El sol ya comenzaba a hundirse en el horizonte y el corazón de Cade se hundía con él. Con cada hora que pasaba, los demás podían estar alejándose más y más. Su decisión de ir en busca de Cole había resultado ser fatídica, y ahora estaba sufriendo las consecuencias.

Estar solo, en mitad de toda esta extrañeza. Inconcebible.

—Códice —susurró Cade, más por soledad que cualquier otra cosa.

El dron acudió a su encuentro, su iris parecía mirarlo de forma pasiva mientras flotaba en el aire a su lado. Por debajo, el carnosaurio parecía imperturbable por el movimiento, pero permaneció donde estaba, mirando hacia arriba mientras descansaba sobre sus patas traseras. Cade no había hablado con el Códice en un rato, con la esperanza de que, si se quedaba inmóvil y en silencio, el depredador se aburriría y se marcharía.

No tuvo tanta suerte.

Cade se había sentido gratamente sorprendido al ver que las espadas, catorce en total, estaban afiladas y no presentaban rastros de óxido. El aceite que las recubría las había mantenido casi como nuevas, a pesar de los años que habían pasado dentro de la bolsa. En aquel mismo momento, tenía una en las manos. Lo hacía sentir mejor.

Durante un rato había fantaseado con deslizarse por el árbol y saltar desde arriba para decapitar a la bestia con un gran mandoble, algo muy peliculero. Pero Cade estaba seguro de que incluso si pudiera llevar a cabo tal hazaña, se rompería ambas piernas cuando aterrizara. Lo más probable era que el carnosaurio lo estuviera esperando con la mandíbula abierta. Se serviría a sí mismo en bandeja, como quien da una chuchería a un perro.

Al igual que cuando estaba castigado, Cade volvía a sentirse aburrido y aterrorizado al mismo tiempo. Para evitarlo, echó un vistazo a su espada, inspeccionándola a la débil luz del anochecer antes de que estuviera demasiado oscuro para ver.

La cuchilla ligeramente curva era tan larga como su brazo, con rayas moteadas que fluían como agua por todo el acero. El mango estaba hecho de un sencillo cuero negro que crujía cuando lo agarraba con fuerza pero que sentía firme en la palma. Su casi perfección solo se veía empañada por unas marcas muy mínimas aquí y allá a lo largo de la hoja, lo que le decía a Cade que la espada había visto batallas en el pasado. Probó el filo en su brazo e hizo una mueca ante lo afilada que estaba. En cuanto a la vaina, estaba recubierta de una laca negra y llevaba una larga cinta roja anudada a un lado. Cade le hizo un nudo y se la pasó por encima de la cabeza a modo de cabestrillo improvisado. Ahora se arrepentía un poco: la espada se le clavaba en la espalda justo donde el bifaz le había hecho daño, pero estaba demasiado cansado para hacer algo al respecto. Por no mencionar que cualquier movimiento exaltaría al carnosaurio que tenía debajo, y seguía albergando la esperanza de que se aburriera y se marchara.

—Háblame de esta espada —susurró, curioso por saber qué batallas había visto—. En voz baja.

—*La Honjō Masamune fue forjada por el mejor espadachín de Japón, Gorō Nyudo Masamune, en el siglo XIV. Considerada la mejor espada jamás forjada, es uno de los artefactos históricos más importantes de Japón, transmitido de* shogun *a* shogun. *Desapareció en 1946 cuando la espada fue confiscada, junto con otras trece espadas, por el sargento Koridie Beimo durante la ocupación de Japón por parte de los Estados Unidos, según la policía de Mejiro. La esp...*

—Con eso tengo suficiente —siseó Cade, interrumpiendo al dron—. Puede que debas reducir un poco la cantidad de detalles, ¿de acuerdo?

—*Entendido* —respondió el Códice.

Interesante. Esa vez, no había dicho «sí». Puede que estuviera mejorando a la hora de hablar con él y entender lo que quería decir. Si pudiera hacerlo entender el sarcasmo, podrían mantener una conversación auténtica.

Ignorando al Códice, Cade contempló la espada y le dio vueltas en las manos. De alguna manera, había dado con un tesoro. Pero había algo que no encajaba.

—Koridie Beimo. Cole D. B. Moore —murmuró para sí mismo.

Quien escribiera el nombre se había confundido, la nomenclatura estadounidense le había resultado demasiado extranjera para ser transcrita de forma correcta. Luego, de alguna forma, el cuerpo de Moore había terminado allí, junto con las espadas. Y Cade después de él. ¿Qué probabilidad había?

Pero claro, él había seguido el punto azul, ¿no? Parecía que quien fuera, o lo que fuera, que los había abandonado allí tenía tendencia a acumular remanentes perdidos del pasado. La Novena Legión. El *Brujería*. Incluso la cabeza olmeca. ¿Lo habían llevado todo hasta allí y habían dejado que se pudriera?

No. *Querían* que los contendientes encontraran todo aquello. Las piezas de un juego que Cade no entendía. Un juego que iba a perder si no hacía algo pronto. De modo que, mientras la última luz del sol se desvanecía y la extraña luna doble aparecía en el horizonte, consideró sus opciones.

Podía esperar hasta que el carnosaurio se fuera, pero sospechaba que la criatura aguantaría más que él: había agua corriente de la que beber cerca y el carnosaurio no se iría hasta que se lo comiera, eso parecía claro a aquellas alturas. Entonces... ¿por qué no dejar que se lo comiera?

Bueno, no de verdad. Pero debía pensar que se lo había zampado.

—Códice, quiero que flotes hasta ese árbol de allí —dijo Cade—. Intenta no llamar la atención de la criatura.

Para sorpresa de Cade, el dron se alejó y, debajo, el dinosaurio meneó la cola con entusiasmo. Era hora de poner su plan en marcha.

Primero, Cade se cubrió a sí mismo lo mejor que pudo con el aceite de las espadas, por debajo de su uniforme y restregándose los paños aceitosos con los que habían sido envueltas. Eso ayudaría a enmascarar su olor o, al menos, eso esperaba. El aceite no era particularmente intenso, aunque, por alguna razón, desprendía un leve aroma a ajo.

Como ventaja adicional, los mosquitos que no habían dejado de zumbar alrededor de su cabeza, de repente parecían mucho menos interesados en él. Se estaba acostumbrando a la sensación de estar sucio, pero era extraño estar tan grasiento por encima de toda la mugre.

Por último, desencajó poco a poco los restos de Cole del hueco del árbol y lo sostuvo en brazos.

—Lo siento —susurró Cade.

Luego soltó un grito salvaje y arrojó el cadáver hacia la noche. Tuvo el tiempo suficiente de ver abiertas las fauces del carnosaurio en un destello de color rosa amarillento antes de colocarse en el hueco que el cadáver había ocupado antes.

Se oyeron chasquidos y otros ruidos mientras el dinosaurio sacudía su comida disecada de un lado a otro. Cade contuvo el aliento, con el corazón tronándole con tanta fuerza que oía su propio pulso en los oídos.

Si aquello no funcionaba, era hombre muerto.

VEINTIUNO

Lo oyó marcharse. Casi lo sintió, como si pudiera sentir sus pasos gracias a las vibraciones en el árbol. No estaba seguro de si era porque el aceite cubría su olor, por el cuerpo del soldado o si era solo porque la bestia ya no podía verlo.

Aun así, no movió ni un músculo durante horas, por si acaso se había quedado esperándolo, ni habló con el Códice para que no escuchara su voz. En vez de eso, escuchó los sonidos de la noche: los ululatos, chillidos y trinos desconocidos de criaturas a las que no podía ver ni imaginar.

Pronto, el sueño lo capturó. El tiempo se difuminó mientras apoyaba la cabeza en el pecho, se acomodaba y sucumbía a un sueño que hizo poco para aliviar su agotamiento.

Solo cuando el sol rompió el horizonte se permitió despertar al fin, ayudado por los ruidos de los insectos y una cacofonía de sonidos que daban la bienvenida a un nuevo día. Habría pensado que todos los gorjeos y trinos pertenecían a los pájaros si no hubiera recordado que acababa de ver a una criatura que había vivido cientos de millones de años antes de que existieran las aves.

Por otra parte, las aves descendían de los dinosaurios. De hecho, los pájaros *eran* dinosaurios. Los supervivientes del gran meteorito que había acabado con la mayoría de especies y había dado a otros animales la oportunidad de prosperar en su lugar.

Cade sacudió la cabeza e hizo una mueca cuando el dolor le atravesó el cráneo. Ya notaba los efectos de la deshidratación y tenía el tipo de migraña que convertiría en inútiles a la mayoría de las personas durante todo el día. Ahora tenía que recorrer la sofocante jungla, débil y hambriento como un cordero recién nacido y casi igual de indefenso. Solo la espada que seguía llevando atada a la espalda le proporcionaba algún tipo de esperanza. Tiró las demás al suelo y se estremeció por culpa del estruendo metálico que se oyó cuando la lona dio contra el suelo.

Cade tardó casi una hora en bajar del árbol, cada movimiento provocaba que le diera vueltas la cabeza y que tuviera que aferrarse a la rama hasta que el mundo volvía a resultar nítido. Nunca había tenido tantas ganas de beber algo.

Cuando llegó al suelo, cayó de rodillas. Sintió que transcurría una eternidad hasta que logró recuperar el aliento y se sintió lo bastante fuerte como para volver a moverse.

Dedicó unos momentos a examinar las enormes marcas que había en el suelo, como las huellas de las garras de un petirrojo en la nieve, pero cien veces más grandes. Cade casi se había convencido a sí mismo de que se había imaginado al carnosaurio, pero allí estaban las pruebas. Tan irrefutables como una mano frente a su rostro.

Cade tomó las asas de la bolsa de lona y pasó los brazos por ellas para convertirla en una mochila, luego se pasó ambas correas por la cabeza para que le quedaran cruzadas en el pecho y estuvieran más ajustadas. La bolsa colgaba sobre la vaina de su espada de forma algo incómoda, pero, al menos, la raja por la que había sacado la espada era lo bastante pequeña como para que no se saliera ninguna si tenía que echar a correr.

Pesaba más de lo que esperaba y, por un momento, se planteó la posibilidad de dejarla atrás. Pero, si conseguía encontrar a los demás, a todos podría venirles bien algún arma. Eran mejores que unas rocas afiladas.

Tambaleándose un poco bajo el peso de las espadas, Cade emprendió el regreso entre los árboles, esa vez con una espada en mano para defenderse. Pero si había criaturas peligrosas a su alrededor, no las vio, porque permanecer de pie requería todo su esfuerzo, y solo era capaz de fijar la mirada en el trozo de suelo frente a él. Veía un poco borroso en las esquinas y la lengua se le había pegado al paladar como un trozo de cuero seco, pero se obligó a seguir adelante. Estaba desesperado y era vulnerable, y cuanto antes llegara a la relativa seguridad del río, mejor.

Sintió una avalancha de alivio cuando encontró el rápido afluente una vez más. Por un momento, le había preocupado haber tomado la dirección equivocada. Arrodillado en las aguas poco profundas, se tomó su tiempo para beber grandes tragos de agua, saciando su sed, aunque no el hambre que le azotaba el estómago.

Resultó que, en poco rato, su migraña y los mareos disminuyeron, reducidos a un dolor sordo manejable y que mejoraba con cada minuto que pasaba. Durante un rato, Cade simplemente se quedó allí, con la cabeza bajo el agua, dejando que la corriente le lavara del pelo la mugre y el sudor del día anterior.

En el fondo de su mente, sabía que beber agua podría haber sido un error. Su breve periodo en los Boy Scouts, muchos años atrás, le decía que debería haberla hervido primero, tal vez incluso filtrarla con un calcetín lleno de carbón. Pero ¿hervirla dónde y cómo? No, no había tenido elección, aunque ahora sus tripas pudieran estar llenas de bacterias primordiales.

Apartando las preocupaciones a un lado, Cade consideró sus opciones. En realidad, solo había una, la misma que antes. Seguir por donde había llegado, recorriendo el río hasta llegar a donde esperaba que los demás hubieran logrado detener el barco antes de alcanzar los rápidos.

Así que, con un gemido, Cade avanzó a trompicones. Ahora que estaba atento, su mirada recorría la linde de la jungla mientras se abría camino por la orilla. A la primera señal de peligro, se lanzaría al agua, prefiriendo el abrazo del caudal del río antes que una muerte segura en el estómago de un depredador.

La espada le resultaba pesada y era tan larga que se enredaba en las cañas. Al final, la envainó a su espalda, sabiendo que, si tenía que elegir entre pelear o huir, lo más probable era que se decantara por esa última opción. No fue una maniobra fácil: la espada era demasiado larga como para meterla en la vaina en un ángulo que resultara cómodo.

A medida que pasaban los minutos, Cade empezó a animarse al ver su progreso. Estaba avanzando a buen ritmo y, hasta el momento, no había habido ninguna criatura a la vista. Seguro que no tardaría nada en encontrar a los demás. ¿De verdad el río lo había llevado mucho más allá de los rápidos?

Cade estaba a punto de pedirle al Códice que volviera a desplegar el mapa cuando lo escuchó. El chasquido de una ramita, casi indistinguible por encima del sonido del río. Fue suficiente para que se detuviera y echara un vistazo al otro lado del río.

Allí había arbustos, intercalados con lianas colgantes y ramas bajas. Por un segundo, Cade pensó que se lo había imaginado. Pero entonces los vio, medio oscurecidos por la vegetación. Unos ojos amarillos lo observaban.

Se detuvo y, como si la criatura se percatara de que la habían detectado, abandonó su posición en cuclillas y se incorporó para que la viera. A Cade, el corazón le dio un vuelco. De pie al otro lado del río... había un raptor.

Pero no se trataba del raptor escamoso y similar a un lagarto de *Parque Jurásico*. No, aquella criatura era diferente, aunque no por ello menos aterradora. Era casi tan alta como la criatura animatrónica de la película, y su cuerpo tenía la misma forma básica, pero ahí terminaban las similitudes.

Porque la criatura estaba cubierta de un plumaje espinoso, leonado como el de un búho, con el mismo patrón que el follaje, lo que la había ayudado a camuflarse. Al final de la cola, que tenía enhiesta, había una pluma que se elevó y descendió cuando la criatura se agachó y siseó, y ahora Cade no podía apartar la mirada de las enormes garras que tenía en todas las patas, la más grande de las cuales coincidía con la longitud de un cuchillo de carnicero, y era lo bastante afilada para llevar a cabo el mismo trabajo.

—Mier...

Cade se interrumpió cuando el más puro horror le robó las palabras de la boca. Un segundo raptor salió de entre los árboles. Era un poco más pequeño y de un color más apagado, pero mostraba la misma mirada hambrienta, que no apartó en ningún momento del rostro de Cade.

Más susurros. Apareció otro más. Y otro. Antes de que Cade se diera cuenta, cinco raptores lo miraban desde el otro lado del río, siseando mientras los labios dejaban ver la saliva que brillaba en sus afilados dientes amarillos. Una manada.

Se quedó tan inmóvil como una estatua, a sabiendas de que cualquier desplazamiento podría hacer que se movieran. El río que fluía entre ellos era profundo, aunque estaban en una zona que describía una curva, donde la corriente era más lenta y el río, más estrecho. ¿Sabían nadar los raptores? ¿O se le había acabado la suerte?

Fue en ese momento cuando el raptor alfa abrió la boca y emitió un sonido como ningún otro que Cade hubiera escuchado antes. Fue un graznido extraño y cacareante que resonó en el pecho y los huesos de Cade. Durante un brevísimo instante, se hizo el silencio, el ruido ambiental de la jungla calmado después de aquel ruido.

Entonces, antes de que Cade pudiera reaccionar, las criaturas avanzaron hacia el río como una sola, chapoteando en la orilla y avanzando hacia la zona más profunda. Cade se permitió un instante para observar cómo la corriente impulsaba a los raptores río abajo, pero parecía que en cuestión de segundos ya estaban a medio camino, aunque un poco más lejos de él.

Sin dignarse a echar una segunda mirada, Cade corrió hacia la jungla, con el corazón estrellándosele contra las costillas y las ramas rasgándole la ropa y enredándosele en el pelo. Pronto, se encontró corriendo entre los árboles, saltando sobre rocas cubiertas de musgo y ramas caídas. La bolsa de lona y la vaina rebotaban contra su espalda, obstaculizándolo, pero eran las únicas armas que tenía y no se atrevió a descruzar las correas que le atravesaban el pecho.

Lo único que veía era un laberinto de árboles y vides enredadas, pero solo podía zigzaguear entre ellos, mientras miraba de vez en cuando por encima del hombro. Ahora podía escuchar los aullidos de los raptores y el eco cada vez más fuerte que producían entre los árboles.

Frenético, buscó un árbol en el que esconderse, pero en lo profundo de la selva tropical se encontró rodeado por unas enormes secuoyas cilíndricas que no tenía ninguna esperanza de poder escalar. Corrió hacia delante, aunque le ardía el pecho por la falta de aire y sus piernas gritaban que necesitaban descanso. Para colmo, el suelo del bosque estaba cubierto de una maleza cada vez más espesa que lo arañaba mientras se abría paso a la fuerza. Pronto, su mundo devino una aglomeración de brotes y ramas.

De repente, vio un extraño árbol con un amplio entramado de ramas alrededor de la base. Estaban retorcidas y se entrelazaban, pero dejaban un espacio lo bastante amplio como para que cupiera si se encogía, y eso hizo. Tiró con todas sus fuerzas cuando los hombros se le quedaron atrapados entre las raíces. Podía escuchar el ruido de las ramas a su espalda, y le pareció que, en cualquier momento, unos dientes se cerrarían alrededor de sus piernas.

Se impulsó hacia delante, tirando hasta que llegó a lo más profundo del entramado de raíces y se quedó mirando cómo temblaba la vegetación. Quería desenvainar la espada, pero el espacio era demasiado pequeño para hacerlo en silencio. Así que, cuando los raptores aparecieron por fin, se encontró acercándose las rodillas al pecho y rezando para que no lo vieran ni lo olieran.

Pero esa esperanza fue en vano. Si el intenso aceite que había cubierto las espadas había ayudado a enmascarar su aroma ante el carnosaurio, ahora era un faro para las criaturas que lo rastreaban. El alfa tardó solo un momento en acercarse, bajar la cabeza y meterla entre el enredo de raíces y vides, su mirada hambrienta fija en la de Cade.

Con un graznido ronco, empujó hacia delante y lo único que Cade vio fue su garganta rosada. Luego, cerró las fauces a meros centímetros de su cara y él gimió mientras giraba la cabeza hacia un lado. El hedor a carne podrida flotó hasta las fosas nasales de Cade cuando la criatura intentó acercarse más a él, atrapada entre las vides y raíces enredadas.

Con cada empujón de las patas del raptor, desgarrando y excavando en la tierra, sus fauces quedaban cada vez más cerca. No tardaría mucho en cerrarlas alrededor de la carne blanda de sus mejillas.

Cade revolvió la tierra con las manos, con la esperanza de encontrar una roca, un palo, cualquier cosa con la que defenderse. En vez de eso, se le encalló la mano en su cinturón, el de cuero que formaba parte de su uniforme. Medio ahogándose de terror, lo desabrochó y se lo quitó.

Mientras el raptor siseaba y se echaba hacia atrás para impulsarse y dar la estocada final, Cade metió el cinturón en el hocico de la bestia y empujó con todas sus fuerzas. El raptor chilló ante aquella intrusión, mordió el extraño objeto que le había metido en la boca y gritó, sorprendido cuando no se rompió en dos, sino que los dientes se le hundieron en el cuero.

Cade tiró y el cinturón se deslizó sobre aquellos afilados dientes hasta llegar a las encías de la parte posterior de la boca. Apretó los puños a ambos lados de la cabeza de la criatura. Por un momento se miraron el uno al otro, cara a cara. Por fin, después de un breve tira y afloja, el raptor se atragantó, escupió y se retiró. La saliva goteaba por el cinturón, pero este seguía de una pieza, aunque los laterales estaban hechos polvo.

Cade aprovechó el breve respiro para agarrarlo mejor, enrollando los extremos alrededor de sus muñecas y nudillos. Unos momentos después, el raptor volvió a la carga y cerró la boca alrededor del cinturón una vez más.

Tenía una fuerza inmensa, sus garras arañaban la tierra mientras empujaba. Su saliva salpicó a Cade en la cara, pero afianzó los codos y se aferró, porque le iba la vida en ello. El raptor se retiró de nuevo y Cade no esperó al tercer intento. En vez de eso, agachó la cabeza y tiró del mango de la espada con todas sus fuerzas. Desenvainó la mitad y luego usó las palmas de las manos para liberar el resto de la hoja. Esta cayó al suelo justo cuando el depredador emprendía el tercer asalto.

Recogió la espada del suelo justo a tiempo y la alzó.

Demasiado arriba. En lugar de empalar a la bestia, se deslizó por su cuello sinuoso antes de engancharse en una raíz, lo cual casi le arrebató el arma de las manos.

Pero fue suficiente para detener a la bestia. La sangre goteó por su plumaje espinoso cuando se abalanzó sobre la espada para lanzarle una dentellada. Cade apretó los dientes y empujó el mango hacia delante, hundiéndole la hoja más profundamente en el pecho. Aulló de dolor y se retiró una vez más.

Eufórico por su pequeña victoria, Cade se permitió albergar la esperanza de que los raptores se fueran. Pero permanecieron allí, paseando de un lado a otro. A medida que avanzaban los minutos, parecían más cautelosos, y solo se acercaban un poco a las raíces y resoplaban mirando al suelo. Cade no podía hacer otra cosa que no fuera quedarse sentado en las sombras, esperando contra todo pronóstico que se rindieran.

VEINTIDÓS

Merodearon por el exterior de su improvisado refugio, sus ojos amarillos lo miraban hambrientos. Otra vez se trataba de ver quién aguantaba más, pero aquella ocasión era mucho más peligrosa. Esa vez, Cade no tenía otro cuerpo con el que engañarlos, ni un nuevo olor con el que enmascarar el suyo propio. Tampoco podría dormir ni relajarse. Si se desconcentraba, acabaría siendo comida para raptores.

Pasaron las horas, los haces de luz que se filtraban a través de las raíces se movían al ritmo del sol que había en lo alto.

El aceite de las espadas se mezcló con su sudor mientras permanecía agachado bajo las raíces y observaba cómo sus perseguidores se acomodaban, tan pacientes e inmóviles como caimanes. Para cuando llegó la noche, Cade se dio cuenta de que no se irían pronto.

04:01:36:23
04:01:36:22
04:01:36:21

—¿Puedes ayudarme? —preguntó Cade, girándose hacia el Códice.

—*Me encantaría poder ayudarte, Cade* —contestó el Códice. Su voz, aunque monótona, le pareció más alegre de lo habitual.

—¿Tienes algún consejo para esta situación? —dijo Cade, tratando de formular la pregunta de la manera más específica posible. Si oía a la maldita máquina repetir eso de los «parámetros demasiado vagos» una vez más, la estamparía contra una roca.

—*Me temo que no puedo ayudarte, Cade* —dijo el Códice, después de lo que le parecieron unas décimas de segundo más de lo que solía tardar en contestar.

—¿De verdad? —preguntó Cade, amargado—. ¿Eso temes?

La lente del Códice parecía mirarlo fijamente.

—*No* —dijo, descendiendo más cerca de él—. *Anteriormente, he detectado indicadores de frustración en tus respuestas a nuestras conversaciones, y he adaptado mi forma de hablar para que te resulte más cómoda. ¿Preferirías que volviera a mis patrones de habla anteriores y más literales?*

Cade negó con la cabeza.

—¿Sientes algo bajo ese caparazón mecánico? —espetó—. Porque yo sí. Estoy aterrorizado, joder.

Genial. Ahora estaba tratando a aquella cosa como si fuera un psicólogo.

—*No.* —Esa fue la sencilla respuesta del Códice—. *No siento nada.*

Cade giró la cabeza. No recibiría ninguna ayuda por parte del Códice.

Así que buscó entre el entramado de raíces, con la esperanza de encontrar algún remanente perdido que usar a su favor, en caso de que los misteriosos maestros del juego le hubieran dejado algo allí. Pero lo único que halló fueron hojas muertas, ramitas y tierra.

Las ramitas eran quebradizas y estaban completamente secas. Había intentado crear una especie de reja con las más grandes y colocarla entre las raíces que tenía delante a modo de barrera, pero incluso esas se habían roto con demasiada facilidad, y serían un pobre elemento disuasorio si los raptores decidían volver a atacar.

A aquellas alturas, casi deseaba que lo hicieran. A lo mejor, si mataba a alguno, los demás lo dejarían en paz.

El alfa estaba lamiéndose la sangre de la base del cuello, de alguna manera era capaz de retorcerse como una serpiente para alcanzar la herida. Los otros cuatro parecían estar bloqueando la posible huida de Cade, paseando con calma delante de su árbol o esperando agachados en algún punto de su visión periférica.

Eran como lobos en plena cacería, y Cade se sintió satisfecho al confirmar una de las mayores preguntas de la paleontología: ¿alguna especie de dinosaurios cazaba en manada? Por lo visto, así era.

—Venid a por mí —gritó Cade.

El ruido sorprendió a los depredadores e inclinaron la cabeza, curiosos. Pero no sirvió para incitar otro ataque. Cade sabía que, si salía de su escondite, lo más probable era que lo rodearan y lo despedazaran. Su única oportunidad era que lo atacaran de uno en uno a través de la brecha entre las raíces.

Transcurrieron varios minutos más y Cade pasó el tiempo catalogando lo que tenía a mano. Una docena de espadas envainadas, escondidas dentro de una mochila improvisada. Una docena de trapos empapados en aceite. Un uniforme (harapiento). Un encendedor oxidado (vacío). Palos y hojas de diversos tipos.

Luego estaba el Códice, que seguía flotando en el aire en algún punto fuera de su escondite. Por algún motivo, no creía que le fuera a resultar muy útil en aquel momento. Antes le había dicho que se enfrentaba a un pariente de un tipo de raptor llamado *Deinonychus*, pero eso era tan útil como ser capaz de identificar la pistola con la que te apuntaban a la cabeza.

No tenía mucho con lo que trabajar. Probó el encendedor por primera vez, le costó mover la ruedecilla que encendía la chispa. Una vez que el óxido se hubo aflojado un poco, lo complació ver que la chispa saltaba con bastante facilidad, aunque no quedara líquido dentro para mantener una llama. Si alguna vez necesitaba hacer una fogata, podría serle útil.

Una pregunta estúpida le pasó por la cabeza, pero se permitió hacérsela. Incluso asumiendo que escapara de los raptores, ¿querría hacer un fuego? Había ido de acampada con los Boy Scouts cuando era niño, y se había enterado de que las hogueras eran una espada de doble filo.

Sobre todo, servían como elemento disuasorio contra los animales salvajes, que tenían miedo del calor y la luz, por no mencionar a los peligrosos humanos que solía haber cerca. Pero, al mismo tiempo, atraían a los osos, que habían acabado por asociar a los humanos y sus fuegos con sobras de comida.

Por algún motivo, dudaba de que los depredadores de aquel mundo hubieran establecido la misma conexión. Era poco probable que hubiera muchos campistas alegres por allí, dejando bolsas de malvaviscos desatendidas. Así que. Fuego. ¿Era esa la respuesta? No tenía ninguna idea mejor. Parecía sensato sacar algunos de los trapos de su bolsa. Todos seguían oliendo un poco a ajo, lo que le hizo pensar que debía de ser aceite vegetal. No era el más inflamable de los aceites, pero significaba que la tela podría mantener la llama por más tiempo, y también prender con más facilidad. Ató tres trapos alrededor de la parte superior de la más larga de las ramas caídas y los anudó con más fuerza gracias a una tira de tela cortada de la manga de su uniforme, que estaba hecho de un material resistente al fuego, según la etiqueta. Ya tenía una antorcha.

Lo hizo de nuevo, pero con palos más pequeños y dos paños, hasta que tuvo cinco antorchas más pequeñas. Esas las usaría como lanzallamas… en teoría, al menos.

A continuación, tomó las hojas muertas más secas y las colocó en un montoncito. Después de hacer eso, buscó un palo seco y retiró la corteza con el borde de su espada, llegando al núcleo en malas condiciones del interior. Una vez conseguido, transformó unas tiras finas en virutas, justo como su jefe de scouts le había enseñado. En un par de horas había apilado suficientes como para llenar un nido.

Por fin estaba listo. Con la respiración agitada, encendió el mechero, apuntando con las escasas chispas en dirección a la pila de virutas. Nada. Aterrizaron y desaparecieron sin chisporrotear ni siquiera un poco.

Pasó el pulgar por la ruedecita una y otra vez, con un gruñido de frustración en todas las ocasiones. Continuó hasta que la piel del pulgar se le puso rosa y rugosa por aquel gesto, luego cambió de mano y siguió, con la esperanza de que la llama prendiera antes de que el antiguo pedernal de dentro del encendedor se acabara.

El sudor le corría por la cara y los ojos le picaban. La humedad era sofocante, una extraña yuxtaposición con la sed que había vuelto a atacarlo, vengativa. El aire estaba demasiado húmedo para iniciar un fuego como aquel.

Dejó a un lado el encendedor y estudió su pila de yesca. Las virutas de madera en la parte superior eran tan finas como le había sido posible. Pero parecía que necesitaría algo aún más delicado y fibroso. Y, de alguna manera, más inflamable.

Cade volvió a examinar su inventario. Entonces, como un rayo, se le ocurrió una idea. ¡Los trapos empapados en aceite! Por supuesto, no podía limitarse a acercar su mechero a uno y que prendiera. El aceite vegetal no era lo bastante inflamable para que funcionara, por eso no le preocupaba el hecho de tener la piel empapada en ese mismo aceite. Pero lo que podía hacer era aprovechar esa tela y convertirla en una yesca mucho mejor.

Tomó el borde de la tira de tela menos grasienta de una de sus antorchas y la estiró sobre el filo de su espada. Luego la frotó de un lado a otro, raspando la tela hasta que el borde se deshilachó. Arrancó esos hilos y los colocó sobre las virutas de madera, hasta que obtuvo algo parecido a una pequeña bola de algodón. Así mejor.

Para entonces, había empezado a anochecer, la luz del sol convertida en un brillo naranja opaco a medida que su fuente descendía por el horizonte. Pronto estaría demasiado oscuro para ver... A lo mejor los raptores estaban esperando a eso. Casi se le había agotado el tiempo.

Aun así, tenía que intentarlo. Como mínimo, el fuego le proporcionaría luz, suficiente para defenderse si atacaban de nuevo. Así que levantó el encendedor una vez más y bajó la ruedecilla permitiendo que una cascada de chispas cayera sobre el montoncito que tenía delante.

Humo. El más mínimo indicio y proveniente de un solo hilo, que ardía lentamente. Cade bajó la cabeza y sopló con suavidad. Por un segundo, el corazón le dio un vuelco, el hilo brillante ya desaparecido. Entonces, como obedeciendo a una extraña magia, la bola de algodón chisporroteó y estalló en llamas.

Resistiendo el impulso de gritar de alivio, Cade sopló una y otra vez, haciendo la señal de la victoria con el puño mientras el fuego prendía en cada capa sucesiva. Primero, las virutas, luego, las hojas y, por último, las ramitas de debajo. El fuego pronto crepitó con alegría, su humo escapó entre las raíces en dirección al cielo oscuro de arriba.

Cade pasó los brazos por las asas de la mochila y aferró la espada con la mano derecha.

Había llegado el momento.

Arrojó la primera antorcha encendida a la luz del crepúsculo, apuntando al raptor que tenía más cerca. Su lanzamiento se quedó penosamente corto, pero tuvo el efecto deseado. El raptor chilló por la sorpresa y saltó hacia atrás con el lomo erizado. Los otros, que habían estado esperando en cuclillas pacientemente, ahora estaban agitados y arañaban el suelo con las garras.

—Largaos —gritó Cade, arrastrándose hacia la entrada de las raíces y arrojando otra antorcha. Rebotó en el pecho del alfa y este chilló, molesto, y pisoteó la antorcha en llamas como si fuera un roedor. Chilló de dolor cuando el chisporroteante fuego incendió sus garras emplumadas, y las fosas nasales de Cade se llenaron del aroma acre del plumaje quemado.

Lanzó otra y aquella le dio de lleno en la cara a un tercer raptor, lanzó chispas al suelo y provocó un chillido de ira. Para sorpresa de Cade, el humo empezó a elevarse desde el suelo, y pudo ver el parpadeo de las llamas, extendiéndose desde las antorchas caídas. Más. Necesitaba más.

—Vamos —gruñó, emergiendo por la entrada—. Venid a que os dé lo vuestro.

Una cuarta antorcha y luego la quinta, la primera no acertó al rapaz al que iba destinada, la última le rozó la cola emplumada.

Ahora a Cade solo le quedaba la última antorcha, la más larga. Se agachó y la movió en arco cerca del suelo mientras sostenía la espada por encima de la cabeza.

Las hojas que tocó ya estaban estallando en llamas, ayudadas por una suave brisa que recorría la zona.

—¡He dicho que vengáis! —gritó Cade, haciendo amago de avanzar en dirección al alfa. Este saltó hacia atrás, cojeando sobre su pata quemada.

—Yah —gruñó—. ¡Yah, yah!

Con cada grito, barría el suelo con su antorcha, enviando hojas en llamas al aire, que ahora estaba cubierto de humo. Media docena de fuegos más pequeños se habían iniciado entre las capas de detritos del claro. El alfa dio un paso inseguro hacia él, favoreciendo la pata que no tenía herida.

Cade arrojó la precaución al viento, saltó por encima del fuego que tenía delante y balanceó la antorcha como un bate de béisbol. El alfa casi se cayó en su prisa por escapar. Echó un montón de hojas en llamas y chispas sobre la criatura. Esa vez, dio media vuelta y corrió.

Observó con incredulidad cómo meneaba la cola y desaparecía entre la maleza. Los otros lo siguieron, pero no sin una serie de graznidos y croares cabreados que crearon eco a su paso. Un instante, Cade estaba rodeado, al siguiente, estaba solo en el claro, con los pulmones ardiéndole por culpa del humo.

Los arbustos estaban empezando a prender, las hojas verdes producían un humo y una neblina negros que estaban convirtiendo la zona en una trampa mortal a toda prisa. Cade se agachó y tomó unas profundas bocanadas de aire sin humo, calmando los latidos desenfrenados de su pecho y los mil pensamientos que corrían por su mente. Contó despacio hasta diez, dando tiempo a los raptores para alejarse. Luego, cuando la adrenalina empezó a pasársele y el agotamiento se impuso, dio media vuelta y corrió hacia la maleza.

VEINTITRÉS

Corrió hasta que pensó que le estallarían los pulmones y luego corrió un poco más. Puede que hubiera pasado media hora, y no había habido señales de los raptores.

Aun así, no fue el agotamiento lo que lo obligó a detenerse al fin, sino la inminente forma que tenía enfrente.

Al principio, pensó que era una montaña, su gran sombra bloqueaba el sol poniente y lanzaba una gran sombra sobre el bosque. Cuando dejó atrás los cada vez más escasos árboles delgados y entró en el claro que lo rodeaba, Cade no pudo evitar caer de rodillas y quedarse mirando. Mirando... la pirámide.

Estaba hecha de adoquines, construida en capas cuadradas como un pastel de bodas con una escalera empinada tallada en un lateral. Era vasta, más alta que los propios árboles gigantes, y su antigüedad resultaba evidente gracias a la espesa vegetación y las vides que trepaban por sus paredes.

Cade supuso que provenía de América del Sur, aunque no podía estar seguro. Entonces se dio cuenta de que no tenía por qué quedarse con la duda. Se giró hacia el Códice, que lo seguía obedientemente. El orbe mecánico flotaba a unos centímetros del suelo.

03:23:33:49

03:23:33:48
03:23:33:47

—Códice, ¿qué es este lugar? —preguntó Cade.

—*Remanente identificado como la ciudad maya de Hueitapalan, descubierta por primera vez por el conquistador Hernán Cortés en 1526. Fue vista por última vez por el aviador Charles Lindbergh en 1927. No ha habido más avistamientos.*

¿Una ciudad? ¿Eso significaba que había más edificios al otro lado de la pirámide?

Cade gimió e hizo un esfuerzo para ponerse en pie. Le dolía todo el cuerpo y lo único que quería hacer era encontrar un sitio donde dormir esa noche. Le pareció que no había lugar más seguro que la parte superior de la estructura, a menos que planeara escalar otro árbol, por supuesto. Aquello último parecía completamente fuera del alcance de sus posibilidades en ese momento. Por lo menos, estar en lo alto de la pirámide le permitiría conocer la disposición del terreno y tal vez lo ayudara a localizar a los demás o alguna otra señal de civilización humana. Y dudaba de que cualquier depredador se fijara en él allí.

Investigar la «ciudad» podía esperar hasta el día siguiente. Se acercó a la base de la pirámide, dejó que la bolsa de espadas resbalara por sus hombros y gimió de alivio cuando las correas se alejaron de su piel. Lo estaría esperando por la mañana. Aunque le habría gustado que su antorcha siguiera encendida, porque la parte superior de la estructura habría sido el lugar perfecto para una señal de fuego. Pero había chisporroteado hasta apagarse unos minutos antes y la había tirado al suelo. El incendio forestal que había dejado tras de sí tendría que bastar.

Cade apretó los dientes y subió. Lo hizo tan rápido como se atrevió: la luz del sol se desvanecía a pasos agigantados y quería llegar a la cima antes del anochecer. Quería ver el resto de esa supuesta ciudad, puede que determinar en qué dirección quedaba el río. En su frenética y desesperada carrera a través de la jungla, se había desorientado por completo.

El mundo pareció caer bajo el manto de una neblina sepia al tiempo que subía la escalera, haciendo una mueca mientras los músculos tirantes de sus piernas se estiraban con cada escalón. Si le dolía ahora, no quería ni imaginar las agujetas y el dolor que sentiría por la mañana. Pero los problemas de uno en uno.

Cade se perdió en la subida. Era catártico, en cierto modo, concentrarse en aquella tarea. En algún punto de la subida, se volvió para mirar a su espalda y, a la tenue luz que quedaba, vio el brillo del fuego que aún ardía en la jungla. En otro mundo, en otra ocasión, se habría preocupado por las consecuencias de la conflagración. Allí, solo sonrió por lo que había hecho.

Puede que los demás lo vieran y fueran a buscarlo. Resopló ante el pensamiento. *Lo más seguro es que no.*

Mientras ascendía, empezó a fijarse en los patrones tallados en la roca. Las serpientes retorcidas grabadas en el borde de los escalones. Estatuas que bordeaban cada nivel, desgastadas por el viento y la lluvia. Los detalles que se asemejaban a la realidad habían quedado reducidos a poco más que unas figuras de arcilla hechas por un niño: un leopardo deformado aquí, un mono sin nariz por allí.

A aquella hora tan tardía, los ruidos de la selva iban cambiando, de los chirridos y aullidos de la mañana al zumbido nocturno de los insectos. Y algo más. Un sonido que ya había escuchado antes y que envió un escalofrío por su espalda a pesar de sus esfuerzos. Un graznido semejante a un traqueteo que reverberaba al aire libre. Muy despacio, Cade se giró.

Los raptores. Salieron de los árboles, agitando con entusiasmo sus largas colas detrás de ellos. Eran los mismos que antes, lo supo por el alfa. A pesar de una cojera notable, todavía lideraba la manada, y los demás lo seguían a una distancia respetuosa.

Aunque su corazón le dio un salto mortal en el pecho, Cade no pudo evitar sentirse fascinado por la dinámica del grupo. Un paleontólogo daría su mano derecha para ver lo que él estaba viendo. Solo que parecía que Cade tendría que dar mucho más que una sola mano.

Como si sintiera sus ojos sobre él, el alfa saltó los primeros escalones y gruñó de dolor mientras se tambaleaba sobre su pata quemada. Cade no desperdició ni un momento más. No pensó, no planeó. En vez de eso, empleó todas sus fuerzas en subir por la pirámide, ignorando cómo le palpitaban los muslos y las punzadas que sentía en los tendones. Lo único que importaba era llegar a la cima.

Eran más rápidos que él, subían por la escalera con una agilidad sorprendente. Pero Cade les llevaba ventaja y, después de un breve minuto de pánico, alcanzó el último escalón. Los gritos de sus perseguidores sonaron más fuertes mientras se giraba y desenvainaba la espada.

El alfa estaba casi sobre él, pero redujo la velocidad, esperando a que sus compañeros lo alcanzaran. Las escaleras eran empinadas, demasiado empinadas para que atacaran hacia arriba con las garras, solo podían usar las bocas. Eso equilibraba las probabilidades, aunque Cade no apostaría por sí mismo.

Aun así, allí tenía otra ventaja: la escalera, por ancha que fuera, seguía siendo la única forma de subir. A ambos lados, había una gran caída al nivel de la pirámide que quedaba por debajo. No era suficiente para matarse si uno se caía, pero estaba demasiado alto para que un raptor subiera y lo flanqueara. Así que Cade bajó el arma y se preparó para defender la escalera de un metro y ochenta centímetros de ancho, con la esperanza de que su posición elevada le diera ventaja.

El primer ataque lo inició el propio alfa, un rápido movimiento de cabeza hacia delante y hacia atrás para poner a Cade a prueba. Él atacó con la espada con salvajismo y falló, mientras el siguiente intentaba atacarlo por la derecha. Cade se abalanzó sobre él y casi perdió el equilibrio, pero fue recompensado por su esfuerzo. La criatura que lo atacaba retrocedió, resbaló sobre el borde y soltó un chillido de pánico cuando cayó al nivel inferior.

Un destello de dolor lo hizo volver en sí: los dientes del alfa se cerraron en torno a su tobillo y luego se retiraron antes de que Cade pudiera devolverle el favor. El cuero recio del calzado de la escuela se había llevado la peor parte, pero había sentido cómo los dientes se hundían en su carne y la sangre le empapaba los calcetines. Ojo por ojo. Pie por pie.

El alfa volvió a atacar con la cabeza, sinuoso como una cobra y poniéndose fuera del alcance de Cade antes de que él pudiera lanzarle una estocada. Detrás del alfa, dos de los raptores que permanecían a la espera avanzaron por el borde de la escalera, y Cade se vio obligado a moverse a izquierda y derecha para evitarlos.

Una y otra vez, saltaron de un lado a otro, obligándolo a extralimitarse, arriesgando más con cada ataque. Sabía una cosa: no era ningún espadachín, ya que empuñaba el arma como un bate de béisbol.

No duraría mucho más. La espada era pesada y había agotado sus reservas de energía. Estaba flaqueando y los raptores parecían saberlo. Sus gritos transmitían cada vez más entusiasmo y sus embestidas eran más agresivas con cada mandoble desesperado que daba.

Cade no podía vencerlos ni aguantar más que ellos. Tenía que ser más listo que ellos, igual que la última vez.

A aquellas alturas, había detectado un patrón. Todo giraba en torno al alfa. Seguían su liderazgo. Avanzaban cuando atacaba, retrocedían cuando se retiraba.

De modo que tenía que matarlo. Pero ¿cómo? Ni siquiera había estado cerca de darle con la espada: el depredador era demasiado rápido, demasiado inteligente.

Necesitaba un cebo. Y sabía con exactitud cuál sería.

—¡Toma esa! —gritó, sorprendiendo a los raptores durante un breve segundo. En ese momento, Cade barrió con la espada a los dos raptores que tenía a cada lado y los hizo resbalar hacia atrás. Uno se tambaleó hasta el borde antes de caer por él. Al mismo tiempo, Cade estampó su pie sano al borde de la escalera.

El alfa aprovechó la oportunidad y Cade soltó un grito tanto de agonía como de triunfo cuando aquellos dientes rodearon su bota y se hundieron tanto en el cuero como en la carne de su pantorrilla.

Atacó con la espada en un movimiento descendiente, pero todo el dolor que sentía hizo mella en él. El mandoble carecía de potencia, de velocidad. Se le cayó el alma a los pies al tiempo que la espada descendía.

Pero la espada dio en el blanco... y cortó como un cuchillo caliente hace con la mantequilla, decapitándolo y haciendo que el cadáver del alfa cayera por los escalones. Había salpicaduras de sangre por todas partes, caliente y corrosiva. Detrás, los tres raptores más pequeños se detuvieron, con sus malévolos ojos todavía fijos en él, mientras que un cuarto volvía a subir las escaleras desde el nivel de debajo.

El cadáver acabó a los pies del raptor más cercano y Cade asestó una patada a la cabeza del alfa para que fuera detrás. Rebotó como una pelota de baloncesto macabra y desapareció por el borde de las escaleras.

—¿Qué os parece eso? —gritó Cade con un triunfo ronco.

Se maravilló ante lo afilada que estaba la espada y por el hecho de que su plan hubiera funcionado.

Después de todos estos años. Sigue afilada como una navaja.

Los raptores no se movieron. No hasta que el siguiente más grande en tamaño bajó la cabeza y lamió la sangre. El corazón de Cade dio un traspié, apenas podía creerse aquella macabra estampa. El nuevo alfa pasó por encima del cadáver, levantando su hocico ensangrentado.

Era como si acabara de ser testigo de alguna enfermiza ceremonia de sucesión de aquellos depredadores. *El rey ha muerto, larga vida al rey.*

Su agotamiento agravó las heridas que tenía en las piernas y Cade cayó de rodillas. Mantuvo extendida la espada, cuya punta tembló a medida que la criatura avanzaba.

—Mierda —soltó Cade.

VEINTICUATRO

El raptor giró la cabeza con brusquedad y chilló antes de huir por la escalera. Cade se quedó ojiplático. Por un momento, creyó que le habían disparado, pero no se había oído ningún ruido. Con la mente trabajando a toda velocidad, usó las últimas fuerzas que le quedaban para gritar y tambalearse por las escaleras, balanceando la espada con un abandono salvaje.

Los raptores retrocedieron, inseguros de sí mismos una vez más. A continuación, un segundo proyectil dio en el blanco, impactando en la pierna del nuevo alfa desde debajo. La bestia cayó por las escaleras, arrastrando a una segunda criatura en una maraña de plumas y extremidades.

Cade cargó una vez más, su voz ronca mientras soltaba un rugido desafiante, con las piernas temblorosas. Esa vez, los raptores se retiraron, ayudados por una tercera piedra que agrietó el lateral de la pirámide. Porque eso era lo que era: una piedra. Arrojada desde algún lugar de más abajo a una velocidad antinatural.

Los raptores se detuvieron a medio camino antes de dudar de si seguir bajando. En ese breve instante, los cuatro raptores restantes lo miraron fijamente. Otra piedra pasó zumbando y no le acertó al raptor más cercano por una cuestión de milímetros, pero lo hizo sisear por la sorpresa. Luego, como guiados por alguna señal tácita, dieron media vuelta y descendieron, saltando y brincando, expresando su disgusto con una serie de rugidos y gritos.

—¡Eso! —chilló Cade por detrás, aunque su voz ya era poco más que un graznido—. Será mejor que huyáis.

No se atrevió a quitarles los ojos de encima y agitó la espada de forma amenazadora hasta que desaparecieron en la maleza. En cuestión de momentos, lo único que quedó fue el cuerpo del alfa, cuya sangre se acumulaba en los antiguos escalones.

El alivio lo inundó y se sentó en la escalera, dejando caer la espada a su lado con un repiqueteo metálico.

Solo entonces se permitió buscar a su salvador. Ya estaba oscuro, pero la luna roja estaba llena y arrojaba una luz entre rojiza y anaranjada sobre el mundo, junto con el brillo plateado de su satélite blanco.

Suficiente para ver el nivel inferior... y la figura encapuchada que se escondía allí, agachada sobre el borde de la pirámide. Solo alcanzó a distinguir que se trataba de una persona, con la cara vuelta hacia él, pálida a la luz de la luna. Mientras lo observaba, su nuevo aliado bajó hasta al suelo y echó a correr con unas piernas blancas y delgadas.

—Espera —graznó Cade—. ¡Vuelve!

Pero no sirvió de nada. Y no había forma de que Cade lo alcanzara, no con las heridas que tenía en las piernas. En vez de eso, volvió a subir como pudo por las escaleras y se apresuró a llegar al extremo más alejado de la semiderruida parte superior. Al otro lado, por fin pudo contemplar la ciudad de Hueitapalan, revelada en toda su gloria a la luz de la luna.

Los zigurats y otras estructuras estaban esparcidos como piezas de un juego a lo largo de una amplia plaza pavimentada, con pilares de piedra y arcos que bordeaban las calles empedradas. La naturaleza ya había hecho incursiones en la ciudad y había árboles jóvenes creciendo por todas partes, y enredaderas y hiedra cubriendo los edificios, como una especie de glaseado verde.

Cade observó la escena desde lo alto, con el cuerpo apretado contra la parte superior de la pirámide de piedra, asomando solo la cabeza por encima del parapeto. Había llegado justo a tiempo de ver a su salvador desaparecer en la estructura más cercana, un complejo palaciego de piedra con una gran entrada en forma de cueva en la base.

—Así que ahí es donde te estás escondiendo —susurró Cade.

Se arrastró hacia el borde de las escaleras de nuevo y les ahorró algo de dolor a sus piernas heridas al bajar como un niño pequeño, con las nalgas apoyadas en los escalones hasta que llegó abajo del todo, con el trasero magullado. Con cada segundo que pasaba, esperaba ver a los raptores salir de la jungla e ir a por él, pero parecía que la suerte estaba de su lado y los depredadores se habían marchado en busca de presas más fáciles.

Aun así, Cade no tenía ganas de quedarse allí. Podía oler la sangre del alfa, un olor intenso y metálico que casi se podía saborear en el aire. Los raptores no eran ni de lejos los peores depredadores que habitaban la jungla, y estaba seguro de que, en poco tiempo, nuevas criaturas llegarían hasta allí para darse un festín con los restos del alfa muerto.

No, tenía que alejarse de allí.

Por un momento, se planteó si llevarse la bolsa llena de espadas, pero decidió que no y envainó su propia arma y continuó adelante. Se sentía mareado. La sangre del interior de sus botas produjo un chapoteo cuando se puso de pie y cojeó hasta la siguiente pirámide. Se mareaba con cada paso que daba y acabó cayéndose dos veces.

Se aferró a la hierba que asomaba entre los adoquines para impulsarse hacia delante. Las fuerzas lo abandonaron y se vio obligado a avanzar medio a gatas y tambaleándose hasta que la oscura entrada al complejo se alzó ante él.

—Hola —gritó Cade a la oscuridad.

Más adelante, oyó el eco de unos pasos, que luego se detuvieron. Estaba siendo observado.

Cade se arrastró hacia la pared y se puso de pie, clavando las uñas en el mortero desmoronado. El mundo dio vueltas cuando se incorporó y se adentró aún más en aquel lugar

No logró dar más de media docena de pasos antes de volver a caerse. Rodeado por la penumbra, solo fue capaz de apoyar la espalda contra la pared. El Códice flotaba sobre él, su lente lo observaba, impasible.

03:23:11:08
03:23:11:07
03:23:11:06

—¿Me salvas y ahora vas a dejarme morir? —gimió Cade mientras la cabeza se le caía hacia un lado. Se estaba desvaneciendo rápidamente, aunque no sabría decir si por la conmoción, la deshidratación o la pérdida de sangre.

Sintió un tirón en las botas. A continuación, tiraron de Cade hacia delante y lo arrastraron hacia la profunda negrura. Transcurrió un rato en el que se arañó la espalda contra la piedra y sus brazos se arrastraron tras él en último lugar. Sintió que giraba en una esquina y luego en otra, pero estaba demasiado débil para defenderse.

Cuando giraron de nuevo, una luz parpadeante arrojó un tenue brillo sobre las paredes. Vio destellos de grabados antiguos en los que las escenas se desarrollaban como en un tapiz. Guerreros con tocados de plumas enfrentándose, garrotes y lanzas en alto. Dioses monstruosos con cabeza de animal observaban desde arriba. Y los reveladores jeroglíficos cuadrados de debajo contaban toda la historia.

En otra vida, Cade habría dado cualquier cosa por ver esas maravillas históricas. Pero en aquel momento, le entró una arcada cuando las náuseas lo superaron, y empezó a ver borroso en las esquinas mientras se aferraba a la conciencia a duras penas.

¿Eran aquellos sus últimos momentos?

Sintió que lo levantaban del suelo y escuchó el gruñido de su rescatador forcejeando con su peso. Lo tumbó sobre algo suave.

—Biibei —susurró una voz.

¿Biibei? Le apretó algo contra los labios y el agua fría goteó hasta su boca. Cade bebió con fruición, tragándoselo todo hasta que le retiraron la bebida. Parecía como si le hubiera devuelto la fuerza casi al instante o, al menos, la suficiente como para sentarse.

Estaba tumbado sobre un pedestal de piedra, acolchado con una capa de piel. A sus pies, una figura encapuchada le estaba quitando las botas, pero tenía problemas con los nudos.

Cade se inclinó hacia delante y se las desabrochó, luego hizo una mueca cuando le quitaron ambas botas, una por una, seguidas de los calcetines. La figura de la cara tapada lo miró y asintió para darle las gracias.

En aquel momento, Cade por fin pudo mirarse las heridas. Tenía marcas irregulares de mordeduras, la de la pierna derecha que había ofrecido al raptor era mucho peor que la que le había mordido antes. Estaban cubiertas de sangre, pero, para alivio de Cade, el sangrado parecía haber cesado en su mayor parte. Las heridas eran más superficiales de lo que había pensado en un principio, aunque tenía los calcetines empapados y teñidos de rojo.

—Gracias —dijo Cade. La figura no levantó la mirada.

El otro vertió sobre sus heridas agua de un frasco, que se tiñó de rojo cuando las costras de sangre se disolvieron, y provocó que las heridas sangraran otra vez. A continuación, su rescatador rebuscó en una bolsa de piel que colgaba de una correa en la esquina de la habitación, y regresó con lo que parecía un trozo de panal, repleto de larvas de un blanco perlado en el interior. La figura lo sostuvo sobre las heridas y roció con cuidado el líquido cálido y dorado sobre los cortes de Cade. Le escoció una barbaridad, pero él sabía que la miel se había usado como antiséptico durante siglos.

De hecho, Cade recordaba que era tan efectiva que la miel era el único alimento en el mundo que no tenía fecha de caducidad. Incluso los frascos que habían pasado milenios en las tumbas egipcias habían contenido miel perfectamente comestible.

Su mente daba bandazos, yendo de un pensamiento inútil a otro. Se sintió un poco mareado al oler el dulce y empalagoso líquido que la figura le frotaba en los cortes con las manos.

Cuando Cade abrió la boca para volver a hablar, su salvador se alejó y se agachó, y esa vez regresó con una ánfora tapada con un corcho. Aquello despertó el interés de Cade. Estaba completamente sediento y soñaba con agua helada.

Pero cuando la figura la destapó y vertió el contenido con suavidad en sus manos, no fue agua lo que salió... sino hormigas.

O, más bien, una hormiga. La figura encapuchada taponó el recipiente a toda prisa y agarró al insecto por debajo de la cabeza. Luego se movió para colocárselo en la pierna a Cade.

—¡Eh! —gritó él, alejándose—. ¿Qué estás haciendo?

Unos ojos lo miraron desde abajo, molestos, y Cade se sobresaltó al ver la cara de un hombre joven. Uno de sus ojos era de un azul pálido y contrastaba marcadamente con su piel aceitunada, mientras que el otro era de color marrón oscuro. Apoyó una mano tranquilizadora sobre su pierna. El mensaje estaba claro. Que se quedara quieto.

Cade se relajó y observó cómo los dedos apretaban y manipulaban a la hormiga hasta que abrió las mandíbulas. Luego apretó los lados de la herida más grande de Cade y bajó la hormiga. Cade hizo una mueca cuando cerró las fauces, suturando la piel como una grapadora. Entonces, el chico apretó y le retorció el tórax, dejando la cabeza de la hormiga en su pierna.

No era bonito, cómodo... o higiénico, para el caso, pero la herida había dejado de sangrar. El chico recogió la ánfora y Cade se recostó para dejarlo trabajar. Después de diez minutos de repetir el procedimiento, su rescatador por fin paró. Tenía las piernas limpias de sangre, llenas de los semicírculos de las mordeduras cerradas con las cuentas negras que eran las cabezas de las hormigas.

Ahora, mientras el chico retrocedía y admiraba su trabajo, Cade por fin pudo verlo bien.

Puede que tuviera un año o dos más que él. Era delgaducho como un palo y también bajito, su figura era diminuta. Su capa con capucha estaba hecha con retazos de varias pieles y cueros, y debajo llevaba una túnica que puede que una vez hubiera sido roja, pero ahora estaba marrón y cubierta de barro y suciedad.

Quizá lo más inusual fuera su pelo. Una única franja blanca atravesaba su flequillo apelmazado. Cade habría pensado que era teñido de no ser por sus circunstancias. Por eso y por los ojos del chico. Tenía unos ojos enormes, hasta tal punto que resultaban inusuales. Había una condición genética de algún tipo en juego, pero Cade desconocía cuál. Aunque no importaba. Se sentía inmensamente agradecido hacia aquella persona, que ahora le estaba envolviendo las piernas con un paño húmedo y amarillento.

Una vez hecho esto, el chico se sentó al borde del pedestal de Cade. Solo entonces, comprendió que se trataba de un altar para sacrificios. Había algún tipo de ironía en ello, pero estaba demasiado cansado para encontrarla.

—Gracias —le dijo, apretando las manos del chico entre las suyas—. Soy Cade. ¿Cómo te llamas?

El chico lo miró sin comprender y sacudió la cabeza. Cade se dio cuenta de que lo más probable era que no hablara inglés. Volvió a intentarlo, llevándose las manos al pecho.

—Cade —dijo.

El chico sonrió y se le iluminó la mirada por el reconocimiento. Repitió el gesto.

—Quintus.

El corazón de Cade empezó a latir a toda velocidad. Porque reconoció el nombre. Lo reconoció de sus viejos libros de texto de latín y de la ficción histórica que había leído mientras crecía. Quintus. Era un nombre romano.

VEINTICINCO

Quintus no era un tipo hablador. Ahora que Cade sabía que era romano, cayó en la cuenta de que «biibei» era en realidad *bibe*, o «bebida» en latín. Pero cuando Cade intentó entablar una conversación con su propia imitación rudimentaria del idioma, el chico se limitó a sacudir la cabeza y deambuló hacia una pila de losas de piedra que usaba a modo de mesa improvisada.

Sobre ellas, Cade vio unas tiras secas de algún tipo de cecina. Quintus se puso a comer, dándole la espalda. El sonido que hacía al masticar inundó aquel pequeño espacio.

En su estado famélico, Cade olió la carne desde el otro lado de la estancia. La boca le empezó a salivar y su estómago experimentó nuevos estremecimientos de dolor por culpa del hambre.

—Oye, ¿puedo comer un poco de eso? —preguntó Cade.

Nada.

Con un suspiro, echó un vistazo a la estancia y se alegró de ver al Códice flotando sobre él. Por alguna razón, Quintus no parecía sorprendido por su presencia. Cade empezaba a sospechar que el chico venía de la fortaleza. Por suerte, sabía cómo confirmar su teoría. Se volvió hacia el Códice.

03:22:52:13

03:22:52:12
03:22:52:11

—Códice, ¿quién es este? —preguntó Cade.

—*Todos los registros del nombre de este individuo se han perdido o destruido* —dijo el Códice con su aburrida voz—. *Pero este remanente fue miembro de la Legio IX Hispana, que desapareció en 108 d. C., o 120 d. C., dependiendo de la interpretación académica.*

Por fin estaban llegando a algún lado. Cade sintió que se le aceleraba el corazón al recordar los enérgicos debates que había tenido con su padre sobre el destino de la legión desaparecida. Y allí tenía la respuesta, frente a él.

Pero ¿qué estaba haciendo Quintus en aquel lugar?

Era difícil decir cuál había sido el propósito de aquella cámara, pero en el techo había agujeros por donde podría filtrarse la luz si hubiera sido de día.

La entrada era un pasadizo bajo, mientras que el contenido de la habitación en sí mostraba señales de cierto intento de hacer el espacio más hogareño. Unas pocas pieles por el suelo, plumas brillantes colgando como lucecitas del techo. Un cuenco pequeño hecho con el cráneo de un animal contenía una mecha encendida y una piscina de grasa animal, gracias a la cual alumbraba aquel sitio.

La estancia era casi tan pequeña como un dormitorio universitario, y estaba claro que el altar sacrificial no encajaba. Sospechaba que solo era un lugar de almacenamiento. Seguro que Quintus lo había elegido por lo lejos que quedaba del exterior y su entrada baja y fácilmente defendible. Cade se fijó en una losa de piedra más pequeña que Quintus debía de usar para bloquear el pasillo cuando dormía.

Allí también había armas. Una espada corta, que Cade identificó como un gladius romano, y un tirachinas. No del tipo en forma de Y que usaban los niños en los cómics, sino la honda que se había utilizado en las guerras de antaño, una cuerda con un lazo para el dedo en un extremo, una bolsa de cuero para sostener la piedra en el centro y un extremo suelto al otro lado. El arma se agarraba por ambos extremos, se hacía girar por encima de la cabeza y se soltaba la cuerda, enviando el proyectil por los aires. Un arma bastante simple, pero efectiva.

Estaba claro que el joven la manejaba con soltura. Lo bastante bien como para cazar y conseguir carne, si los dinosaurios bípedos en forma de lagarto y destripados que colgaban de un estante cercano servían de indicación. Cade sintió curiosidad y le preguntó al Códice qué eran aquellas criaturas. La habitación se iluminó de azul mientras las escaneaba.

—El Compsognathus *es una especie de terópodo carnívoro pequeño, bípedo, que vivió hace aproximadamente 157 millones de años* —dijo el Códice—. *Fue descubierto por primera vez en 1849 por...*

—Con eso es suficiente —dijo Cade—. Menos información de ahora en adelante, ¿de acuerdo?

Reconocía el nombre gracias los libros ilustrados de dinosaurios que había leído cuando era niño. En el libro los habían llamado «compis».

Era extraño. El carnosaurio que se había apostado debajo de su árbol era un pariente de un dinosaurio que había existido hacía setenta y cinco millones de años. Sin embargo, ambos estaban allí. Por no mencionar a un adolescente romano y a otro de la época actual. Si existía alguna explicación para ello, Cade la desconocía.

Sintió que se le revolvía el estómago otra vez.

—Oye —dijo Cade, repentinamente desesperado—. Te daré algo a cambio, ¿vale? Tengo una bolsa de espadas no muy lejos de aquí.

Tampoco esa vez obtuvo ninguna reacción, solo el ruido del chico masticando.

—¿Hola? —dijo Cade, más fuerte esta vez—. ¿Me oyes?

Más ruido al mascar.

—¡Eh! —gritó Cade. Hizo una mueca y se frotó la garganta seca.

Quintus se detuvo y ladeó la cabeza. Se dio la vuelta, con una mirada de curiosidad.

—¿Sabes? Es de mala educación ignorar a la gente —murmuró Cade.

Quintus se encogió de hombros, como disculpándose, y se señaló los oídos, uno tras otro. Luego sacudió la cabeza.

—Uy —dijo Cade, sintiéndose avergonzado—. Eres sordo.

De modo que la comunicación sería todo un reto, por si la barrera idiomática no fuera un problema lo bastante grande. Señaló la comida e hizo mímica para simular que comía.

Quintus se golpeó en la cabeza, avergonzado, y le entregó algunas tiras de carne. Cade se las metió en la boca sin ceremonias. Eran correosas y tenían un intenso sabor a carne, pero con lo famélico que estaba, le supieron a ambrosía. Tragó y se frotó el estómago para mostrar su agradecimiento.

Quintus sonrió, luego tomó asiento en la mesa y examinó la ropa de Cade con mirada inquisitiva. Cade hizo lo mismo y, de alguna manera, la situación no parecía extraña mientras ambos se miraban, tratando de determinar de dónde procedía el otro. ¿O más bien de *cuándo*?

Al romano se le iluminaron los ojos de repente y se giró y se dirigió a la esquina de la habitación. Allí había una piel de animal, muy parecida a las otras que decoraban la estancia. Pero aquella había sido convertida en un tosco poncho, con una gran capucha y suficiente capa para que le cubriera hasta la zona baja de la espalda. Se abrochaba por delante con unos botones alargados de madera.

Quintus se lo tendió y Cade lo aceptó con un asentimiento agradecido y una sonrisa. Deseaba tener algo que ofrecerle a cambio, pero el joven legionario pareció bastante satisfecho cuando Cade se lo echó sobre los hombros y se puso la capucha en la cabeza. Daba calor y el pelaje que llevaba por dentro le hacía cosquillas en las orejas.

—Gracias —dijo Cade.

Estaba claro que Quintus no creía que su vestimenta fuera adecuada para el relativo frío nocturno de aquel planeta.

De nuevo, ambos se quedaron mirando al otro.

—¿Por qué abandonaste la fortaleza? —murmuró Cade, rascándose la barbilla—. Allí había comida y se estaba mucho más seguro que aquí. A menos que el juego fuera peor, por supuesto.

Quintus observó a Cade mover los labios y se encogió de hombros. ¿Sabría leer los labios? No en inglés, pero a lo mejor... en latín.

Cade volvió a intentarlo y esa vez usó su latín simplificado.

—¿De dónde vienes?

Quintus respondió, pero a Cade le costó entender sus palabras. Había destellos comprensibles de latín, pero ya fuera por el acento, la jerga, el dialecto, un impedimento del habla a causa de su discapacidad o alguna combinación de esas cuatro cosas, gran parte de lo que dijo le resultó indescifrable. El Códice se cernía sobre ambos y Cade tuvo una repentina inspiración.

—Códice, ¿puedes traducir lo que está diciendo al inglés?

—*Sí.*

Premio.

—Por favor, hazlo.

—*Por supuesto.*

Cade sonrió. Estaba mejorando en lo de hablar con él.

El Códice flotó hasta acercarse más a él y se posicionó junto a su oreja. Era posible que no se tratara de la primera vez que hacía aquello, quién sabía durante cuánto tiempo lo habían usado los romanos antes de que Cade apareciera.

Eufórico, le indicó a Quintus que volviera a hablar. El chico puso los ojos en blanco y repitió lo que había dicho antes. Esa vez, el Códice habló en voz baja a la vez que él.

—*No serías el primero que no me entiende.*

Cade asintió, pero, por supuesto, Quintus no había oído hablar al Códice. Cade le mostró un pulgar hacia arriba y se señaló el oído y luego el Códice, como para decir que sí lo entendía. Quintus pareció animarse y volvió a hablar.

—*¿Me entiendes?*

Cade asintió.

—*Mis oraciones han sido escuchadas. Quizá Júpiter no sea tan sordo como yo.*

Cade volvió a formularle la misma pregunta.

—¿De dónde vienes?

La respuesta llegó muy rápida esa vez.

—*Esa es una pregunta con muchas respuestas. Nací en Roma, pero pasé gran parte de mi vida en Caledonia, como hondero en la Novena Legión. Los caledonianos nos estaban atacando cuando aparecí aquí. Eso fue hace casi un año.*

Caledonia. Así habían llamado los romanos a Escocia. Cade frunció el ceño mientras se exprimía el cerebro para hacer una pregunta en latín. ¿Por qué no había prestado más atención en clase? Quintus se encogió de hombros y siguió hablando, parecía contento de tener la oportunidad de hablar con alguien.

—*De repente, me encontré en un desierto. Por extraño que parezca, mi legión y yo fuimos transportados junto con el campo de batalla en el que estábamos combatiendo, que estaba lleno de los cuerpos de los muertos.*

Cade puso los ojos como platos. Así que de allí procedían todos los cadáveres y el extraño cuadrado de tierra en mitad del desierto de sal.

—*Lo que es aún más extraño es que había otros esperándonos allí. Otros romanos, que llevaban muchos años allí. Soldados de mi futuro y soldados de nuestro pasado.*

Más revelaciones, aunque, por algún motivo, no sorprendieron a Cade. Eso respondía a por qué había monedas de tantos períodos históricos. O cómo, al menos.

—*Me llevaron a un fuerte en la ladera de la montaña* —continuó Quintus—. *Lo construyeron los primeros romanos a los que trajeron aquí, desde los primeros días de nuestra república, cuando las legiones rescatadas en las costas de África se perdieron en la gran tormenta.*

Cade sabía de quién debía de estar hablando: el famoso ejército perdido de la Primera Guerra Púnica. Al retirarse de una invasión fallida en África, el ejército romano había embarcado en su flota y una tormenta la había destruido por completo durante el viaje de regreso a Italia. Pensar que tal vez decenas de miles de hombres que se estaban ahogando habían sido arrancados de un mar furioso y abandonados allí, en otro mundo...

—*Pero esos primeros hombres habían muerto de viejos hacía mucho tiempo y habían sido reemplazados por otros romanos para continuar su vigilia. Fueron esos últimos romanos los que nos recibieron, en el desierto. Eran nuestros antepasados, supervivientes de las batallas de Carras y del bosque de Teutoburgo; y nuestra progenie, aquellos que lucharon en la rebelión de Bar Kokhba y otros que fueron abandonados en la isla de Britannia, cuando nuestro gran imperio cayó.*

Cade apenas podía creerlo. Era como si alguien hubiera estado vigilando el mundo, retirando a la gente como piezas en un tablero de juego, con una predilección particular por los romanos. Y todos habían sido transportados hasta allí, para reponer la guarnición del fuerte con tropas nuevas cada generación. La legión de Quintus debía de ser del lote más reciente.

Reconoció las batallas y eventos que Quintus había mencionado. De todas las personas del mundo, él, un erudito en historia, estaba allí sentado con aquella reliquia del pasado. En todo caso, aquello confirmaba su teoría. Había sido elegido por una razón, era demasiada coincidencia.

—¿Qué pasó después? —fue todo lo que se le ocurrió decir a Cade, observando cómo los ojos de Quintus seguían el movimiento de sus labios.

—*La verdad es que no sé mucho: pocos tienen la paciencia de hablar con alguien como yo. Sé que mi legión y yo fuimos convocados para luchar contra un gran enemigo, como les había pasado a otras legiones antes que a la mía. Los más débiles de nosotros nos quedamos a defender las almenas, mientras que el resto partieron a la batalla. Nos dijeron que regresarían en unas pocas semanas, luego marcharon hacia el desierto y desaparecieron de la vista.*

Ahora, Quintus parecía sombrío, su mirada delataba que estaba muy lejos de allí.

—*Nunca regresaron. Esperamos casi un mes, y luego el juego empezó de nuevo. Los dioses nos informaron de que éramos contendientes, como lo habían sido los romanos que habían llegado antes que nosotros. Pero ¿cómo íbamos a sobrevivir cuando miles de hombres se habían marchado y no habían vuelto? Fui uno de los primeros en irme. Los otros debieron de irse poco después.*

Miles de hombres, desaparecidos. ¿Qué nuevos horrores los aguardaban que pudieran provocar tal cosa? Pero hubo una palabra que le llamó la atención entre el resto.

—¿Dioses?

—*Los nuevos dioses. Los que nos hacen jugar a este juego.*

Se le aceleró el pulso. Las respuestas sobre quién los había llevado allí empezaban a salir a la luz. Pero ¿dioses? Todas sus teorías habían implicado ciencia. La posibilidad de que fuera algo sobrenatural nunca había cruzado por su mente. ¿Podría ser que aquello fuera el resultado de lo oculto o algún tipo de magia oscura?

Y, sin embargo… El Códice, los campos de fuerza. No parecían artefactos mágicos. Eran tecnología.

Pero cada cosa a su debido tiempo. Necesitaba saber más sobre a qué podrían tener que enfrentarse si volvían a la fortaleza. Lo que tenía claro era que no quería vivir allí, rascando pedazos de existencia, comiendo lagartos y siendo perseguido por raptores. Y parecía que Quintus no conocía ninguna alternativa mejor, o ya se habría marchado de Hueitapalan.

—¿Juego? —preguntó Cade. Ojalá su latín fuera mejor; podría haber hecho preguntas más complejas. Le daba la sensación de que Quintus estaba cargando con la mayor parte de la conversación.

—*El juego al que debemos jugar, si deseamos volver a casa y que la Tierra esté a salvo. La verdad es que me arrepiento de haberme ido.*

—¿A salvo?

—*Acción prohibida. Parámetros reajustados.*

Cade se giró hacia el Códice.

—Creo que lo has traducido mal.

—*Lo siento, Cade. Tus estrategos han eliminado mi capacidad de traducir hasta que se complete la ronda de clasificación.*

¿Estrategos? ¿Qué porras era un estratego?

Quintus estaba hablando otra vez, pero Cade sacudió la cabeza. Quintus lo intentó una vez más, pero Cade se señaló la oreja y luego al Códice y volvió a negar con la cabeza. Quintus agachó la cabeza, decepcionado, luego se entretuvo colocando el ánfora y el cuenco con la cataplasma y dejó a Cade echando humo.

—¿Qué es un estratego? —exigió saber Cade.

—*Respuesta prohibida.*

—Maldita sea —maldijo Cade, enterrando la cara en las manos—. Justo cuando estábamos llegando a algún lado.

Después de unos momentos, lo intentó de nuevo. Había algo en una de las respuestas de Quintus que lo carcomía.

—¿Por qué tenemos que jugar a este juego? —preguntó Cade—. ¿Qué sucede si ganamos?

El Códice guardó silencio por un momento, parecía estar considerando su respuesta. Como si ahora hubiera alguien que decidiera qué podía y qué no podía decir. Los estrategos. O tal vez... uno de los dioses de Quintus.

—*Ganar la ronda de clasificación dará como resultado que se levanten las prohibiciones y el acceso a funciones del Códice más elevadas* —respondió el Códice—. *Los contendientes también obtendrán acceso a la tabla de clasificación y el derecho a representar a la Tierra.*

Nada de aquello tenía sentido para Cade.

—¿Cómo se gana? —preguntó Cade. Hacía mucho que debería haber preguntado más sobre la ronda de clasificación, preguntas más específicas. Pero con todo lo que había sucedido, le había parecido la menor de sus preocupaciones.

—*Los contendientes deben defender su base de operaciones del ataque. La pérdida total de vidas o la ocupación sin oposición de la base de operaciones constituirá una derrota y comportará un descenso en la tabla de clasificación.*

—¿Dónde está la base de operaciones?

—*Está en esta localización.*

El Códice proyectó el mapa en el aire, lo cual sobresaltó a Quintus. El chico se alejó y se escondió detrás del altar, mirándolo con los ojos muy abiertos. Parecía que el joven legionario no había visto ninguna proyección del Códice antes, aunque el objeto flotante en sí no lo hubiera sorprendido.

Cade examinó el mapa y vio el punto que señalaba la fortaleza, parpadeando de un rojo brillante. De modo que todo ese tiempo habían necesitado defender ese lugar. Se preguntó si la fortaleza se habría construido con ese mismo propósito.

—¿Y cómo va la tabla de clasificación? —preguntó.

—*Respuesta prohibida.*

—¿De qué nos defenderemos?

—*Respuesta prohibida.*

—¿Puedes al menos decirme qué sucede si perdemos? —preguntó—. ¿O si no jugamos?

El Códice respondió con su voz aburrida. Y, sin embargo, cada una de sus palabra sonó como una sentencia de muerte en los oídos de Cade.

—*El planeta Tierra será destruido.*

VEINTISÉIS

Cade se despertó con la luz del sol que entraba a través de los agujeros del techo. Durante un momento, se quedó allí tumbado, cómodo por lo que le pareció la primera vez en una eternidad. Lo único que lo perturbaba era el dolor sordo de las mordeduras que tenía en las piernas y los trinos de los pájaros y otras criaturas que saludaban al amanecer. Como ya no tenía sed ni hambre, se tomó un momento para disfrutar de la sensación. Pero antes de que pudiera, las palabras del Códice de la noche anterior se apresuraron a perseguirlo.

Había pasado casi una hora entera interrogando al Códice al respecto, pero este se había negado. Los estrategos, fueran lo que fueran, parecían haber decidido que Cade ya había descubierto suficiente ese día.

¿Qué pasará si no completamos la ronda de clasificación?

El fin del mundo, al parecer. ¿Era eso posible siquiera? Teniendo en cuenta lo que había visto hasta el momento, todo era posible. Los dinosaurios ya no estaban extintos, sino que, de alguna forma, permanecían en la misma forma sin evolucionar, millones de años después. Romanos de siglos atrás, todos de diferentes períodos históricos, juntos a la vez. Pero ¿en *qué* período estaban? ¿Seguían en la actualidad o Cade había sido llevado al pasado?

¿O tal vez transportado al futuro?

Y, sin embargo, había muy pocos ejemplos de cosas que hubieran sido llevadas atrás en el tiempo desde su futuro, a menos que el Códice y los campos de fuerza fueran alguna forma de tecnología artificial avanzada del año 3000.

Era un misterio que tendría que esperar a otro momento. Había una cosa que sí sabía con certeza: quien hubiera creado aquel lugar tenía el poder de destruir la Tierra. Por lo que sabía, podrían transportar el planeta, poco a poco, hasta el sol.

Se imaginó a sus padres ardiendo en un instante. La idea de que murieran, así como así, lo llenó de desesperación. Y los niños. Todo el mundo. Todas las especies del planeta, desde las bacterias más pequeñas hasta las ballenas que habitaban los océanos.

Pero lo peor de todo era que el *futuro* de la humanidad estaba en juego. Doscientos mil años de logros humanos y todo su potencial latente desaparecidos en un instante. Inconcebible. Sin embargo, allí estaba él, holgazaneando a la luz del sol.

Resuelto, Cade abandonó su lugar en el altar, solo para descubrir que estaba solo, a menos que el Códice contara.

03:09:12:51
03:09:12:50
03:09:12:49

No había ni rastro de Quintus.

—¿Quintus? —lo llamó Cade.

Se reprendió a sí mismo. El chico estaba sordo, gritar era inútil.

Con un gemido, se acercó a una de las ánforas del rincón y, después de asegurarse de que no estuviera llena de hormigas, tomó un largo trago. Hecho esto, se llevó a la boca el último trozo de cecina e hizo una mueca cuando el intenso sabor le inundó la lengua. Le había parecido deliciosa la noche anterior, cuando se estaba muriendo de hambre.

Por un momento, consideró si llevarse la espada, guardada en su vaina contra la pared. Decidió en contra. Si no podía encontrar a Quintus, volvería y lo esperaría allí.

Quintus había movido una losa para taponar la entrada, probablemente para evitar que los dinosaurios entraran si exploraban por allí, pero Cade logró moverla un poco y pasar por el estrecho hueco. A la luz del día, el pasadizo transmitía una sensación mucho menos fatídica, con el sol abriéndose paso a través de las grietas en la piedra.

Había pocas señales de Quintus, pero gracias a las huellas y al polvo que cubrían el suelo, pudo distinguir el camino que solía tomar el joven legionario. Puesto que no tenía ningún otro lugar al que ir, Cade lo siguió. Para su sorpresa, las piernas no le dolían tanto como había creído que lo harían, aunque sentía un picor terrible ahora que habían empezado a salirle las costras, y sentía las cabezas de las hormigas rozando contra la cara interna de las perneras del pantalón.

Al cabo de un rato, Cade se encontró en la entrada de la cueva y una serie de edificios se desplegaron ante él. Parecía que los pequeños dinosaurios bípedos y verdes conocidos como compis estaban por todas partes: podía verlos saltando y brincando, persiguiendo a los insectos y ratones que debían de vivir en los muchos rincones y grietas de aquellas estructuras.

Los compis no eran los únicos habitantes. Había pterosaurios reunidos en lo alto de los zigurats que lo rodeaban, y le recordaron a una bandada de gaviotas en una playa rocosa. Los colores que adornaban cada cuerpo eran extraordinarios y no habrían desentonado en la casa del árbol de un pájaro tropical. Solo que aquellos «pájaros» carecían de plumas, sus alas eran parecidas a las de los murciélagos y tenían unas extrañas protuberancias óseas en la cabeza. Muchos tenían bocas dentadas en lugar de picos y todos parecían exhibir garras de lo más peligrosas.

Curiosamente, vio decenas de nidos en lo alto, muchos de ellos resguardados en las bocas de las gárgolas mayas que adornaban la parte superior de los templos. También sonaban como una bandada de gaviotas, chillándose unos a otros en una cacofonía que creaba un eco que se oía en toda la ciudad de Hueitapalan. Aquello puso aún más de los nervios a Cade, ya de por sí alterado, y se preguntó si Quintus oía algo de aquello.

Variaban en tamaño, muchos no eran más grandes que los gorriones, otros eran tan grandes que tuvo que mirar dos veces para asegurarse de que estaba viendo bien. Todos parecían pasar el rato juntos, negándose a diferenciarse por especies. Incluso los pocos que parecían tan gigantescos como las jirafas iban acompañados de sus primos más pequeños, y Cade vio cómo extendían las alas como estatuas monstruosas, calentándose al sol de la mañana. Luego aceleró el ritmo, temiendo que pudieran bajar y llevárselo como a Simbad en aquella roca.

Fue entonces cuando vio a Quintus, agachado detrás de un gran pilar en el centro de la plaza. Por un momento, Cade pensó que estaba cazando, porque estaba muy quieto, su cabeza apenas sobresalía por el borde del gran pilar y seguía llevando la honda en la mano.

Pero lo que Quintus vigilaba no eran compis. A Cade, el corazón se le subió a la garganta, y ahogó un grito de alegría.

En la linde misma de la selva, bordeando la ciudad, había… personas.

¡Personas!

Llevaban armaduras de placa y cotas de malla, y todos cargaban con algún tipo de hacha o espada. Estaban demasiado lejos para identificar sus figuras, pero la mente de Cade ya había empezado a pensar en caballeros de la Inglaterra medieval. Hombres que podrían entenderlo. Que podrían ayudarlo a ganar la ronda de clasificación.

Las piernas de Cade ya estaban en movimiento, por propia voluntad, y convirtió el arrastrar de sus pies en una carrera, y al infierno con los puntos.

—¡Hola! —gritó, haciendo una mueca al sentir la garganta en carne viva.

Pero el ruido que hacían los pterosaurios ahogó su grito. Los hombres desaparecieron detrás de una pirámide más pequeña y Cade sintió un temor irracional a haberlos perdido. Echó a correr a toda velocidad, dejó atrás a Quintus y lo escuchó gritar.

Seguro que le estaba advirtiendo de la presencia de los pterosaurios, pero no era momento de ser precavido. No podía creerse su suerte.

¡Joder, incluso podrían ser más contendientes!

Jadeando en busca de aire, Cade rodeó la pirámide solo para ver a los hombres desaparecer entre los árboles. Los siguió, destrozando las ramas como un animal salvaje, sin tener cuidado con las espinas y ramitas que se le enganchaban en la ropa.

Se topó con un claro donde la vegetación le llegaba a la altura de la rodilla. Para su sorpresa, los hombres lo esperaban, con las armas listas y agachados, preparados para la acción. Eran cuatro, pero todos llevaban cascos que les ocultaban las caras.

El más cercano blandió su espada mientras gritaba unas palabras en un idioma extranjero desde detrás de su protector facial.

Cade se detuvo entre tambaleos y levantó las manos.

Les sonrió, intentando demostrar que no era una amenaza. Después de unos pocos momentos, el más cercano se quitó el casco.

Llevaba el pelo oscuro corto, y el poco que tenía estaba empapado en sudor. No era de extrañar: el día era sofocante, incluso por la mañana, a una hora tan temprana.

El hombre le devolvió la sonrisa y murmuró algunas palabras relajantes en un idioma extranjero.

Cade dio un paso más y el hombre lo hizo señas con una mano protegida.

—Gracias a Dios que os he encontrado, chi… —empezó Cade.

No vio venir el puño.

VEINTISIETE

Dolor. Parecía estar a punto de partirle la cabeza a Cade en dos, pero, aun así, se obligó a abrir los ojos. Para su sorpresa, el mundo se había oscurecido. Durante un breve momento de pánico, pensó que se había quedado ciego, pero luego vio estrellas en el cielo, visibles más allá del denso follaje de las copas de los árboles.

—Está despierto —dijo una voz suave.

El rostro de una chica apareció ante él, iluminado por una llama parpadeante que quedaba en algún lugar a su izquierda. Tenía una cara pecosa en forma de corazón y estaba frunciendo el ceño. Entreabrió los labios y Cade vio asomar la punta de su lengua rosada en un gesto que demostraba concentración mientras sentía una tela fresca humedeciéndole la frente.

—Con cuidado —dijo, y Cade sintió una mano debajo del cuello que lo ayudó a incorporarse.

El mundo dio vueltas, pero logró mantenerse en posición vertical y examinar su entorno.

Estaba en una jaula. Parecía de madera, hecha con estacas atadas con cuerda. Fuera, Cade vio a los hombres con armadura sentados alrededor de un fuego y una empalizada rudimentaria que rodeaba todo el campamento.

Y rodeándolo a él… Había cuatro colegialas.

No había otra forma de describirlas. Todas vestían una falda a cuadros, calcetines hasta la rodilla y una blusa abotonada, aunque llevaban la ropa casi tan sucia y estropeada como él mismo.

La que lo había ayudado a incorporarse lo estaba evaluando con la mirada. Llevaba su melena oscura recogida en una coleta, lo cual hacía que su ceño fruncido resultara aún más evidente. Sus ojos marrones hablaban de algo de ascendencia asiática y los entrecerró mientras lo miraba con sospecha.

—¿Quién eres? —le preguntó.

Acento británico. También sonaba refinado, el tipo de acento con el que imaginaba que hablaba la reina.

—¿Cuánto tiempo llevo inconsciente? —gimió Cade.

—Te trajeron esta mañana —dijo la chica en tono impaciente. Cade volvió a mirar a los hombres y ella chasqueó los dedos para llamar su atención.

—¿Quién eres? —repitió.

Él sacudió la cabeza y lo lamentó en cuanto sintió un dolor lacerante en el cráneo. Inseguro, extendió la mano para tocarse la frente y encontró un bulto del tamaño de un huevo.

—Cade —dijo—. Me llamo Cade.

Lo miró expectante.

—¿Eso es todo? —dijo ella.

—Podría hacerte la misma pregunta —replicó Cade—. ¿Quién eres tú?

La chica puso los ojos en blanco.

—Soy Amber —dijo—, y ella es…

—Grace… —dijo rápidamente la chica que había detrás de ella.

Grace tenía la piel oscura, pómulos altos y el pelo recogido en trenzas africanas. Supo que era alta, incluso estando sentada. Ahora que Cade la observaba, se fijó en que llevaba la blusa salpicada de rojo. Sin embargo, ninguna de ellas parecía herida. Se preguntó distraídamente de quién sería la sangre.

—Yo soy Bea —dijo otra chica.

—Y yo, Trix —intervino la otra.

Eran gemelas idénticas, y a Cade le resultaba difícil imaginar que los padres les hubieran endosado esos nombres de forma intencionada. Ambas eran bajitas y tenían cara de duendecillo, además de lucir sendas trenzas rubias, aunque tenían el pelo manchado de tierra.

—Ahora que ya nos *conocemos*—dijo Amber, exasperada—, a lo mejor nos puedes contar lo que *sabes*.

Pero Cade no la estaba escuchando. De repente, se dio cuenta de que el Códice no estaba allí.

—¿Códice? —gritó Cade.

—¿Qué tonterías estás diciendo? —dijo Amber, levantando las manos en el aire.

Más allá de él, Cade vio que el Códice parpadeaba para activarse. Luego, cuando Amber se giró para ver lo que estaba mirando, desapareció.

Camuflaje. Eso es nuevo. A lo mejor no quiere que lo vean. Pero... Estas personas tienen que ser otros contendientes... ¿verdad?

—¿Sois contendientes? —soltó Cade.

—¿Que si somos *qué*? —preguntó Amber.

Cade suspiró.

—No importa —dijo—. Mira, ¿por qué no me cuentas cómo habéis llegado hasta aquí? Y yo completaré el resto.

Silencio.

—Sabe algo —gruñó Grace—. Sabe *exactamente* qué está pasando.

—¿Crees que estaría en esta jaula contigo si fuera así? —espetó Cade en respuesta.

—A lo mejor eres un espía —dijo Grace—. Puede que te hayan enviado a averiguar lo que sabemos.

—¿De qué serviría eso? —respondió Cade—. Parece que *no* sabéis nada.

Trix levantó las manos en un intento de calmarlos.

—Esto no está ayudando. ¿Qué tal si empezamos nosotras? ¿Bea?

Su gemela, Bea, le dedicó a Cade una sonrisa tímida y se aclaró la garganta, como si aquello fuera un recital de poesía.

—Íbamos de camino a un partido de hockey en la furgoneta de la escuela, conduciendo por el bosque —dijo, y Cade tuvo que inclinarse para acercarse más, porque hablaba en voz muy baja—. Entonces, de repente, la furgoneta estaba destrozando arbustos en mitad de una jungla.

—¿Dónde? —preguntó Cade.

—¡Dínoslo tú! —espetó Amber.

—Me refiero a que dónde estabais *antes* —aclaró Cade. Era su turno de poner los ojos en blanco.

—Está claro. Inglaterra. ¿Shropshire? —dijo Bea, mirando a Cade como si fuera un idiota.

—¿Y luego qué? —preguntó Cade.

—Bueno, éramos once, además de nuestro entrenador. Y la camioneta se atascó en medio de los árboles, ¿sabes? —Miró a Cade expectante.

—Sí...

—Así que salimos, intentamos encontrar el camino. Solo que no pudimos. Y luego... nos atacaron.

Vaciló, se le quebró la voz. Trix rodeó a su hermana con los brazos para reconfortarla.

¿Podrían haber sido las víboras?

—¿Se parecían a... unos chimpancés sin pelo con cabeza de piraña? —preguntó Cade, dándose cuenta de lo estúpido que debía de sonar.

Se lo quedaron mirando.

—No. No los vimos bien, pero no eran así. —Amber habló despacio, como si se estuviera dirigiendo a un loco—. ¿Has visto... chimpancés-piraña?

Cade la ignoró.

—¿Qué pasó luego?

Esa vez, fue Trix quien respondió, después de reunir el coraje suficiente.

—Huimos. Pero fuimos las únicas que volvieron a la furgoneta. Nos escondimos allí hasta que se aburrieron y nos fuimos. Eran unas cosas enormes con plumas, como pollos gigantes o algo así.

Se interrumpió, le temblaba el labio.

—Después de unos días, nos quedamos sin agua y comida, así que decidimos buscar ayuda —dijo Grace, la impaciencia impregnaba su voz—. Fue entonces cuando nos encontraron esos tipos. Nos amenazaron con sus armas, nos ataron y nos obligaron a venir hasta aquí, donde tenían esta jaula y el campamento.

—¿Os hablaron? —preguntó Cade.

—Solo los hemos oído hablar en otro idioma —dijo Amber, sacudiendo la cabeza—. No tenemos ni idea de cuál es.

—Pero creo que entienden el inglés —dijo Grace a toda prisa—. El más joven nos estaba escuchando antes mientras hablábamos, lo juro.

Cade echó un vistazo a los hombres y se fijó en que ahora había cinco. El campamento era demasiado grande para solo cinco hombres y una jaula, tal vez fuera igual de ancho y largo que el atrio de la fortaleza. Ahora que se fijaba, vio una larga mesa de madera con bancos al otro lado del fuego, donde podrían caber más de cuarenta personas.

—Deben de ser parte de un grupo más grande —dijo Cade, arrastrándose para acercarse más a los barrotes de madera.

Amber asintió.

—Antes había más, pero se han ido casi en cuanto han llegado. —Se mordió el labio inferior—. Creemos que estos se han quedado aquí para seguir… buscando más gente —dijo, señalando la fogata—. Han dejado al más joven a cargo de la vigilancia. ¿Lo ves?

Cade siguió la dirección en la que apuntaba con el dedo y vio a un tipo que parecía poco mayor que él. Como si pudiera sentir su mirada, el chico se giró para mirarlos, hasta que una orden espetada por uno de los otros lo hizo apartar la mirada.

—¿Y eso es todo? —preguntó Cade—. ¿No sabéis para qué nos quieren?

—Bueno, nada más llegar, pensamos que querían chicas para que fueran sus esposas o algo así —dijo Grace con una mueca—. Así que ha sido todo un alivio cuando te han arrojado aquí.

—No para mí —dijo Trix, sombría—. Yo apuesto por el canibalismo. Casi no he tocado el estofado que nos han dado antes.

Aquella idea le retorció el estómago a Cade.

Tenían que escapar. Y pronto. Sospechaba que los trasladarían a algún lugar más seguro cuando amaneciera. Después de todo, ahora tenían cinco prisioneros. Uno para cada uno de ellos.

—Mirad, tengo un… amigo… más o menos —dijo Cade—. Puede que nos haya seguido hasta aquí, incluso podría estar observándonos desde detrás de la cerca. Tal vez podamos hacerle una señal cuando los guardias se hayan ido a dormir y conseguir que nos saque de aquí.

—¿Cómo? —preguntó Grace.

—A lo mejor si le hacemos una señal de luz —dijo Cade, mirando la cerca, con la esperanza de poder ver la cara de Quintus vigilando entre los postes de madera—. ¿Alguna tiene su teléfono?

Por lo que le pareció la décima vez ese día, las chicas lo miraron como si estuviera loco.

—Todas tenemos teléfono… —dijo Amber.

—Genial, bueno, ¿a alguna le queda batería? —preguntó Cade.

—El mío no tiene batería —dijo Grace, con la confusión estampada en la cara.

—No veo cómo nos va a ayudar mi teléfono —dijo Trix—. No es que pueda usarlo desde aquí, está en casa. ¿Y a quién íbamos a llamar?

—Creía que habías dicho que íbamos a hacer luz... ¿por qué preguntas si tenemos teléfonos? —preguntó Bea.

Cade se quedó muy quieto cuando, muy despacio, se dio cuenta de lo que pasaba. Hizo su siguiente pregunta con tanto desinterés como se atrevió.

—Puede que os parezca una pregunta rara, pero... ¿qué año creéis que es?

De nuevo, se lo quedaron mirando fijamente.

—1985 —respondió Amber—. ¿Por qué?

VEINTIOCHO

Cade se tomó un tiempo para poner en orden sus pensamientos, ignorando los gemidos de impaciencia de las chicas. 1985. Antes de que los teléfonos móviles fueran algo *común*. ¡Antes de Internet! Cuando la música se reproducía en casetes o vinilos y los videojuegos ni siquiera estaban en 3D. Y allí estaban ellas. Ajenas a todo aquello.

—No sé cómo deciros esto —dijo Cade—. Pero vengo del futuro.

Amber se echó a reír.

—¿Como en *Terminator*? —preguntó.

Las demás se rieron entre dientes.

—Bueno… —murmuró Cade.

—Acabo de verla —se rio Amber—. ¡Está genial! —Se limpió los ojos—. Ay, qué bien sienta reír en mitad de todo este desastre.

Sin embargo, a Grace no le parecía divertido.

—No es el momento de hacer bromas —dijo—. Cuéntanos qué está pasando de verdad.

Cade se rascó la cabeza.

—¿Habéis reparado en que estamos en otro *planeta*? —preguntó—. ¿Y que os ha atacado un *dinosaurio*?

Levantó la mirada hacia las estrellas y, aunque el cielo estaba teñido con la tenue luz de lo que debía de haber sido una luna creciente, el satélite rojo y su pequeño compañero blanco no estaban a la vista. Las chicas aún no debían de haberlos visto, si su furgoneta había quedado atrapada bajo las copas de los árboles.

—Los dinosaurios no tienen plumas —murmuró Trix.

Cade gimió y se frotó los ojos.

—Escuchad, os han sacado de vuestra línea temporal y os han dejado en otro planeta. Vengo de varias décadas por delante de vosotras y estoy en la misma situación. No sé en qué año estamos, ni dónde.

—En serio, no hace ni pizca de gracia —dijo Grace.

Solo Bea parecía estar tomándoselo en serio, la sangre había huido de su ya pálida cara.

—Eso es imposible —susurró.

—¿Acaso os parece que estamos en la campiña inglesa en este momento? —estalló Cade—. ¿Creéis que esos hombres son un puñado de turistas llevando a cabo una broma?

Ya no se oía ninguna risa. Solo había caras de circunstancias y ojos entrecerrados.

Abrió la boca para hablar de nuevo y escuchó un grito de enfado de los hombres con armadura. Las palabras no tenían sentido, pero el significado estaba claro. Silencio.

Cade se inclinó hacia ellas y susurró.

—Decidme que, después de ver a la criatura que os atacó, al ver esta jungla, no creéis que esté pasando nada *imposible*.

Más silencio.

La primera en hablar fue Amber.

—Finjamos que dices la verdad. ¿Tienes algún plan para sacarnos de aquí?

Cade negó con la cabeza.

—Bueno, entonces, vuelta al plan A —murmuró.

Cade frunció el ceño e hizo una mueca cuando sintió la piel tirante alrededor de la herida que tenía en la cabeza. Aquello iba a dolerle durante mucho tiempo.

—¿El plan A? —preguntó Cade.

—No tan alto —lo hizo callar Grace.

Se inclinó para hablarle más de cerca, pero Amber la agarró del hombro.

—Todavía no podemos fiarnos de él —dijo—. Sigue siendo posible que lo hayan enviado aquí para ver si estamos planeando escapar.

—¿En serio? —preguntó Cade.

Amber lo ignoró.

—Tú espera y ya está —dijo—. Y estate callado.

Cade se encogió de hombros. Si él estuviera en su situación, seguro que pensaría igual. Presionó la cara contra los barrotes de la jaula y centró su atención en el siguiente misterio.

¿Quiénes eran aquellos hombres? Podrían haber sido caballeros medievales, pero ese período histórico no entraba dentro del área de especialización de Cade.

Pero incluso si lo fuera... podrían haber conseguido las armaduras de algún cadáver. Había muchos quizás. Y nada de eso lo ayudaba a averiguar las intenciones que tenían aquellos hombres con él y las chicas.

Podría haber preguntado al Códice por los hombres, pero sabía que los escanearía con un destello de luz, ¿y quién sabía cómo reaccionarían entonces?

Incluso si le hiciera preguntas más sutiles, dado su silencio del día anterior y su estado de camuflaje, dudaba de que fuera a responderle. Si empezaba a lanzar preguntas al vacío sin obtener respuesta, las chicas cuestionarían su cordura.

Sin embargo, había una cosa que sí sabía. El canibalismo era improbable. Después de todo, aquellos hombres habían alimentado a las chicas, un acto que no tendría sentido si estuvieran a punto de matarlas. Él apostaba más por la esclavitud. Al fin y al cabo, había estado presente de forma casi universal en las sociedades humanas hasta los últimos siglos, con algunos ejemplos vigentes aún. No sería exagerado imaginar que la práctica asomaba su fea cabeza en aquel extraño mundo.

Estaba claro que aquel era solo un campamento temporal, un lugar seguro donde dormir antes de llevarlos a una nueva ubicación.

—¿Quiénes son esos? —susurró Cade para sí mismo.

¿Y quiénes eran las chicas? Si no eran contendientes, y si tampoco lo eran aquellos hombres, ¿cuál era su propósito en aquel mundo? ¿Eran gente abandonada en la jungla como alimento para los dinosaurios? Puede que los supuestos dioses disfrutaran viéndolos valerse por sí mismos.

O, tal vez, tanto las chicas como los hombres formaran parte de un juego más grande. Personas para que los contendientes reclutaran… o contra las que competir con las escasas armas y recursos que quedaban dispersos por todo el cráter. Puede que ambas cosas. Era imposible saberlo.

Si los contendientes eran los jugadores, ¿aquellas chicas eran… piezas del juego? La idea lo hizo sentir enfermo.

Reinaba demasiada confusión en su mente para seguir pensando. Lo único que sabía era que se estaba quedando sin tiempo y que había perdido un día entero. Los párpados ya se le estaban cerrando, y se alegró de tener la capucha que le había dado Quintus mientras se acurrucaba más en ella, en busca de calidez.

¿Estar inconsciente cuenta como haber dormido?

Se quedó observando el campamento un rato más, pero no encontró ninguna pista nueva. Un registro de la jaula apenas proporcionó nada de interés tampoco: solo un trozo de cadena oxidado, que debían de haber usado con cautivos más rebeldes.

Los hombres se estaban acomodando junto al fuego, tras colocar un techo vegetal improvisado sobre ellos por si acaso llovía. Cade y las chicas no disponían de esa protección.

Ninguno se quitó la armadura, aunque uno de ellos no se había acurrucado debajo del techo improvisado. Era el joven, que estaba sentado en un taburete junto al fuego, de mal humor. Guardia. Cade sospechaba que era nuevo y el último en el orden jerárquico. El adlátere del grupo.

El chico era pálido, más pálido de lo que uno podría esperar en aquel clima. Sus ojos eran de un azul acuoso y llevaba el pelo rubio largo y trenzado. Cade podría haber creído que era una chica de no ser por el bigote pequeño y poblado que crecía en su labio superior.

El chico parecía asustado, sus ojos recorrían constantemente la parte superior del muro. Quizá se tratara de su primera misión de caza de personas. Su primera vez en la jungla. En algún lugar de por allí, había un sitio seguro. Era una pena que, para llegar hasta él, Cade tuviera que estar encadenado.

Pronto, el sonido de los ronquidos inundó el campamento y las brasas de la fogata se extinguieron. Las chicas estaban acurrucadas en la jaula, frente a él, en el lateral que daba a la fogata. Le daban la espalda, y no habría sabido decir quién estaba durmiendo, susurrando o rezando. Quienquiera que fuera, no querían tener nada que ver con él.

Pero al menos estaba caliente y seco, ya que el suelo que tenían debajo estaba cubierto por una delgada capa de paja. Así que durmió, a la espera de que las chicas pusieran en marcha cualquier plan que hubieran trazado.

VEINTINUEVE

Cade se despertó con el sonido de las voces. Medio abrió los ojos, solo para ver a Amber apretada contra los barrotes más cercanos, con la mano extendida hacia el joven guardia.

—Por favor —susurraba—. Agua.

Cade no se movió. Todavía era de noche y las chicas estaban tendidas a su lado, acurrucadas todas juntas en un montón. El cubo de agua que les habían dado estaba volcado y la paja aún estaba húmeda allí donde se había derramado. Una de ellas debía de haberle dado una patada mientras dormían.

El guardia sacudió la cabeza, mirando por encima del hombro a sus compañeros dormidos.

—Tengo mucha sed. ¡Por favor!

Se llevó una mano a la garganta, la otra aún extendida en actitud suplicante. Aquello continuó durante casi diez segundos. Solo entonces, el guardia se puso de pie y se acercó, llevando en la mano una botella cubierta de piel. Se detuvo a unos metros de la jaula, vigilándola como si fuera un animal salvaje.

—Por favor —pidió Amber con voz ronca.

Cade vio que se había limpiado la suciedad de la cara y que se había soltado el pelo, que le caía a la altura de los hombros. A pesar de todo, no pudo evitar fijarse en que era preciosa.

Una lágrima corrió lentamente por su mejilla derecha y el guardia se acercó más. Por fin, le tendió la botella y ella se la arrebató. Amber arrancó el corcho de la parte superior y bebió hasta vaciarla. Luego la sostuvo sobre su cabeza para inclinarla un poco más.

Cade observó con los ojos entrecerrados mientras el guardia alargaba una mano, expectante. Pero Amber lo ignoró. Agotada, volvió a derrumbarse en el suelo de la jaula, dejando que la botella cayera al suelo, fuera de los barrotes.

—Chica —dijo.

Solo con esa única palabra, Cade ya fue capaz de detectar un acento extraño.

—Chica —intentó de nuevo.

Amber se quedó muy quieta, sus suaves respiraciones le movían los mechones que le caían sobre la cara. El guardia dio un paso inseguro hacia ella y su mano revoloteó sobre el hacha que llevaba colgada del cinturón. Pero, aun así, Amber permaneció inmóvil. La botella yacía en el suelo, caída de su palma, y su brazo seguía extendido entre los barrotes de la jaula.

Otro paso. Ahora estaba a solo sesenta centímetros de distancia, recogiendo la botella con las yemas de los dedos. Cade se tensó. ¿Podría alcanzarlo?

Amber se abalanzó. Atacó con la mano como una serpiente, desequilibrando al guardia. Este se estrelló contra la jaula y, de repente, más manos lo sujetaron. Grace lo agarró por su largo cabello rubio y le metió la cabeza entre los barrotes. La otra mano se la puso sobre la boca, para sofocar un grito. Amber le rodeó el cuello con un brazo. Lo inmovilizó mientras forcejeaba para liberarse.

Durante un segundo, hubo silencio, los únicos sonidos fueron el roce de los pies del guardia contra el suelo y el ruido ahogado que emitió al intentar gritar por la nariz. A esas alturas, Cade ya se había incorporado, pero todas las miradas, incluidas las del guardia, estaban fijas en los hombres dormidos junto a la fogata. No había ninguna indicación de que su sueño se hubiera visto perturbado.

Entonces, Trix se movió, pasando las manos entre los barrotes y quitándole el hacha del cinturón. Se la quedó mirando, insegura sobre qué hacer, hasta que Amber se la arrebató con la mano que tenía libre y la presionó contra la zona blanda bajo la barbilla del guardia.

—Quiero que sepas que te cortaré la garganta si eso significa que podremos salir de aquí —susurró Amber.

El joven guardia la miró, sus pálidos ojos azules llenos de miedo.

—Asiente para que sepa que me entiendes —susurró.

Él asintió frenéticamente, incluso cuando el hacha le rozó la piel y envió un riachuelo de sangre por su cuello.

—Os he dicho que entiende el inglés —dijo Grace, sonriendo.

Amber puso los ojos en blanco y le entregó el hacha a Bea.

—Manos a la obra —dijo.

Un plan ejecutado de forma magistral. Cade se sintió impresionado.

—Eso ha sido increíble, Amber —susurró Cade.

—Hice un año de teatro, en sexto —dijo.

Cade no tenía ni idea de lo que eso significaba. Se encogió de hombros y se giró para ver a Bea serrar con la cuchilla del hacha, moviendo la mano de un lado a otro en un frenesí. No cortaba las ramas gruesas que los tenían encerrados, sino la cuerda atada con fuerza a lo largo de los bordes que mantenían aquel lado de la jaula en su sitio. Pero a Bea le temblaban las manos, los nervios la estaban afectando.

—Déjame a mí —le dijo, extendiendo la mano. Aliviada, fue a darle el hacha.

—Bea, no se la… —siseó Amber, pero era demasiado tarde. El hacha ya era suya.

Hubo un momento de pánico, ni Grace ni Amber eran capaces de soltar al guardia, mientras que Bea y Trix se quedaron petrificadas donde estaban, horrorizadas.

Cade puso los ojos en blanco y se acercó a los barrotes, luego empezó a serrar él mismo el cordel.

—Supongo que eso ya está aclarado —murmuró Trix.

Con manos firmes, Cade pronto se desembarazó de los primeros nudos, y la cuerda se resquebrajó bajo la afilada cuchilla. Pronto solo quedó un extremo más que cortar. Cuando desapareciera, toda la parte trasera de la jaula caería.

—¿Vamos a llevárnoslo con nosotras? —siseó Grace, antes de que pudiera con el último trozo—. A lo mejor deberíamos hacerle algunas preguntas primero.

Amber sacudió la cabeza.

—Demasiado arriesgado —respondió—. Fuera.

Cade asintió y cortó el último hilo mientras Bea y Trix bajaban el lateral de la jaula al suelo.

A continuación, estuvieron fuera. Pero se enfrentaron a un nuevo problema. Las puertas del complejo estaban en la otra punta del campamento, al otro lado de los hombres dormidos y el fuego. Y tenían que averiguar qué hacer con el guardia.

Una idea horrible cruzó por la mente de Cade. Sería mejor matar al guardia primero.

¿En esto me he convertido?

—Hacha —exigió Amber, extendiendo la mano.

Cade dudó, preguntándose si ella había pensado lo mismo. Se la entregó, al fin y al cabo, aquel era su plan. Al verse sin arma, recogió el trozo de cadena. Tal vez pudieran usarla para atar al chico más tarde.

Tintineó cuando se la guardó en el bolsillo, y Amber lo fulminó con la mirada antes de presionar el hacha contra la garganta del guardia.

—Quédate calladito y puede que te deje en algún lugar donde los monstruos no te alcancen.

—Dinosaurios —murmuró Cade en voz baja.

Amber lo ignoró y miró al chico, esperando una respuesta. El pánico le hizo abrir mucho los ojos, claramente aterrorizado ante la idea de cruzar la empalizada. Pero la hoja afilada del hacha era una alternativa mucho peor. El guardia dejó escapar un suspiro y asintió.

—En marcha.

Con el cuello del guardia todavía rodeado por la llave de Amber, el grupo bordeó la empalizada y se abrió camino hacia las puertas. Allí, Cade vio una pesada barra de madera que la mantenía cerrada. Podrían levantarla en caso de apuro. Pero se pasó todo el rato buscando pistas. Cualquier cosa que pudiera ayudarlo a comprender quiénes eran aquellos hombres. Pero no había nada. Solo huellas en la hierba, la larga mesa de madera y los hombres. Era un área de descanso, nada más.

Por fin llegaron a las puertas, y tanto Cade como Grace levantaron la barra, esforzándose para soportar su peso. Solo entonces se abrieron. Hicieron demasiado ruido. Grace agarró a Cade del brazo para impedir que las abriera más. Luego, una por una, las chicas se escabulleron por la estrecha rendija que habían abierto.

Pronto, solo quedaron Amber y Cade.

—Adelante —lo instó ella.

Aquel fue el instante que el guardia eligió para moverse. Con un movimiento repentino, se liberó de Amber mientras soltaba un grito sin palabras. Se quedó ahí, como sorprendido de seguir vivo, mientras el hacha colgaba inerte de la mano de Amber. Cade movió el puño antes de ser consciente de estar haciéndolo y lo estampó contra la barbilla del guardia con un chasquido.

El guardia se derrumbó y a Cade le dolió la mano como nunca en su vida, pero no había tiempo de comprobar si lo había dejado inconsciente. Los hombres dormidos empezaron a agitarse. Uno se incorporó hasta quedar sentado, con cara de sueño.

Amber agarró a Cade del brazo y tiró de él mientras el hombre gritaba en un idioma que no pudieron entender, todavía sin darse cuenta de que estaban escapando. Cade se detuvo, justo al otro lado de las puertas.

—¿Qué estás haciendo? —preguntó Amber.

—Conseguir algo de tiempo —dijo Cade, librándose de su agarre.

Todavía tenía la cadena en el bolsillo, así que se agachó para pasar entre las puertas y enredó la cadena alrededor de los tiradores de hierro sobre los que había descansado la barra, aferrando los cabos sueltos con las manos.

Se oyó un grito iracundo desde el interior mientras retrocedía a gachas entre las puertas y tiraba para cerrarlas casi por completo detrás de él con los extremos pasando todavía por el hueco. Escucharon pisadas sobre la hierba, seguidas de más gritos. Cade anudó la cadena una vez y luego una segunda, por si acaso.

Un enorme peso se estrelló contra la puerta, pero la cadena oxidada aguantó, el burdo nudo, tenso contra la puerta. Se giró, solo para ver que las chicas ya habían echado a correr. Solo Amber se había quedado, con el hacha levantada y los labios apretados en una mueca de miedo y furia.

—No te estaba esperando —soltó cuando Cade enarcó las cejas—. Iba a conseguirles tiempo.

—Lo que tú digas.

Había un sendero accidentado delante de ellos, pero las chicas habían corrido hacia los árboles, con la esperanza de perderlos en la jungla.

A su espalda resonó un segundo golpe, y esa vez oyeron el sonido de la madera al astillarse. Un ojo inyectado en sangre miró a través de la brecha de la puerta y soltó un rugido de ira.

—No los retendrá mucho rato —dijo Cade—. Vamos.

Echaron a correr mientras las puertas seguían recibiendo golpes.

—¿Sabes en qué dirección ir? —jadeó Amber.

—A cualquier sitio que no sea este.

TREINTA

Era prácticamente imposible correr en la oscuridad. Amber y Cade alcanzaron a las demás casi de inmediato; las chicas avanzaban dando tumbos contra la cortina negra de la noche, maldiciendo mientras tropezaban con el terreno desigual y las ramas les arañaban la cara y se les enredaban en el pelo.

La cosa pronto mejoró un poco y sus ojos se acostumbraron a la tenue luz, pero su avance siguió siendo lento. Y, muy pronto, los hombres aparecerían detrás de ellos, portando antorchas. Cade tampoco creía que todo fuera a quedar perdonado si los atrapaban.

Como por un acuerdo tácito, el grupo se detuvo cuando irrumpieron en un claro. Apoyaron las manos en las rodillas y respiraron entre grandes jadeos. A Cade le estaba costando mantener el ritmo, las heridas de las piernas le empezaban a doler. Fue el último en cruzar entre los árboles, resoplando de alivio por aquel breve respiro.

—Nunca en toda mi desgraciada vida he tocado tantas telarañas —gimió Trix, sacudiéndose el cuerpo con las manos—. Tengo que estar repleta de arañas.

Cade no pudo evitar estar de acuerdo con ella. Fue a colocarse junto a Amber, que se rascaba y se manoseaba el pelo. No le sorprendería que algunos insectos se hubieran instalado allí.

—Cabrón —espetó Amber.

Cade levantó las manos.

—Lo estoy haciendo lo mejor que puedo. Dame un minuto.

—Tú no —gimió Ambar—. Ese chico de las trenzas. Si solo...

—...¿te hubiera dejado encadenarlo y abandonarlo en la jungla a su suerte para que se lo comieran? —terminó Grace la frase, con un brillo travieso en la mirada—. ¿Puede que después de un buen interrogatorio de la loca del hacha? Me sorprende que hayamos llegado tan lejos.

—Tienes razón —suspiró Amber.

—Sin embargo, me hubiera gustado interrogarlo —dijo Cade mientras se enderezaba—. Me encantaría saber de dónde viene.

—¿No querrás decir de *cuándo* viene? —preguntó Trix—. Es del futuro, como tú, ¿verdad?

Solo sonaba un poco sarcástica. Eso ya era una mejora.

Cade sacudió la cabeza.

—No estoy seguro. Por lo que sé de este lugar, la mayoría de las personas provienen de mucho más atrás en el tiempo que vosotras. Después de todo, hay dinosaurios. Pero eso no significa que él sea de otra época.

—¿No? ¿Y qué año crees que es ahora? —preguntó Amber. El sarcasmo impregnaba cada una de sus palabras. Cade le respondió sin tenerlo en cuenta.

—Si tuviera que hacer una suposición, diría que estamos en la misma época de la que procedo. Todavía tengo que ver a alguien que para mí sea del futuro, lo cual parece sugerir que soy el más «moderno».

Sus palabras fueron recibidas con silencio. Y, sin embargo, había mucho más que decir. Más cosas que tenía que contarles.

La ronda de clasificación. Ser un contendiente. Los romanos, los dioses, el puto fin del mundo. El Códice. Todavía lo seguía, incluso en aquellos momentos. Podía escucharlo avanzar entre las hojas por encima de su cabeza. Aún no se había revelado y Cade no estaba del todo seguro de por qué permanecía invisible.

Pero aquel no parecía el momento adecuado para pedirles que se unieran a él en una pelea a muerte.

—Deberíamos seguir moviéndonos —dijo Amber, escudriñando la oscuridad.

—No sé yo —dijo Grace—. Llevamos una hora corriendo… y hay *cosas* ahí fuera. Si seguimos haciendo ruido, acabaremos encontrándonos con algo. Y, por lo que sabemos, podríamos estar corriendo en círculos.

—Entonces, ¿qué sugieres? —dijo Amber—. ¿Que nos quedemos aquí, esperando a que esos hombres nos atrapen?

—¡También está oscuro para ellos, aunque tengan antorchas! —respondió Grace—. Y hay una razón para que duerman detrás de una empalizada. Apuesto a que han pasado diez minutos buscándonos y han vuelto al campamento. Es probable que estar aquí les dé tanto miedo como a nosotras. Todavía más, en realidad, porque nosotras ni siquiera sabemos lo que *hay* por aquí.

—Dinosaurios —murmuró Cade.

—Cállate —espetaron al unísono.

Cade se calló.

—Esperemos aquí, entonces —dijo Amber—. Pero en cuanto haya luz de día, seguimos adelante.

—¿Deberíamos dormir? —preguntó Bea en voz baja.

—¿Crees que podremos pegar ojo… aquí fuera? —preguntó Trix.

—No importa —dijo Bea, que se sentó con las piernas cruzadas en el suelo y apoyó la barbilla en las manos. Cade se sentó con ella, contento de que el suelo cubierto de musgo al menos estuviera seco. Las otras no tardaron en imitarlos, y se apiñaron unos junto a otros. A pesar del clima, hacía frío, y

Cade se sintió un poco dejado de lado cuando las chicas se rodearon unas a otras con los brazos. Se quedó sentado al borde del círculo, con las manos metidas en las axilas.

Durante su huida despavorida a través de la jungla, lo único que habían oído había sido el choque de las ramas y sus propias respiraciones irregulares. Pero, ahora, los ruidos nocturnos se oían alto y claro. Los chillidos y el cantar de los insectos eran una constante, mientras que las toses discordantes y guturales, los silbidos y chillidos de las criaturas más grandes les provocaban un estremecimiento todas las veces. Trix tenía razón, esa noche no dormirían.

En un intento de distraerse a sí mismo de la combinación de frío y miedo a los depredadores nocturnos, Cade habló.

—Entonces… ¿Estáis en un equipo de hockey? Creía que no había muchas pistas de hielo en Inglaterra.

—No es hockey sobre hielo, tonto. Hockey. Los *estadounidenses* lo llamáis hockey sobre hierba.

Pues vaya con lo de hablar de trivialidades.

Amber cedió, deshaciendo su ceño fruncido.

—Yo era la capitana. Grace, la portera. Trix y Bea eran nuestros extremos. Las otras…

—No quiero hablar de ellas —dijo Bea a toda prisa.

Amber se frotó el hombro y le dedicó a Cade una sonrisa forzada.

—Háblanos sobre el futuro.

Su tono delataba que solo hablaba medio en broma.

Cade se encogió de hombros.

—¿Qué queréis saber?

—¿Hay coches voladores? —preguntó Trix.

—No —dijo Cade—. Pero los hay eléctricos.

—¿Hemos ido a Marte? —preguntó Bea—. Siempre me he preguntado cómo sería.

—Bueno… —dijo Cade—. Mandamos algunos robots.

—¿Y encontraron algo? —quiso saber Trix.

—Pueeees —dijo Cade, rebuscando en su memoria. Sacudió la cabeza.

—Uf, el futuro es una mierda —dijo Grace en tono sarcástico, aunque Cade estaba bastante seguro de que seguían sin creerle. Sin embargo, lo harían. Al final.

Por un momento, consideró pedirle al Códice que se revelara. ¿Quizá eso las convencería? Por otra parte, lo más probable era que las asustara aún más.

Cade giró la cabeza. ¿Había oído cómo se partía una ramita?

Lo oyó de nuevo. Más fuerte esa vez. No fue el único. Juntos, los cinco escrutaron la oscuridad. Más movimiento, tan cerca que pudieron escuchar pasos en el suelo. Parecían pertenecer a una sola persona… o criatura.

¿Habían enviado al joven guardia a encontrarlos por su cuenta? Incluso solo, un soldado con armas y armadura podría superarlos a todos.

Amber fue la primera en ponerse de pie, sosteniendo el hacha delante del cuerpo. Grace siguió su ejemplo y levantó una rama caída, mientras que las otras chicas se agacharon detrás de ellas, inseguras sobre qué hacer. De nuevo, Cade deseó tener su espada, pero seguía en el refugio de Quintus.

Rascó el suelo con las manos. No había más ramas, solo una roca del tamaño del puño de un hombre. La agarró como si fuera una pelota antiestrés.

Una figura oscura emergió de la jungla y la luz roja de la luna arrancó un destello a un arma blanca. Por un momento, solo oyeron una respiración irregular mientras la figura los miraba desde el cobijo que le proporcionaban los arbustos de los que había salido. En la oscuridad, Cade vio que no llevaba casco. Así que tenían una oportunidad.

Lanzó la piedra por encima del hombro de Amber y maldijo cuando el objeto deforme se quedó corto y le dio en la espinilla a la figura.

—*Heu, filius canis!* —gritó una voz mientras dejaba caer el arma al suelo. La figura saltó sobre una pierna, agarrándose la espinilla.

Amber gritó y cargó.

—¡No, Amber! —gritó Cade.

Se le echó encima y la tiró al suelo.

—Traidor —gritó Amber—. ¡Que no escape!

Cade sostuvo el hacha contra la hierba mientras Grace los atacaba con su rama, golpeándolos a ambos mientras daba bandazos en la oscuridad.

—Es mi amigo —bramó Cade.

Porque había reconocido la voz y la raya blanca en el pelo.

Era Quintus.

TREINTA Y UNO

Cade se encontraba tumbado sobre Amber, en la oscuridad, mirándola a la cara. La rama de Grace bajó como un látigo, una, dos veces, pero los golpes carecían de convicción. Ignoró esa molestia y se concentró en arrebatarle el arma a Amber.

Sus caras estaban a centímetros de distancia y vio la determinación en los ojos de ella. Apretaba los dientes y gruñía mientras empujaba el hacha. Su fuerza era sorprendente, pero Cade tenía ventaja. Por fin, ella dejó que el hacha escapara entre sus dedos, siseando por la frustración. Él la recogió y se puso de pie. Grace levantó la rama en actitud amenazadora.

—Por favor —dijo Cade con cansancio—. Por favor, no lo hagas.

Grace se detuvo con una expresión de confusión en la cara.

—¿Quintus? —lo llamó Cade—. Uy… claro.

Le hizo a Quintus un gesto amigable, y el chico salió de las sombras, con su espada romana aferrada de nuevo. Miró a Cade con cautela.

—¿Cómo sabías que era él? —espetó Amber desde el suelo.

Cade la ignoró, entristecido por la expresión desconfiada de su nuevo amigo. Después de todo, Cade le había tirado una roca.

—Lo siento —dijo Cade, alzando las manos—. Creía que eras uno de los… otros.

Quintus sonrió y bajó el gladius. De alguna manera, había entendido lo que quería decir. Debía de haber estado vigilando el campamento y los había rastreado en la oscuridad después de que escaparan. Cade se maravilló ante su coraje, que le había permitido seguirlo a través de todo aquello. Quedarse, toda la noche, esperando una oportunidad para rescatarlo. Esa era una deuda que Cade ni siquiera podía empezar a pagarle.

Dio un paso adelante y abrazó al legionario. Sintió los huesos de sus hombros, la delgadez de su espalda. Quintus estaba medio muerto de hambre. Lo único que Cade deseaba era tener algo de comida para darle.

—Hola, ¿estáis sordos? —preguntó Amber cuando Cade se alejó—. Os he hecho una pregunta.

—Bueno, Quintus *sí* es sordo, en realidad —dijo Cade, agarrando su mano extendida y tirando de ella para ponerla de pie—. Pero he reconocido su voz.

—Ah —dijo Amber, mirándose los pies, avergonzada—. Lo siento.

—¿Qué ha dicho? —preguntó Grace—. No le he entendido.

—Mi latín es bastante malo, pero incluso yo recuerdo lo que significa *filius canis* —dijo Cade, dedicándole a Quintus una sonrisa rápida—. Solíamos gritárnoslo unos a otros en clase y volvíamos loco al profesor. Significa «hijo de perra».

Quintus se inclinó hacia delante y se frotó la espinilla con una mueca. No parecía importarle la conversación que se desarrollaba a su alrededor. Cade supuso que el legionario ya estaba acostumbrado, aunque seguía lamentando tener que excluirlo.

Mientras tanto, las chicas se habían quedado sin habla.

—Lo último que se olvida son las palabrotas —dijo Cade débilmente mientras se rascaba la cabeza.

—Y… ¿por qué habla latín? —preguntó Amber.

Cade se detuvo. Por supuesto. Ellas no lo sabían.

—Quintus es un legionario romano —dijo Cade.

Amber se pasó una mano por la cara.

—Joder. ¿De qué película es este? ¿*Espartaco*?

—No es de ninguna película —gruñó Cade, exasperado—. Estoy diciendo la verdad.

—No me importa lo que es verdad y lo que no. Lo único que sé es que no quiero pasar ni un *minuto* más en este bosque. ¿Puede este tal Quintus llevarnos a un lugar seguro?

Miraron al joven soldado, que había elegido ese momento para hurgarse la nariz y examinar los resultados.

—Oye —dijo Cade, moviendo la mano para llamar su atención. Quintus levantó la vista y sonrió otra vez—. ¿Sabes cómo volver a Hueitapalan?

Remarcó las sílabas de la última palabra, en caso de que Quintus pudiera leerle los labios y reconocer el nombre de la ciudad. Sin embargo, no hubo suerte. No con aquella oscuridad.

—¿Volver a *dónde*? —preguntó Trix, incrédula.

Cade señaló la jungla e hizo el gesto de caminar con los dedos. A Quintus se le iluminaron los ojos y asintió.

Pero en lugar de dirigirse a los árboles, se adentró más en el claro y les dedicó un asentimiento cortés a Bea y Trix. Se colocó entre ellas y miró hacia arriba, luego levantó una mano con el pulgar hacia fuera.

—¿Qué demonios está haciendo? —susurró Trix.

Cade se encogió de hombros.

—No tengo ni puñetera idea.

—Yo sí —dijo Grace—. Está mirando las estrellas.

Por supuesto.

Cade caminó hacia Quintus, intentando seguir la longitud del brazo del chico con la mirada. Habían tenido suerte: el claro se había creado por culpa de un árbol caído, cuyo tronco podrido quedaba en algún punto a su espalda. A través de la brecha que había dejado, Cade pudo ver las estrellas. Con todo lo que había sucedido en los últimos días, no había tenido mucha oportunidad de examinar el cielo con calma, solo de echar algunos vistazos breves mientras huía de algún peligro u otro, o breves destellos entre el follaje.

Ahora que lo observaba, era glorioso. Había visto fotos de la Vía Láctea antes, tomas de larga exposición sacadas en el transcurso de varias horas con cámaras caras para capturar toda la luz. Pero aquel cielo se veía así a simple vista. Cada centímetro estaba lleno de estrellas, girando por el firmamento como si alguien derramara purpurina sobre la tinta.

No había luna a la vista, y las constelaciones parecían aleatorias, pero eso no parecía importarle a Quintus. Después de unos segundos, asintió para sí mismo y se dirigió a la jungla, saltando sobre el tronco caído sin ni siquiera mirar por encima del hombro.

—¿Lo seguimos y ya está? —preguntó Bea.

—A menos que quieras quedarte aquí —dijo Cade, sin crueldad—. Vamos, podemos fiarnos de él.

Pero las chicas siguieron quietas, inseguras ante el sonido de Quintus abriéndose paso a través de la vegetación. Cade lo siguió, eligiendo los actos por encima de las palabras.

Y, en efecto, las chicas avanzaron solo unos pasos por detrás de él.

—¿Lo conoces desde hace mucho, entonces? —preguntó Amber.

—Lo conocí anoche —dijo Cade.

—Ah, genial —dijo Amber—. ¿Y supongo que os quedasteis despiertos toda la noche conociéndoos?

—Bueno —dijo Cade, agachándose para sortear una rama baja—, hablamos durante cinco minutos.

—Qué *encantador* —respondió Amber—. ¿Ahora ya sois viejos camaradas?

—Mira, me ha salvado más de una vez —le contestó Cade—. Le confiaría mi vida.

—Y las nuestras, al parecer —añadió Amber.

—El claro está en esa dirección, si no quieres venir.

Silencio. Por fin se había quedado sin respuesta.

—Por lo que sabes, podría haberte vendido a los... hombres con armadura —murmuró Amber.

Por lo que parecía la enésima vez ese día, Cade la ignoró. Empezaba a ponerlo de los nervios.

—A lo mejor vales más para él con vida —continuó Amber—. Y por eso te salvó. Puede que nos esté llevando de vuelta con ellos en este preciso momento.

Cade negó con la cabeza y continuó adelante a través de la jungla, siguiendo el ruido que hacía Quintus mientras abría camino. Dejaba un rastro fácil de seguir, ya que iba despejando un amplio sendero con su gladius. Puede que Quintus fuera delgado, pero poseía una fuerza nada desdeñable y parecía incansable. El progreso seguía siendo lento, pero era mucho más cómodo sin las interminables hojas golpeándoles en la cara.

Intentó no pensar en las criaturas que podrían estar al acecho en la oscuridad. Depredadores nocturnos esperando a que un buen aperitivo pasara cerca de su guarida.

—Pensamientos felices, Cade —murmuró en voz baja—. Pensamientos felices.

TREINTA Y DOS

Cade no estaba seguro de si era la guía de Quintus o un golpe de suerte lo que les había permitido sobrevivir a la noche. Aparte de algunos susurros cercanos y una hora de lo más tensa agachados entre los arbustos mientras un oscuro gigante pasaba pisando fuerte por su lado, no se habían topado con demasiados ejemplos de la fauna que poblaba el cráter.

Aun así, fue un alivio entrar trastabillando en las calles anchas y vacías de Hueitapalan unas horas más tarde, sobre todo porque Cade sentía las piernas como pesas con la consistencia de unos fideos húmedos. Sin embargo, no pudo evitar sonreír, ya que las chicas se maravillaron al ver los altos edificios que las flanqueaban a ambos lados. Sin los árboles rodeándolos, la luna roja era perfectamente visible, y también su satélite blanco, más pequeño, que asomaba por atrás.

—Bueno, esto no es Shropshire —anunció Trix.

—No me digas —dijo Amber, que giró despacio y en círculo sobre sí misma.

Cade se quedó en silencio. Por algún motivo, no creía que un «te lo dije» fuera a ayudar en ese momento.

Solo deseaba que hubiera algunos saurópodos presentes, para poder ganar también la discusión de los dinosaurios. Por desgracia, Quintus apenas les dio un momento para asimilarlo todo antes de atravesar al trote la plaza iluminada por la luna roja y dirigirse a su templo de nuevo. Estaba claro que la zona no era tan segura como parecía, y Cade decidió que prefería retrasar su victoria que ganar el debate al ser devorado.

Juntos, los seis se tambalearon hacia la entrada y recorrieron los pasillos, siguiendo el certero rastro de Quintus. Cade estuvo a punto de contener la respiración en el último pasillo antes de derrumbarse con un profundo suspiro en la cama improvisada sobre el altar cubierto de pieles.

Se fijó en que Quintus lo miraba con reproche.

—¿Qué? Las piernas me están matando.

Quintus enarcó las cejas.

—Está bien —gimió Cade, que se puso de pie cuando las chicas entraron.

Les ofreció el asiento y ellas lo aceptaron agradecidas, gimiendo mientras se quitaban las zapatillas empapadas de barro.

Quintus se ocupó del fuego, usando su gladius y un pedernal para encenderlo. Pronto, las chicas estuvieron moviendo los dedos de los pies ante las llamas. Cade se derrumbó a su lado en el suelo para calentarse las manos y los pies. Aprovechó la oportunidad para enrollar las perneras del pantalón y, con cierta sorpresa, vio que los puntos de las hormigas habían aguantado.

Quintus llamó su atención y le hizo una reverencia burlona antes de descolgar unos trozos de los compis destripados que había puesto a secar encima de la fogata para entregárselos a las chicas. Ellas observaron los restos desecados con repugnancia. Quintus dejó caer otro en el regazo de Cade y se quedó uno para él. Se sentó junto al fuego y arrancó un trozo de carne correosa con los dientes.

—¿Qué demonios es esto? —susurró Grace—. Es como si un lagarto hubiera tenido un bebé con un pollo.

Cade se mordió la lengua ante el comentario y le dio un mordisco a su compi. Sabía a cuero viejo y reseco, pero, aun así, masticó y se lo tragó.

—Es un dinosaurio —dijo Amber, guiñándole un ojo a Cade—. Y… tampoco creo que estemos en la Tierra.

Cade casi se atragantó a causa de la sorpresa y Amber dejó escapar una sonrisa.

Bueno, por lo menos, empieza a creerme.

—A ver, Cade —dijo Grace, con la boca llena de carne seca—, ¿te importaría contarnos cómo llegaste aquí?

Cade se tomó su tiempo para masticar, algo que no fue difícil, dada la consistencia de la carne. Puso en orden sus ideas y se preguntó cómo podía explicarlo sin sonar absolutamente desquiciado.

—Estaba en una especie de reformatorio —dijo Cade—. Entonces, de repente, me encontré de pie en una roca. Había un monstruo debajo de mí, uno de esos chimpancés-piraña de los que os he hablado. Luché contra él.

La estancia estaba en silencio salvo por el crepitar del fuego y el ruido que hacía Quintus al devorar su comida. Masticaba de forma bastante ruidosa, y Cade se detuvo cuando el soldado pegó los labios y empezó a romper los delicados huesos para llegar al tuétano. Quintus reparó en que lo estaban mirando y sonrió, con una tira de piel de compi colgándole de la barbilla. Luego volvió a su tarea, sin inmutarse siquiera.

—Mmm… Como decía, después de eso encontré un campo de fuerza que luego desapareció.

—¿En serio? —preguntó Grace. Esa vez, el comentario parecía transmitir más conmoción que duda.

—Sí. Es todo un juego. Alguien… alguna cosa… ha creado este lugar y nos ha traído aquí. Y no solo a nosotros. A Quintus y algunos otros soldados también los dejaron aquí. De alguna forma, los arrancaron de la historia, igual que a los dinosaurios.

—Y a nosotras —murmuró Trix.

—Me encontré con otros chicos de mi escuela y descubrimos un fuerte que construyeron los romanos —continuó Cade—. Y había una… cosa… allí.

Esa era la parte que Cade había estado temiendo con ante-lación. Pero tenía que hacerlo. Arrancárselo como una tirita. Necesitaba a aquellas chicas de su lado. Necesitaba que le cre-yeran.

—¿El qué? —preguntó Amber.

Cade se aclaró la garganta.

—¿Códice? —dijo, echando un vistazo a la habitación—. ¿Puedes mostrarte?

Al instante, el Códice quedó a la vista. Las chicas jadearon y estuvieron a punto de caerse detrás del altar mientras la má-quina flotaba hasta situarse a la altura de Cade.

02:13:12:51
02:13:12:50
02:13:12:49

Cade tragó saliva al ver la cuenta atrás. Había perdido mu-cho tiempo.

—En el nombre del cielo, ¿qué es eso? —susurró Bea, in-tentando esconderse detrás de su hermana.

—Se llama a sí mismo códice —explicó Cade—. Pensad que es como Google, pero solo informa sobre cosas que se ori-ginaron en la Tierra. Y, a veces, sobre el juego, si le apetece.

Amber gimió.

—Me he perdido.

Cade pensó durante unos instantes.

Uy.

—Claro —suspiró Cade—. Google aún no existía en 1985.

—Es la palabra más tonta que he oído en mi vida —mur-muró Trix.

—Está bien, entonces piensa en ello como en una enciclo-pedia —dijo Cade—. Señalas algo y te dice qué fue, siempre y cuando esa información todavía esté disponible en la Tierra y la cosa en cuestión provenga de la Tierra.

—¿Quieres decir que podríamos haberlo hecho con esos hombres? —preguntó Grace.

—Sí —dijo Cade, que oyó un deje de arrepentimiento en su propia voz—, pero no quería que ellos lo descubrieran, y el maldito cacharro dispara un flash cuando le haces una pregunta.

—¿Le dijiste que se escondiera de nosotras? —preguntó Grace en tono de reproche.

—¿Acaso estaba consciente cuando me llevaron con vosotras? —preguntó Cade en tono seco—. Esta maldita cosa tiene mente propia.

—Esa boca —dijo Trix, enarcando las cejas.

Cade escondió la cabeza en las manos.

—Tenemos la siguiente mejor opción —dijo Amber, levantando el hacha—. ¡Haz que analice esto!

Cade levantó la cabeza y le sonrió. La chica se estaba acostumbrando a estar en aquel extraño lugar.

—De acuerdo —dijo—. Códice, ¿de dónde viene esta hacha?

El Códice emitió una luz que resultó tan brillante y repentina en la oscuridad de la estancia que incluso Cade se sobresaltó.

—*Acción prohibida. El objeto no es un remanente. No es originario de la Tierra.*

Cade maldijo por lo bajo y se ganó una mirada de reproche por parte de Trix.

—¿Qué significa eso? —preguntó Amber.

—Significa que se fabricó aquí. En algún lugar de este mundo dejado de la mano de Dios, puede que haya un herrero forjándolas. En realidad, ahora que lo pienso, dudo que apuntar a esos hombres con el Códice nos hubiera proporcionado demasiada información.

—¿Por qué? —preguntó Amber.

—Porque sospecho que descienden de personas a las que abandonaron aquí hace mucho tiempo. Por desgracia para nosotros, son el tipo de personas que hacen prisioneros para vete tú a saber qué propósito.

—¿Y esos números? —preguntó ella—. ¿Qué son?

—Yo... es difícil de explicar —dijo Cade.

Esperó la siguiente pregunta de Amber, pero no llegó ninguna. De hecho, cuando el calor del fuego caló en la habitación, Bea y Grace ya habían empezado a adormilarse.

—Descansemos un poco —propuso Cade—. Aquí estamos bastante seguros.

—De acuerdo —dijo Amber, bostezando—. Seguiremos hablando por la mañana.

Cuando las chicas se acomodaron, Cade consideró si era el momento de hablarles de la ronda de clasificación. Pedirles que se unieran a la lucha.

Pero le estaba costando pensar de forma coherente, el agotamiento se asentaba sobre él como una pesada capa.

Al día siguiente, entonces.

TREINTA Y TRES

Cade quería dormir. Necesitaba dormir. Pero aquello no parecía entrar en los planes de Quintus. Tenía la sensación de acabar de cerrar los ojos cuando el soldado lo despertó y tiró de él para que lo siguiera, a pesar de que el cielo que veía a través de los agujeros del techo apenas revelaba la tenue luz del amanecer.

Las chicas estaban tendidas en varias posiciones por toda la cámara. Trix y Bea estaban apoyadas la una contra la otra en una esquina. El fuego se había extinguido hacía ya mucho rato, y hacía bastante fresco en la estancia. Amber temblaba mientras dormía, por lo que Cade recogió la capa de pelo que había caído del altar, donde Grace llevaba dando vueltas toda la noche, y se la echó por encima.

Echó un vistazo al Códice y se dio cuenta de que había dormido menos de dos horas.

02:11:36:11
02:11:36:10
02:11:36:09

Debían de ser más o menos las seis de la mañana. O cualquiera que fuera el equivalente en aquel planeta. Daba la sensación de que allí un día podía durar veinte horas, o treinta.

No había llevado la cuenta. Cualquiera que fuera la hora, Quintus tenía prisa y prácticamente arrastró a Cade a la oscuridad del pasadizo.

Cade pronto se encontró en medio de una oscuridad total y sintió telarañas en la cara mientras el legionario lo llevaba sin vacilar de un lugar a otro. Para sorpresa de Cade, no siguieron la ruta habitual, sino que giraron en un pasadizo diferente, sobre el que se habían derrumbado gran parte de los pisos superiores.

A veces, Cade tenía que arrodillarse y avanzar a gatas, mientras que otras veces tuvo que desplazarse de lado. Aquí y allá, la luz del amanecer se colaba por las grietas de las paredes, iluminando pasadizos llenos de pilares caídos, escombros y vegetación invasora.

Había lianas donde quiera que mirara, con musgo colgante adornándolas como si se tratara de decoración navideña. Unos huesos diminutos crujían bajo sus pies y se oía el eco del goteo del agua. Dos veces subieron por unos estrechos tramos de escalera, tan empinadas que Cade tuvo que detenerse y descansar a mitad de camino antes de continuar. Aquel complejo era más grande de lo que Cade había creído.

Llegaron al piso superior e, incluso entonces, Quintus siguió guiándolo inexorablemente hacia delante. En aquella planta había pinturas, murales que habían comenzado a desconcharse, pero aún mostraban las figuras bronceadas y vestidas con trajes superelaborados que Cade supuso que eran parte de la realeza maya, y guerreros vestidos con pieles de jaguar, con un vívido cielo azul pintado por encima.

Había una última escalera excavada en la pared, y Quintus corrió hacia arriba, rápido como un zorro. Cuando emergieron en la parte superior, Cade parpadeó a la luz del sol.

Por extraño que pareciera, la cacofonía de sonidos se oía incluso más fuerte que la última vez, el chillido de los pterosaurios mezclado con un montón de graznidos y mugidos distantes, aunque su posición en la azotea les impedía ver bien la plaza.

Allí, el suelo de piedra resultaba resbaladizo bajo sus pies, y toda la superficie parecía haber sido decorada de una forma u otra, con figuras retorcidas talladas en las losas, desgastadas desde hacía mucho por la lluvia y el viento. Había unas enormes estatuas alineadas en los bordes que a Cade le recordaron a las gárgolas de una catedral medieval.

Aquí y allá, los pterosaurios siseaban en sus nidos, aunque aquellos ejemplares no eran más grandes que unas palomas. Cade se sintió agradecido de no ver por ninguna parte a las bestias del tamaño de jirafas que había visto antes, aunque por la cantidad de heces apiladas en el tejado, bien podrían haberlo sido. A aquellas alturas, empezaba a amanecer de verdad, el sol bañaba el mundo en un resplandor dorado.

Quería recuperar el aliento, pero Quintus tiró de su mano, murmurando en latín en voz baja. Había algo que quería que Cade viera, y con urgencia. De modo que Cade avanzó a trompicones y soltó un gemido, aunque le supuso un gran alivio comprobar que las piernas le dolían solo a causa del esfuerzo: sus heridas se estaban curando bastante bien. Luego lo vio y la incomodidad quedó olvidada.

Había tres figuras sentadas alrededor de una fogata en el centro de la ciudad. Quintus agarró a Cade del uniforme y señaló, y Cade reparó de inmediato en que llevaban la misma ropa azul que él.

Cade entrecerró los ojos, pero no podía estar seguro de quiénes eran. El hecho de que solo hubiera tres era preocupante, pero, a pesar de ello, se descubrió a sí mismo sonriendo. Sobre todo, por la otra cosa que vio ahí abajo.

Dando una vuelta por donde estaban sentados esos tres... había dinosaurios. La plaza de la ciudad se había convertido en una vía de paso para los animales más grandes, gracias a la ausencia de ramas bajas y vegetación y al embudo natural que creaban los edificios a ambos lados. Había algún tipo de migración en pleno apogeo, y Cade se maravilló al ver a las magníficas criaturas que había allí abajo.

Lo primero que le llamó la atención fue una manada de saurópodos, las bestias cuadrúpedas de cuello largo que tenían el cuello y la cabeza de una jirafa y el cuerpo pesado de un elefante. Aquellos no eran tan grandes como el gigante del tamaño de un avión que habían visto estirando la garganta al navegar por el río, pero seguían pareciendo imperturbables ante la presencia del trío de humanos agachados debajo de ellos y continuaban su lenta marcha hacia la jungla que quedaba al otro lado de la ciudad.

Los otros chicos parecían atrapados entre los animales, temerosos de ser pisoteados por las grandes bestias que caminaban alrededor de su pequeña fogata como agua que fluye alrededor de una roca. Parecía que habían decidido acampar al abrigo del gran pilar central de la plaza, un obelisco gigante más alto que el que había frente a la Casa Blanca. Podrían haber echado a correr, pero los saurópodos no eran las únicas bestias que les bloqueaban el paso hacia los edificios que había a ambos lados.

Entre ellos había otras criaturas. Entre la multitud también había ceratopsianos, conocidos por los más famosos entre ellos, los *triceratops*. Esas vacas con cuernos, pico y los volantes reforzados que les crecían en la frente se agachaban con pesadez para masticar los dientes de león que emergían entre el pavimento.

Unos lagartos bípedos más pequeños se deslizaban de un lado a otro entre las patas de los más grandes. Eran los compis de los que Quintus se había estado alimentando. Y había decenas de otras especies, que Cade no habría podido nombrar ni aunque lo intentara, y que constituían una plétora de formas, colores y tamaños.

Mientras tanto, los animales cantaban, llenando el aire del amanecer con su orquesta. Había sonidos bajos, junto con gritos, graznidos, silbidos y chillidos. Parecían saludar al nuevo día, y aquel espectáculo provocó en Cade una cierta apreciación melancólica. Ojalá su padre estuviera allí para verlo.

Cade gritó de alivio, pero Quintus no parecía tan contento. De hecho, una vez que vio que Cade se sentía complacido de ver a los demás, empezó a agitar las manos y gritarles. Desesperado.

—¿Qué pasa? —preguntó Cade, agarrando a Quintus del brazo.

El chico pareció intuir lo que le preguntaba y señaló el extremo de la ciudad donde la vegetación de la jungla era más espesa. Los dinosaurios no parecían venir de allí, sino que llegaban desde un extremo de la ciudad y salían por el contrario. Cade no veía nada, y Quintus liberó su brazo de un tirón y continuó intentando llamar la atención de los que estaban allí abajo.

Pero a medida que la luz del sol tomó fuerza, Cade vio por fin lo que Quintus debía de haber visto antes.

Depredadores. Parecía que había media docena, agachados entre el enredo de árboles, parcialmente ocultos en la sombra de una pirámide cercana. No eran carnosaurios ni raptores, pero su apariencia y tamaño seguían resultando terroríficos.

En muchos aspectos, parecían cocodrilos: tenían la misma cola, los mismos colmillos y las mismas escamas reforzadas, aunque la cabeza la tenían más grande y, el hocico, más corto. Pero, a diferencia de un cocodrilo, sus cuerpos estaban hechos para la velocidad. Tenían una constitución lupina, con cuatro extremidades musculosas. E, igual que hacían los lobos con sus presas, parecían estar al acecho.

En aquel momento, Quintus agarró a Cade del brazo y señaló algo más. En el claro había entrado una nueva manada. Volvían a ser saurópodos, pero eran más pequeños, no más grandes que un elefante. Parecían una familia, una que solo contaba con tres adultos. Deambulando entre sus patas estaban las crías, cuya marcha era incómoda y torpe.

Por lo que Cade sabía, era posible que hubieran nacido esa misma semana, pero *sí* había algo que sabía a ciencia cierta. Los depredadores iban tras las presas más jóvenes y vulnerables. Si pensaban atacar, lo harían pronto. Y los otros chicos se verían atrapados en la estampida posterior.

A pesar de todo eso, el grupo de abajo no había reparado en Quintus; el ruido que hacían los dinosaurios estaba ahogando sus gritos. Necesitaban hacer algo más para llamar su atención, y deprisa.

Cade se dirigió al borde del edificio y vio una escalera desmoronada en un lateral. Era tan empinada que casi parecía ceremonial, más decorativa que para uso diario. En un apuro, podría utilizarla para bajar, pero volver a subir sería un problema. Tendrían que volver a entrar en el edificio por la planta baja.

Intentó gritar, pero con la garganta ronca por todo lo que había pasado, el grito sonó débil incluso para sus propios oídos. Con cada segundo que transcurría, más se acercaba la familia de saurópodos.

Por suerte, los depredadores todavía no los habían visto, ya que la pirámide tras la que se escondían les bloqueaba la vista. Cade siguió la trayectoria de la familia y vio el punto donde entrarían en el campo de visión de los perrodrilos.

Justo en mitad de donde estaban los demás. Tenía que advertirles, pero estaba demasiado lejos.

No puedo hacer nada.

Ante ese pensamiento, Cade sintió una punzada de culpabilidad, la misma que había sentido muchas veces durante el último año. Era la misma culpa que había sentido después de que Finch atacara a Spex. ¿Era esa persona?

Un superviviente.

No.

Un cobarde.

Cade cuadró la mandíbula. Había mucho en juego. Más que nunca.

Empezó a bajar.

TREINTA Y CUATRO

Cade ignoró el dolor de las piernas y saltó los últimos escalones para aterrizar en el suelo desmoronado. Los compis se apartaron de su camino mientras emitían chillidos de disgusto, pero Cade los ignoró y siguió adelante, agitando las manos en el aire.

—¡Eh! —gritó, evitando a un ceratopsiano que pasó junto a él, con sus grandes cuernos sobresaliendo como los colmillos de un elefante.

Aun así, siguieron sin oírlo. Los ruidos de los animales eran mucho más fuertes allí abajo, un verdadero estruendo de gruñidos y bramidos. Sin embargo, ninguna de las criaturas parecía alterada por la presencia de Cade: el chico que corría y gritaba por allí en medio.

Así que siguió corriendo. Ahora ya podía ver a los demás, a Finch y a Spex, y también a Scott. Los tres se apretaban contra el pilar, demasiado asustados para moverse entre aquel montón de animales gigantescos que pasaban por su lado. La mayoría de dinosaurios parecían dejar bastante distancia con ellos, aunque lo más probable era que se debiera al fuego. Por fin, Scott lo vio.

Se puso de pie, con una amplia sonrisa en la cara, pero pronto quedó reemplazada por una expresión confusa cuando Cade convirtió su saludo en unas señas frenéticas con el brazo. Acto seguido, Scott se puso a hablar con los demás, señalando a Cade. Detrás de ellos, la familia de saurópodos se acercaba, con los menores por delante, presos de su euforia juvenil.

El trío desapareció de la vista de Cade cuando una manada de hadrosaurios se interpuso entre ellos, graznando con sus picos de pato. Cade soltó un juramento. No veía nada por culpa de un inmenso muro de carne moteada en movimiento, formado por criaturas que alternaban entre ir a cuatro patas y a dos, como si se tratara de canguros torpes.

Esperó unos segundos, en los que entró en pánico. Luego vio a los chicos trotar hacia él, con miradas perplejas en la cara.

—¡Corred! —gritó Cade, preparándose para liderar con el ejemplo.

Pero antes de que pudiera dar media vuelta, en la jungla resonó un graznido que hizo que decenas de pterosaurios echaran a volar hacia el cielo. Se oyó otra vez, profundo y amenazante.

Se hizo el silencio y los perrodrilos salieron en estampida de entre los árboles, con sus largas colas azotando de un lado a otro mientras atravesaban el terreno.

Se desató un infierno. El suelo se sacudió como si cien gigantes hubieran echado a correr en todas direcciones, dando empujones para conservar su posición mientras se dirigían hacia las calles laterales o continuaban a través de la plaza. Lo único que Cade pudo hacer fue esquivar sus atronadoras patas, inclinándose hacia un lado u otro mientras se precipitaban hacia él.

Scott lo dejó atrás a toda prisa, seguido de Spex. Cade estaba a punto de seguirlos, pero algo se estampó contra él, haciendo que se estrellara contra el suelo. Se dio un golpe en la cabeza y la visión se le llenó de destellos, pero vio al culpable, Finch, ponerse a cuatro patas antes de incorporarse y seguir adelante.

Un ceratopsiano, una auténtica fuerza de la naturaleza, pasó a centímetros de su cara. Con la cabeza dándole vueltas, Cade rodó hacia un lado y se acurrucó en un ovillo en un intento de reducir su tamaño mientras aquellos pilares de carne y hueso con garras aterrizaban a su alrededor. Contó hasta cinco, con los ojos bien cerrados. Fue sorprendentemente difícil volver a abrirlos.

Por suerte para Cade, la estampida ya lo había dejado atrás, pero se encontró en una situación mucho peor. Porque ahora se encontraba justo entre los perrodrilos y su presa. Huir del fuego para caer en las brasas.

La familia de saurópodos había formado un anillo protector alrededor de sus bebés, pero, por extraño que pareciera, todos ofrecían un costado a los perrodrilos mientras estos se acercaban, como hacían los antiguos barcos acorazados. En la otra dirección, los perrodrilos se habían detenido. Uno estaba de pie sobre sus extremidades traseras y Cade se dio cuenta de que alternaban entre ir a cuatro patas y sostenerse sobre dos.

A Cade le pareció que aquellos depredadores habían preparado la emboscada con la intención de que el pánico separara a los jóvenes de sus padres y que ahora se veían obligados a reevaluar su plan de ataque.

No tenía pensado ser su premio de consolación, pero los depredadores habían abierto la formación a medida que se acercaban, bloqueando el camino de regreso al templo. La reacción más sencilla sería correr hacia el edificio más cercano, pero no estaba seguro de que echar a correr no fuera a provocar que lo persiguieran a él en lugar de a la presa que tenían prevista, y estaba claro que lo alcanzarían antes de que se pusiera a salvo. El lugar más cercano y de dudosa seguridad era junto a los mismos saurópodos.

Pensó en la frase de *Parque Jurásico* en la que decían que el *T. rex* no podía verte si te quedabas quieto. No era su caso. Los perrodrilos ya lo estaban mirando, inclinando las cabezas hacia un lado.

¿Qué era aquella extraña criatura azul y marrón que no se había alejado de ellos a la carrera? Con suerte, la respuesta no sería «el almuerzo».

Se puso de pie muy despacio, mirando a los perrodrilos a los ojos, intentando no demostrar miedo. No fue fácil. De cerca, se dio cuenta de que también eran muy grandes. Cada uno medía casi seis metros de largo y eran más altos que un caballo pequeño.

Mientras se obligaba a mirarlos, el Códice apareció en su rango de visión, ileso a pesar de la estampida. Casi había olvidado que lo estaba siguiendo. Había llegado el momento de la distracción.

—Códice —susurró—. Dime qué son.

El dron se acercó de inmediato al que tenía más cerca y el depredador retrocedió, desconcertado. Cuando emitió el rayo de luz azul, Cade dio media vuelta y corrió, cojeando y dando trompicones hacia los saurópodos.

—*Remanente identificado como* Postosuchus —le comunicó el Códice, regresando a su lado mientras corría—. *Esta especie pertenece a la familia de los* pseudoquios, *la rama de arcosaurios de la que descienden los cocodrilos modernos...*

—Cierra el pico —espetó Cade—. Escanéalos a todos.

El Códice se alejó para cumplir sus órdenes mientras Cade se aprovechaba de la distracción. Se tambaleó debajo del vientre del saurópodo más cercano, cuyas cuatro patas eran como troncos de árbol a ambos lados de Cade. Los menores se pusieron a lloriquear y el gigante que tenía encima emitió un gruñido descontento ante su presencia.

Mensaje recibido. Mantenerse alejado de las crías.

Por suerte para él, los perrodrilos no lo habían perseguido, aunque se estaban turnando para lanzarse contra el Códice mientras este flotaba entre ellos. Este emitió un flash azul detrás de otro antes de retroceder como un cohete, aunque esa vez permaneció en silencio. Ahora, Cade solo podía esperar para ver cuál sería el resultado del enfrentamiento. Esperaba que los perrodrilos se escabulleran en busca de presas más fáciles.

Lo cierto era que los saurópodos tenían un aspecto formidable, y ahora que estaba entre ellos, se percató de que tenían lo que parecía ser una placa ósea adornándoles la espalda en toda su longitud. Sería útil si los perrodrilos lograban montarlos.

Pero parecía que los depredadores no compartían su opinión sobre sus posibilidades. Merodeaban de un lado a otro, cambiando de posición y simulando que cargaban, acercándose cada vez más con cada movimiento. Pronto estuvieron solo a un tiro de piedra, provocando gemidos de ira por parte del saurópodo que tenía encima. Entonces, Cade cayó en la cuenta de por qué aquellos gigantes se enfrentaban de lado a los depredadores.

Una larga cola azotó el aire como un látigo y rompió la barrera del sonido mientras lanzaba por los aires al perrodrilo más cercano. El monstruo dio vueltas por los aires hasta que se estrelló contra la base de un pilar. No se movió.

El saurópodo bajo el que estaba dio un gran pisotón, que reverberó cuando barrió los alrededores con su cola para advertir que no volvieran a acercarse. Pero los perrodrilos no se dieron por vencidos. Todos a una, cargaron hacia los padres, que los esperaban, avanzando a saltos fluidos a un ritmo que Cade apenas podía creer que fuera posible.

Abrió los ojos como platos cuando uno de ellos avanzó en línea recta hacia él, luego el cuello monolítico que tenía encima descendió como una maza. Solo que, esa vez, el perrodrilo estaba listo y se aferró a la garganta del dinosaurio cuando esta dio contra el suelo y trepó por ella. El saurópodo levantó al perrodrilo hasta que desapareció de la vista, aunque los resoplidos de dolor del gigante reverberaron en el pecho que tenía Cade sobre la cabeza. De repente, Cade se encontró con que el camino que tenía delante estaba despejado, ya que los depredadores restantes se habían enzarzado con los adultos que quedaban a ambos lados.

Corrió, olvidando el dolor de sus piernas, olvidando los gritos guturales de la batalla que se desarrollaba a su espalda. Delante, vio el palacio de Quintus y la entrada cavernosa en la base. Pero mientras corría, percibió un movimiento con el rabillo del ojo.

El perrodrilo que había acabado estampado contra el pilar se estaba levantando.

—Date prisa —gritó una voz. Scott apareció en la entrada del palacio y los demás aparecieron detrás de él. Le hicieron señas. A Quintus no se lo veía por ninguna parte.

Cade avanzó a trompicones mientras miraba hacia atrás, solo para ver que el perrodrilo lesionado lo perseguía. La criatura se arrastraba por el suelo medio a gatas, sin usar apenas una de sus patas traseras. Aun así, le estaba ganando terreno, clavando las garras entre los adoquines. Su mirada hambrienta se encontró con la de Cade, y este volvió a mirar hacia delante y emprendió una carrera tambaleante.

La entrada del palacio se hacía más grande con cada paso, pero oía los gruñidos jadeantes de la bestia detrás de él. Cuando cruzó a la sombra del complejo, le tiró de la pierna hacia atrás y se cayó. Le arrancó la bota del pie mientras él salía corriendo.

El perrodrilo entró en un frenesí mortífero, sacudiendo la bota que tenía en la boca. La soltó unos momentos después, antes de ponerse en cuclillas. Iba a saltar.

Cade buscó un arma a tientas. Pero era demasiado tarde. El cielo desapareció cuando la criatura se impulsó por el aire, y lo único que pudo hacer Cade fue cruzar los brazos sobre la cabeza.

El impacto nunca llegó. Solo recibió una salpicadura de un líquido caliente en la cara y oyó un graznido ronco. Cade abrió los ojos. Quintus estaba inclinado sobre él, con su gladius extendido y enterrado hasta la empuñadura en el pecho del perrodrilo.

La criatura tosió de nuevo, salpicándolos a los dos con su sangre. Luego cayó, arrancándole la espada de las manos a Quintus mientras sufría los últimos estertores. Quintus se puso de pie y, juntos, avanzaron a trompicones hasta el umbral del complejo.

Scott fue el primero en hablar.

—Creo que prefiero la fortaleza.

TREINTA Y CINCO

El aroma a carne cocinada inundó las fosas nasales de Cade mientras atacaba el trozo de carne grasienta que tenía en las manos. Sabía a pollo con un toque a pescado, pero para su estómago hambriento era una maravilla, aunque estuviera un poco cruda.

Solo habían pasado unos minutos desde que habían huido al refugio de Quintus en el templo, pero no antes de que el joven legionario hubiera recuperado tanto la bota de Cade como su propio gladius del cadáver del perrodrilo y hubiera cortado la pata delantera de la que todos estaban comiendo en aquel momento, sentados en un círculo en el suelo. Resultó que Quintus no era el mejor de los cocineros, ni el más paciente, ya que cortaba trozos con su espada ensangrentada y se los entregaba a los demás mientras la carne aún se estaba cocinando.

Cade se aseguró de mantener cerca su propia espada. En parte, debido a lo que había sucedido y, en parte, porque Finch la había estado mirando con interés.

Habían hecho las presentaciones, pero las chicas se habían mostrado reticentes cuando los tres chicos nuevos habían entrado en la habitación, sobre todo por la mirada lasciva de Finch. Apenas habían pronunciado una sola palabra desde entonces.

En cambio, los chicos se habían tomado con calma el hecho de conocer a un cuarteto de adolescentes inglesas de 1985. Sin embargo, Cade aún no les había contado todo el tema de su captura y cómo habían escapado.

Cade había experimentado una profunda sensación de alivio al encontrar a los demás, aunque la presencia de Finch lo había estropeado un poco. Si trabajaban juntos como equipo de contendientes, sus posibilidades de ganar la ronda de clasificación serían más elevadas. Lo único que tenía que hacer era convencerlos.

En aquel momento, estaban sentados en silencio, su hambre superó su curiosidad cuando el olor a carne cocinada impregnó la habitación. Estaba claro que el compi que la mayoría de ellos había comido la noche anterior no los había satisfecho.

—Hablemos de lo que todos estamos pensando. O debería decir... del extraño hombre de las cavernas que hay en la habitación —comenzó Scott, mirando a Quintus mientras este enterraba la mitad de la cara en su pedazo de perrodrilo—. ¿Quién es?

—Quintus. Es un legionario de la Novena Legión —dijo Cade—. Pero no habla inglés y no oye demasiado bien.

Scott se encogió de hombros.

—Suena razonable —dijo.

—¿Sabe algo? —preguntó Finch.

—Dice que los dioses lo trajeron aquí, pero escapó de la fortaleza cuando su legión marchó al exterior y no volvió. Saca tus propias conclusiones.

—Esa legión tiene la costumbre de desaparecer. —Finch soltó una risa amarga y luego volvió a concentrarse en su comida.

—¿Qué os pasó a vosotros? —preguntó Cade, resistiendo el impulso de hablar con la boca llena. Le daba la sensación de que había pasado una eternidad desde que su estómago se había sentido así de satisfecho.

—Conseguimos llevar el barco a la orilla de una sola pieza.

Cade suspiró con alivio. Necesitarían la comida que había dentro si querían hacer el viaje de vuelta a la fortaleza a tiempo. Por supuesto, todavía necesitaba convencerlos de que participaran en la ronda de clasificación.

—Lo detuvimos al lado de ese otro barco rojo —murmuró Scott mientras masticaba un cacho de reptil primordial—. Tenía una pinta muy rara. Estaba destrozado, pero parecía un viejo barco chino. Y cuando digo viejo, quiero decir muy viejo, con una vela y todo. Llevaba escrito *Dragón Marino* en inglés en un lateral, y tenía un motor diésel. Con diésel de sobra almacenado en unas viejas latas oxidadas.

Cade sacudió la cabeza. ¿Un antiguo barco chino con letras en inglés y un motor moderno? Eso no tenía mucho sentido, pero allí nada lo tenía.

—Yoshi cree que puede limpiar la mierda del motor del *Brujería* —dijo Spex—. Y llenarlo con diésel reciente del barco nuevo. Conducir río arriba otra vez y probar uno de esos afluentes, o intentar superar los rápidos.

—Delira —murmuró Finch desde la esquina.

—Vimos huellas que salían del barco chino —dijo Scott, mirando a Finch—. Decidimos seguirlas, comprobar si había más gente por aquí. Sacamos pajitas y a los tres nos tocaron las más cortas.

—¿Y encontrasteis a alguien? —preguntó Cade.

Scott bajó la mirada.

—No quedaba mucho de ellos —murmuró—. No tenemos ni idea de quiénes o qué eran, pero no pueden haber pasado más de unos pocos días desde que fueron asesinados. Después de eso, oscureció y nos perdimos intentando encontrar el camino de vuelta. Y así acabamos aquí.

—¿Qué hay de vosotras, chicas? —preguntó Spex, volviéndose hacia ellas—. ¿Sabéis por qué estamos aquí?

Bea negó en silencio con la cabeza.

—Un grupo hablador, ¿eh? —dijo Finch, señalándolas con una garra de perrodrilo—. ¿El dinosaurio os ha comido la lengua?

—He oído que casi consigue la tuya —respondió Amber—. Y el resto de ti.

Finch sonrió.

—Me gustas —dijo, guiñándole un ojo.

Amber dilató las fosas nasales y Cade se fijó en que se colocaba el hacha en el regazo.

—¿Y tú? —preguntó Finch, mirando a Cade con sospecha—. ¿Por qué no viniste a buscarnos al río?

—Lo hice —espetó Cade—. Pero no es fácil cuando todo lo que hay por aquí está más arriba en la cadena alimentaria.

Finch resopló.

—Creo que sabes algo —dijo, entrecerrando los ojos—. No te caíste, saltaste. Y te llevaste el Códice contigo. Ahora te presentas aquí con tu elegante espada y tu amigo romano. Hay algo que no nos estás contando.

—¿Crees que estoy metido en todo esto? —gruñó Cade, que se esforzó para ponerse de pie—. ¿Después de lo que acabo de hacer por vosotros?

Finch soltó un resoplido burlón y murmuró en voz baja.

—Mulato de mierda.

Cade sintió que la ira hervía en su interior como la bilis en su garganta. Esa vez, no estaba preparado para dejarlo pasar.

—¿Qué has dicho? —exigió saber.

Finch se puso de pie y se enfrentó a él, acercando la cara a un centímetro de la de Cade.

—¿Quieres hacer algo al respecto? —preguntó Finch—. Estoy aquí mismo.

Se oyó el ruido de una cuchilla rozando la piedra y alguien se aclaró la garganta. Quintus levantó la cabeza y les dedicó una mirada inexpresiva, pero el significado estaba claro. No debía haber peleas en su casa. Para sorpresa de Cade, Amber y

Grace también se habían levantado, aunque no estaba seguro de si era para ayudarlo o no.

De repente, Finch adelantó la cabeza con brusquedad, intentando hacer que Cade se encogiera, y luego retrocedió con una mueca desdeñosa.

—Aquí uno no se puede fiar de nadie —murmuró.

—¿Ahora quién delira? —espetó Amber—. Déjalo en paz y cómete tu dinosaurio. —La temperatura en la habitación pareció enfriarse unos pocos grados cuando Cade volvió a su sitio en el suelo.

—Por cierto, gracias, Cade, por advertirnos —dijo Spex, subiéndose las gruesas gafas por la nariz—. Debería habértelo dicho antes.

—Sí —coincidió Scott—. Básicamente, te has intercambiado con nosotros, pardillo.

Cade sonrió, aunque no esperaba ningún agradecimiento por parte de Finch. Volvió a concentrarse en su comida, pero el conocimiento de que el tiempo seguía pasando lo molestaba. Tenía a las chicas allí y a varios de los chicos. Era el momento.

Suspiró y le entregó su carne a Scott, quien se metió el trozo entero en la boca de inmediato.

—Tengo algo que deciros —anunció Cade.

—¿Lo veis? —dijo Finch, triunfante.

—Cállate —murmuró Scott—. Sigue, Cade.

Se giró primero hacia las chicas.

—Cuando llegamos a la fortaleza, el Códice empezó una cuenta atrás —informó—. Dijo que teníamos que pasar por lo que llamó una «ronda de clasificación». Y si esa «ronda» se parece en algo a lo que hemos experimentado desde que llegamos aquí, no suena demasiado agradable.

—¿Por qué no nos lo has dicho antes? —preguntó Grace mientras se cruzaba de brazos.

—No ha surgido la oportunidad —dijo Cade, pasándose una mano por el pelo enmarañado.

Aquello no iba bien. Ya sospechaban de él, y ni siquiera había llegado todavía a la peor parte. Se giró hacia los demás.

—Tanto Quintus como el Códice me han dicho que, para ganar la ronda de clasificación, se supone que debemos defender la fortaleza de algo. Es lo que los romanos estuvieron haciendo antes de que se los cargaran. Si no los reemplazamos, perdemos el juego.

—¿El *juego*? —preguntó Trix, una octava por encima de lo habitual—. Creía que antes estabas *bromeando*. ¿Qué es?

—No lo sabemos —dijo Cade—. Lo único que sabemos es que es mortal. Luchar contra monstruos. Mutantes de algún tipo, tal vez. No sabemos por qué... o por culpa de quién.

Experimentó un estremecimiento involuntario cuando su mente vagó hacia las criaturas contra las que los romanos habían luchado en la película.

—Os dije que era una buena idea abandonar ese sitio —dijo Finch, asintiendo con la cabeza.

Cade levantó una mano. Allá iba.

—Quintus me dijo algo más. Algo importante.

La habitación se quedó en silencio y Cade respiró hondo.

—Dijo que, si no participamos, o si perdemos... el planeta Tierra será destruido.

Por un momento, nadie dijo nada. Entonces Finch dejó escapar una risa exagerada y se dio una palmada en la rodilla.

—Este va y te dice que estamos aquí porque nos han traído... unos qué, ¿dioses? ¿Y tú te lo tragas?

—El Códice lo confirmó —dijo Cade, señalando al dron flotante.

—A quién le importa lo que haya dicho —dijo Finch, todavía riendo—. De todos modos, todo es una sarta de mentiras.

—Sabe más de lo que crees —insistió Cade—. Así es como encontré esta espada. Así confirmé de dónde vino Quintus.

Finch puso los ojos en blanco.

—Entonces, ¿qué? ¿Estás diciendo que deberíamos jugar a este juego y conseguir que nos maten porque alguien se cree que es un romano y un robot volador nos ha dicho que todo nuestro planeta explotará si no lo hacemos? ¿Sabes lo ridículo que suena?

—¿Qué crees tú que está pasando? —preguntó Cade señalando el pasadizo—. ¿Has olvidado lo que has visto, escuchado, joder, incluso comido?

Finch apartó la mirada y sacudió la cabeza con los labios fruncidos.

—Lo que han dicho es difícil de creer —continuó Cade—. Pero también lo es todo lo demás. Y todo lo demás es *real*.

—En eso lleva razón —dijo Amber y, hasta ese mismo momento, Cade no se había dado cuenta de cuánto significaba su apoyo.

—Que le jodan al mundo, entonces —espetó Finch—. Aunque sea verdad, me da igual lo que le pase a cualquiera en casa.

Cade gruñó, exasperado, y señaló lo que tenían alrededor.

—¿Quieres vivir así? Porque Quintus dejó la fortaleza hace un año y aquí es donde terminó.

—Pero se fue —replicó Finch—. Él y todos sus amigos, y sabían mejor que nosotros a qué se enfrentaban. Está claro que prefiere vivir aquí que en la fortaleza. Y allí tenía armas, armaduras y seguro que también un montón de soldados. Así que, ¿qué tiene ese lugar que hizo que viniera a esconderse aquí?

—A lo mejor comparte tu actitud —dijo Cade, levantando las manos—. Que le den al mundo, claro que sí. Vivamos en un agujero húmedo y comamos lagartijas.

—Suena bastante bien cuando la alternativa es que los monstruos nos descuarticen, solo porque un robot te lo ha dicho —replicó Finch.

—¿Quieres decir como me ha pasado a mí hace unos minutos? —dijo Cade—. Aquí no estamos mucho más seguros, exactamente. ¿Qué pasó con los amigos de Quintus, eh?

—A lo mejor se quedaron atrás y murieron —dijo Finch.

Los dos se fulminaron con la mirada.

Tras unos instantes, Scott habló.

—Mira, estoy a favor de salvar al mundo. Pero, sin armas, no creo que tengamos muchas posibilidades.

Cade sonrió. Por lo menos, se lo estaban planteando.

—Estoy de acuerdo —dijo Amber—. Si vamos a pelear, necesitamos más que esta hacha y unas pocas rocas.

Cade se dirigió hacia la pared donde su espada seguía apoyada, acumulando polvo. Ya iban dos ocasiones en las que había salido de aquella habitación sin ella. Nunca más. Se la colgó del hombro y la desenvainó.

—Si os consigo a todos una espada como esta, ¿pelearéis? —preguntó.

Hicieron una pausa e intercambiaron miradas silenciosas.

—Puede —dijo Grace.

—Sí —dijo Scott, arrastrando los pies—. Al menos, tendríamos una oportunidad.

Amber asintió.

—En el peor de los casos, salimos corriendo —dijo Spex—. A ver qué pasa. Pero necesitamos que todo el mundo esté a bordo. Si solo accedemos algunos, no tendremos ninguna oportunidad. La última vez, solo sobreviví a las víboras por pura suerte.

—Vale, solo si los demás están de acuerdo. —Scott asintió.

—¿Cuántos más hay en vuestro grupo? —preguntó Grace.

—Cinco —respondió Cade.

Había esperado que Amber se mostrara complacida, pero, en vez de eso, parecía tener algún conflicto interno, y no dejaba de desviar la mirada hacia sus uniformes. Era probable que la idea de que tantos extraños las superaran en número la tuviera preocupada. Cade consideró la cuestión un momento y la semilla de una idea comenzó a tomar forma.

—Códice, enséñanos el mapa —dijo Cade.

Esa vez, no fue solo Quintus quien jadeó cuando el mapa apareció en el aire junto a la cuenta atrás.

02:10:42:21
02:10:42:20
02:10:42:19

—Ya os he dicho que el Códice sabe mucho —dijo Cade, permitiéndose una sonrisa.

Se giró hacia Quintus y señaló el lugar donde estaba la fortaleza, luego la cuenta atrás. El legionario asintió para demostrar que entendía lo que querían decir. Luego, Cade señaló a los demás y a sí mismo, antes de señalar la fortaleza una vez más. Quintus volvió a asentir.

Había llegado el momento de la verdad. Les vendría bien tener a un guerrero auténtico de su lado. Cade señaló a Quintus y levantó las cejas en un ademán inquisitivo. ¿Iría con ellos? Señaló entre Quintus y los demás para añadir efecto.

—¿Qué estás haciendo? —dijo Finch—. Pareces idiota.

—Cállate, Finch —contestó Amber.

Quintus miró a Cade un momento, luego se pasó un dedo por debajo de la garganta y señaló la fortaleza y la cuenta atrás. Les estaba advirtiendo del peligro que encontrarían allí. Era el turno de Cade de asentir. Luego se encogió de hombros, como si dijera que irían de todos modos. Volvió a señalar a Quintus.

De nuevo, el legionario se tomó unos instantes. Durante esos pocos segundos agonizantes miró a Cade, considerando a su nuevo compañero. Luego, hizo un último asentimiento.

Cade soltó un grito de alegría y le dio una palmada en el hombro.

—Bueno, si quieres quedarte por aquí, adelante —le dijo Cade a Finch—. Nosotros nos vamos.

A continuación, se giró hacia el mapa.

—Mientras tanto, averigüemos cómo volver al *Brujería*. No nos queda mucho tiempo.

TREINTA Y SEIS

Parecía que a los saurópodos les había ido bien cuando ellos se habían marchado, pero cuando el grupo salió por fin del complejo del templo, Cade se sintió consternado al ver los restos de uno de los jóvenes. Por suerte para ellos, los perrodrilos se habían ido hacía mucho rato, habiendo pelado a la bestia hasta dejar solo los huesos en menos de una hora. Lo que hubiera quedado lo habían limpiado casi por completo los compis parecidos a las pirañas que deambulaban por allí, que habían dejado solo un montón de huesos y escamas resistentes. Incluso el cadáver del perrodrilo muerto había desaparecido, arrastrado por algún depredador, si no por otros perrodrilos.

Ahora solo quedaban los pterosaurios, encorvados sobre el esqueleto del saurópodo como buitres y rompiendo los huesos más pequeños con sus poderosas mandíbulas.

—¿Listos? —preguntó Cade.

No esperó respuesta, sino que cruzó caminando la plaza abierta, evitando las muchas pilas de excremento de dinosaurio que cubrían el terreno. Parecía que el ataque de los depredadores había alejado del lugar a los herbívoros más grandes, al menos por el momento. Ni siquiera se veía a muchos de los moradores habituales de la ciudad, y los pocos compis y pterosaurios junto a los que pasó se largaron en cuanto se acercó a ellos.

—Huele a granja —gimió Spex, levantando una bota manchada. La había pisado de lleno.

—Más como al cagadero después de que salga Glotón —dijo Scott, tapándose la nariz.

Cade los mandó callar, sorprendido de lo relajados que estaban. Aunque ellos no habían visto lo mismo que él. No de verdad.

Los otros no habían estado atrapados en la copa de un árbol por culpa de un monstruo, ni les había dado caza una manada de raptores como si fueran un animal. Cada minuto que pasaban a la intemperie era un riesgo.

Y cada riesgo hacía que el fin del mundo estuviera un poco más cerca de convertirse en realidad. El fin de sus amigos. De su familia.

Se dirigieron hacia lo que resultó ser la más pequeña de las pirámides que había allí, la misma en la que Cade había luchado contra los raptores. Cade vio las marcas ensangrentadas por donde se había arrastrado el día anterior. Había muchas menos de las que creía que habría. Debía de haber sido la conmoción, en lugar de la pérdida de sangre, lo que lo había dejado tan débil.

Mientras caminaba, las heridas de las piernas empezaron a picarle más que cualquier otra cosa, aunque después de la carrera de esa mañana, le dolían cuando ejercía presión. Si la situación lo requería, podía volver a correr, aunque no sería fácil.

Por fin llegaron a la pirámide, y fue un alivio resguardarse a la sombra. Cerca de la base de las escaleras, el suelo estaba plagado de los arañazos que habían dejado las garras de los raptores, y a Cade lo sorprendió el tamaño de las huellas. ¿De verdad había luchado contra aquellas criaturas? ¿Y había ganado?

Bueno, con la ayuda de Quintus.

—Ahí estás —susurró Cade cuando vio la bolsa repleta de espadas justo donde la había dejado. Había albergado el temor irracional de que los raptores se la hubieran llevado, pero por supuesto que no eran tan inteligentes.

Se arrodilló con una mueca, buscó dentro y sacó una espada envuelta en un trapo empapado en aceite para cada uno de ellos. Las repartió como si fueran caramelos.

—¿Qué son? —espetó Finch.

—*Remanentes identificados como las espadas llamadas Nagamitsu, Kunitoshi* —empezó el Códice—, *Tak...*

Cade lo hizo callar antes de volver a rebuscar dentro y entregar también a cada uno una vaina. Solo Quintus rechazó la espada, ya que prefería el gladius que llevaba con él. A la luz del día, a Cade volvió a impactarlo la figura demacrada del chico, cuyas piernas delgadas parecían dos palillos. Un año en aquel lugar le había pasado factura. La comida no era tan fácil de conseguir.

—Cómo mola —dijo Scott, retirando el trapo y admirando la hoja—. Mejor que unos picos.

—Hablad en voz baja —susurró Cade—. Aquí es donde casi me atraparon los raptores la otra noche. Podrían estar al acecho.

Eso los calló.

Finch fue a hacerse con la bolsa, que aún contenía el resto de las espadas, pero Scott llegó primero y se la echó al hombro mientras le guiñaba un ojo a Cade. Este se alegró. Casi había olvidado que Finch había acaparado las armas de la fortaleza, fueran cuales fueran, para él y sus dos aliados. Ahora, había tenido la suerte de conseguir siquiera una espada.

Cade deseó no haber tenido que armar a Finch, pero si se producía otro enfrentamiento con los raptores, necesitaría toda la ayuda que pudiera conseguir, procediera de donde procediera y de quien procediera. E, incluso con una espada propia, Finch ya no tenía el poder en sus manos.

La inquietud inundó la mente de Cade mientras observaba la linde de la jungla. A pesar del ardiente sol de mediodía, lo que quedaba bajo las copas de los árboles estaba a oscuras. Todos sus instintos le decían que regresara con Quintus. Que se tomaran su tiempo, hablaran de todo y trazaran un plan más sólido.

Pero no había tiempo: la cuenta atrás seguía corriendo con cada segundo que pasaba. Si el *Brujería* no se encendía, tendrían por delante una larga caminata, tal vez demasiado larga. Y si no llegaban para la fecha límite, cualquier oponente que aquellos llamados dioses tuvieran reservado para ellos invadiría el lugar. Lo que significaba que el mundo llegaría a su fin. Sus padres morirían. Sus amigos morirían. La raza humana moriría.

Todos menos los remanentes perdidos que quedaban en aquel planeta dejado de la mano de Dios.

—Vamos —dijo Cade, levantando su espada y dirigiéndose hacia la jungla—. Tenemos un barco que encontrar.

Sentía las piernas como si tuviera tirones en todos los músculos, pero se las apañó bastante bien. Pronto se encontraron de vuelta en la jungla, rodeados por el chirrido de los insectos y los sonidos de las criaturas que poblaban las copas de los árboles.

Fue un alivio estar a cubierto bajo los árboles, por muy siniestro que resultara el interior sombreado. Aun así, allí había más humedad, y Cade pronto se vio cubierto de sudor otra vez.

Se sentía inmundo: sus calcetines estaban tiesos por culpa de la sangre seca que había quedado en las botas, y tenía suciedad, sudor, hollín y más sangre incrustados en la cara y los brazos. Lo primero que iba a hacer cuando llegara al río sería saltar dentro, y a la mierda las heridas y los monstruos del río.

Pasaron junto a los restos carbonizados del incendio que Cade había provocado, una gran franja de jungla donde los árboles estaban negros y las hojas habían ardido hasta desintegrarse. La capa superior de los árboles era más fina y dejaba entrar algunos haces de luz solar. Parte de la vegetación, la que quedaba, seguía humeando. Sin embargo, a pesar de todo, del oscuro suelo ya emergían algunos brotes verdes, estirándose hacia la luz. Incluso en la muerte, el ciclo de la vida continuaba.

El grupo redujo la velocidad mientras caminaban por el suelo cubierto de cenizas.

—Si hubiera hecho esto en casa, me habría metido en muchos problemas —dijo Cade cuando Spex trotó para colocarse a su lado.

—¿Tú has hecho esto? —susurró Spex, impresionado—. Te has cargado kilómetro y medio de jungla.

Cade se permitió una media sonrisa.

—Bueno, tampoco es que la fauna salvaje esté en peligro… ¿verdad?

Spex se rio entre dientes y Cade no lo mandó callar, en parte porque se acercaban a lo que esperaba que fuera la sección correcta del río. Según el mapa del Códice y sus conjeturas sobre dónde estaba el *Brujería*, no deberían estar muy lejos.

Cuando empezaba a preocuparle haber girado en el sitio equivocado, escuchó el ruido del río más adelante. Avanzó más rápido, ansioso por llegar al agua, cuando una figura saltó frente a él dando gritos. Cayó hacia atrás, dando tajos a ciegas con la espada, pero solo era Jim, blandiendo el pico por encima de la cabeza. Detrás de él, Glotón asomó la cabeza desde detrás de un tronco de árbol y abrió muchos los ojos, presa del miedo.

Cade sintió que enrojecía de la vergüenza.

—Madre mía… No creía que fuera a volver a verte —dijo Jim, que se movió para ayudar a Cade a ponerse de pie. Echó un vistazo detrás de él y sonrió lentamente cuando vio a los recién llegados.

Finch se aclaró la garganta cuando Jim se inclinó para tenderle la mano a Cade, como si esperara que el chico la retirara. Pero Jim lo ignoró y levantó a Cade.

—Bonita espada.

—Gracias —respondió él, resistiendo el impulso de devolverle la sonrisa a Jim.

Parecía que la influencia de Finch sobre Jim se estaba debilitando, aunque Glotón abrazó a su antiguo amigote con entusiasmo. Cade se preguntó si Jim había hecho un poco de introspección mientras había permanecido alejado de Finch.

Cade no era de los que guardaban rencor, pero pasaría un tiempo hasta que volviera a confiar en Jim. No se había encontrado en la misma disyuntiva que él en el colegio, pero estaba seguro de que, de haber estado en su piel, no se habría aliado con Finch.

Aun así, con Jim siendo amigable y suficientes espadas para todos, el terreno de juego estaba más que equilibrado. Entre los humanos, al menos. Sospechaba que el terreno de juego del *verdadero* juego iría bastante en su contra.

Cade dejó que Scott se encargara de presentar a Quintus y a las chicas a los demás y se apresuró a acercarse al barco. Lo encontró varado en la playa, retenido por un ancla oxidada y una cuerda deshilachada. A su lado, vio los restos de la tartana china, cuya ancla debían de haber tomado prestada. Era justo como había descrito Scott, con aparejos podridos y velas, pero también un motor oxidado medio sumergido en la parte trasera.

Yoshi y Eric estaban apiñados en la parte trasera del *Brujería*, hundidos hasta la cintura en los bajíos. Ambos estaban recubiertos por una capa de mugre verde aceitosa que les cubría desde las manos hasta los omóplatos, como si hubieran estado metiendo la mano en el tanque de gasolina y sacando el combustible viejo y podrido con los brazos.

—¿Todo bien, chicos? —dijo Cade, impregnando la voz con toda la bravuconería que pudo reunir. Haría falta bastante poder de convicción para que el trío volviera a la fortaleza, por lo que era mejor aparentar seguridad. Eric y Yoshi se giraron y Yoshi esbozó una sonrisa, algo poco habitual en él.

—Lo has conseguido —dijo Eric, vadeando hasta tierra para abrazarlo.

—Eh, eh —dijo Cade—. Ya estoy bastante sucio. ¿Cómo va la cosa?

—Lo hemos limpiado lo mejor que hemos podido —dijo Eric, echándole un poco de aceite a Cade mientras le sonreía—. Yoshi por poco se sube al maldito cacharro. Cree que funcionará, con un poco de suerte.

Apoyado en la cubierta del barco chino, había un bote grande y oxidado. Moverlo debía de haber requerido cierta fuerza.

—¿Eso es el diésel? —preguntó Cade.

—Ya lo creo —dijo Yoshi, acariciando la lata—. Hay tres más como esta a bordo. Si esto funciona, podremos navegar durante *semanas*.

A Cade se le cayó el alma a los pies. Por algún motivo, no creía que Yoshi fuera a quedar impresionado con su plan de volver por donde habían llegado.

—¿Y bien, señor historiador? —dijo Eric, dándole una palmada en el hombro a Cade—. ¿Alguna idea de qué es este barco?

Cade recurrió al Códice, que flotaba justo detrás de él. Era extraño lo mucho que se había acostumbrado a aquellas alturas.

—Mirad esto —dijo, guiñándoles un ojo.

Aquel era un momento crucial. Uno que haría que el Códice resultara más creíble a sus ojos y, a su vez, su afirmación de que el mundo podría estar a punto de terminar.

—Códice, ¿qué es este barco? —preguntó—. Y siéntete libre de darnos más detalles esta vez.

El dron respondió al instante.

—*Remanente identificado como «Dragón Marino». Fue propiedad del escritor, viajero y aventurero Richard Halliburton. El barco fue construido cuando Halliburton se propuso el reto de navegar a través del océano Pacífico en una tartana china, aunque equipada con un motor diésel por si se topaba con algún problema. Junto con otros ocho miembros de la tripulación, el barco desapareció en 1939 durante un tifón y nunca fue visto de nuevo. Hubo varios rumores de avistamiento de los restos hasta 1945, pero todos resultaron ser un engaño o falsos...*

—Vale, con eso es suficiente —dijo Cade, echando un vistazo a la cuenta atrás.

02:09:58:38
02:09:58:37
02:09:58:36

Mientras el Códice hablaba, los otros salieron de la jungla, saludando a gritos. Cade no estaba seguro de si decirles que bajaran la voz. ¿Los atacarían los raptores a la intemperie, siendo tantos? De todos modos, ya era demasiado tarde. Tenían que salir de allí lo antes posible.

Eric saludó con la mano y subió al barco, dejando a Cade y Yoshi juntos.

—Misterio resuelto —dijo Yoshi—. Tal vez también podamos averiguar quién era Louis Le Prince.

Cade sonrió.

—O averiguar si tenía razón con lo de esas monedas —respondió.

Se oyó un grito desde el interior de la cabina del *Brujería*, y los dos se giraron a tiempo de ver a Eric haciéndoles señas con el brazo por la ventana delantera.

—El momento de la verdad —gritó—. Cruza los dedos.

Durante un segundo, hubo silencio, luego se oyó un chisporroteo cuando el motor renqueó. Cade contuvo el aliento.

El chisporroteo se convirtió en un rugido trepidante, y en ese momento, Cade se unió a los vítores, vadeando el agua y gritando junto a Yoshi.

Por fin, una victoria.

Cade se hundió hasta las rodillas y sumergió la cabeza bajo la superficie. Estaba maravillosamente fresca y casi pudo sentir que la suciedad de su cara y su cuerpo se disolvía. Incluso sus piernas lesionadas parecieron apreciarlo, ya que solo sintió un breve picor antes de que el agua fría lo aliviara.

Era divino, y Cade se dejó caer antes de girar para flotar de espaldas y contemplar el brillante cielo azul. Tendría que convencer a los demás de que regresaran dentro de nada. Pero todavía no.

TREINTA Y SIETE

Se sentaron en el interior del barco, unos frente a otros, en los bancos acolchados que había a cada lado. El relleno extraíble ya había sido arrojado por la ventana: estaba tan podrido y cubierto de hongos que era increíble que quedara algo.

Cade estudió a sus aliados en potencia, pues eso eran. Trece personas, incluido él. ¿Bastaría para defender un fuerte entero? El tiempo lo diría.

Había entregado una espada a cada uno, lo que había generado cierta buena disposición hasta el momento. Suficiente para que todos se sentaran y lo escucharan mientras el barco permanecía anclado en la orilla. De modo que allí estaba él, intentando parecer seguro.

—A estas alturas, todos habréis oído lo que el Códice y Quintus nos han dicho. El mundo está en juego. Los romanos casi han perdido el juego que nos han traído aquí para jugar, y somos todo lo que queda de los contendientes. Si no volvemos a la fortaleza, todos aquellos a quien hemos querido alguna vez morirán. Toda nuestra especie, excepto lo que sobreviva en este planeta, morirá. Yo les creo.

Los miró a los ojos mientras hablaba, intentando transmitirles su propia convicción. La mayoría evitó su mirada. Solo Amber se la devolvió con algo parecido al acuerdo, mientras que los demás miraron hacia otro lado o le devolvieron una mirada llena de escepticismo.

—Gracias a la llegada de Amber, Grace, Bea y Trix, y nuestras nuevas espadas, creo que tenemos una oportunidad de luchar. Lo que os estoy preguntando es... ¿Vendréis conmigo?

Hizo una pausa, puede que un tanto dramática.

Spex fue el primero en hablar.

—No creo que ninguno de nosotros pueda negar lo que hemos visto aquí. Es completamente *posible* que la... gente... que nos trajo aquí pueda destruir la Tierra si eso es lo que quieren. Tienen la tecnología necesaria. Y, basándonos en lo que nos han obligado a hacer hasta ahora, parece que podrían estar dispuestos a hacerlo.

—¿Hay alguien que dude de esto? —preguntó Cade.

Finch levantó la mano, seguido por Glotón y, después de un siseo de Finch, Jim hizo lo mismo. Yoshi levantó su propia mano a regañadientes, al igual que Eric, que lo hizo con una sonrisa de disculpa. Un momento después, Grace hizo lo mismo. También Trix, y luego, después de un codazo de su hermana, Bea.

Mierda. Ocho contra cinco.

Y uno de los cinco era Quintus. ¿Creían siquiera los demás que el romano debería tener voto?

—Entonces, dejad que pruebe con un argumento diferente —dijo Cade—. De todos modos, es mejor ir a la fortaleza, incluso aunque perder el juego no tenga consecuencias.

—¿Y eso por qué? —preguntó Grace.

Cade había esperado que dudaran del fin del mundo, y había pasado algún tiempo pensando en ello. Había llegado el momento de ver si sonaba tan bien en la realidad como en su cabeza.

—No todos lo sabéis, pero a las chicas y a mí nos capturaron unos hombres, en la jungla —dijo Cade—. Hombres crueles y violentos, que sospecho que planeaban esclavizarnos. Y son muchos. Puede que cientos, y se dedican a cazar a personas como nosotros.

—¿Hablas en serio? —preguntó Scott, mirando a las chicas.

Amber asintió con expresión sombría.

—Tuvimos suerte de escapar —dijo—. Después de lo que sucedió, no me sorprendería que ahora nos busquen específicamente a nosotros. Parecían bastante cabreados.

—Bueno... pues vaya mierda —dijo Yoshi—. ¿Tenéis alguna idea de quiénes son?

—No —dijo Cade—. Pero, sean quienes sean, no es una buena noticia.

—La cosa no deja de mejorar —dijo Eric, frotándose los ojos cansados.

—Y no nos olvidemos de los puñeteros dinosaurios —dijo Cade—. Hoy, Scott, Finch, Spex y yo casi nos convertimos en comida para dinosaurios. En estos días, he tenido un total de tres encuentros mortales con animales, y todas y cada una de las veces he sobrevivido por los pelos.

Se levantó las perneras del pantalón para añadir efecto dramático, mostrando las profundas marcas de mordeduras que tenía en la pantorrilla, una serie de semicírculos como los que dejarían los dientes de un tiburón. Era la primera vez que cualquiera de los otros veía las marcas, y aparentaban ser mucho peor de lo que eran. Bea parecía un poco más pálida, mientras que Spex se inclinó hacia delante y se subió las gafas por la nariz con fascinación.

—¿Cuánto tiempo creéis que sobreviviremos? —preguntó Cade—. ¿Una semana? ¿Dos?

—Podríamos vivir aquí —murmuró Finch—. Echar el ancla en mitad del río.

—¿Podríamos? —espetó Cade—. ¿Qué pasa con los monstruos del río que viven en estas aguas? ¿O con los dinosaurios que saben nadar? Porque desde ya mismo te digo que los raptores saben nadar.

Finch se limitó a levantar la barbilla en señal de desafío.

—La fruta que nos acabamos de comer —dijo Cade, señalando los sacos de fruta que aún permanecían en el bote—. ¿De dónde ha salido? ¿Ves huertos de manzanos y campos de trigo por aquí?

—Viviremos de los dinosaurios —dijo Finch—. Al romano le va bien.

—A diferencia de nosotros, Quintus es un tirador de honda de primera, y no le va bien ni en broma —dijo Cade, intentando mantener un tono tranquilo y fracasando estrepitosamente.

Al notar que todos lo miraban, Quintus levantó la mirada del higo que estaba devorando y les sonrió con la cara manchada de pulpa roja. Se llevó el último trozo a la boca y gimió de placer. Bea se alejó de él.

—Miradlo, está más delgado que un palillo —dijo Cade, señalando las escuálidas piernas del chico, que sobresalían por debajo de la falda de cuero y tela roja que llevaba junto con su túnica—. Se pasa los días escondido en una pequeña habitación dentro de un templo desmoronado, viviendo de las alimañas que consigue derribar con su honda. Está muriéndose de hambre lentamente.

—Sí, pero no ha vuelto a la fortaleza —dijo Finch—. Porque sabe que es más peligroso.

Cade se tragó su respuesta. Ya habían hablado del tema en el templo.

—Pero *sí* va a volver *ahora* —respondió mientras se cruzaba de brazos.

Finch abrió la boca, luego la volvió a cerrar.

Te he pillado.

—En la fortaleza, hay suficiente comida para alimentar a toda una legión, habrá de sobra para nosotros trece —prosiguió Cade—. Hay una muralla que nos protegerá. Camas para dormir, techos bajo los que cobijarnos. Baños, aseos, agua limpia. Allí, puede que más contendientes se nos unan, enviados por esos «dioses», como los llama Quintus. Y, por último...

Hizo una pausa, con la esperanza de hacer que su declaración final fuera lo más impactante posible.

—Podríamos descubrir qué demonios está pasando... y averiguar cómo volver a casa.

Vio cómo giraban los engranajes en sus cabezas, cómo consideraban sus opciones. Estaba funcionando. Tenían que entrar en razón. No había otra posibilidad.

Cade vio a Finch preparándose para decir algo, pero lo cortó.

—¿O preferís vivir muriéndoos de hambre en un agujero húmedo, esperando a ser capturados o devorados, vivir sabiendo que podríais haber condenado a nuestro mundo a la destrucción y sin saber *nunca* por qué nos trajeron aquí en primer lugar?

Aquel fue el argumento decisivo. Para ser sincero, Cade ni siquiera estaba seguro de si pronunciar aquel discurso era la decisión correcta. De alguna manera, se había convencido a sí mismo.

—Yo digo que votemos —dijo Cade—. La mayoría gana.

—De acuerdo —dijo Finch, poniéndose de pie—. Pero el romano no cuenta.

Sonrió a los demás y, por un momento, casi pareció amigable. Era tan astuto como una serpiente de cascabel y dos veces más mortífero.

—Todos los que queráis ir a la fortaleza, levantad la mano. Así de simple.

Mantuvo los brazos cruzados y los miró a todos a los ojos, tal como había hecho Cade. Hacerlos votar *por* el plan de Cade era un truco inteligente. Las personas que no se sentían seguras de su decisión eran mucho más propensas a dejar la mano caída que a levantarla. Así parecía menos una decisión.

Luego, para sorpresa de Cade, Amber también se puso de pie y le sostuvo la mirada a Finch con frialdad.

—Pase lo que pase, yo iré con Cade —dijo, levantando la mano.

Cade le dedicó una sonrisa de alivio. A continuación, llegó otra sorpresa, puesto que la tímida Bea fue la siguiente en levantar la mano. En esa ocasión, le tocó a Trix recibir un codazo de su hermana. Cuando las otras tres chicas levantaron las manos, Grace suspiró y siguió su ejemplo.

Las chicas ni siquiera eran contendientes. Se suponía que ni siquiera eran parte del juego. Sin embargo, allí estaban, ofreciéndose voluntarias para pelear. El respeto que Cade sentía por ellas creció mucho en ese momento. Tenían más coraje que la mitad de los chicos de aquel barco. Puede que más que todos ellos, incluido él.

—Estoy contigo —dijo Eric—. Dudo que la Tierra sea destruida, sobre todo porque parece que este juego lleva mucho tiempo desarrollándose. Pero… prefiero no correr riesgos. Y creo que tenemos tantas posibilidades de morir aquí como en la fortaleza.

Seis contra seis. ¡Solo uno más!

Pero los chicos restantes guardaron silencio.

—No sé —dijo Yoshi, moviendo la rodilla con nerviosismo—. Parece que la mayoría no quiere ir contigo… y yo no lo tengo lo bastante claro como para cambiar la votación.

—Sí —dijo Scott simplemente.

Spex asintió en silencio. Evitó la mirada de Cade, avergonzado de estar del lado de Finch.

—Bueno, bueno, bueno —dijo Finch, frotándose las manos con júbilo—. Incluso estos tarados están de acuerdo conmigo. Vamos a…

—Un momento —intervino Jim.

Se había estado mirando las manos todo el tiempo, pero Cade apenas le había prestado atención, esperando que votara lo mismo que Finch. Jim miró a Cade, y había un brillo en su mirada que él nunca había visto antes.

—Iré —dijo.

—¿En serio? —gruñó Glotón, volviéndose hacia Jim y acercando mucho la cara. Pero Jim lo ignoró, incluso cuando Finch se giró y lo fulminó con una mirada de pura malicia.

—Quiero pelear. No quiero vivir de esta forma.

Se puso de pie y fue a sentarse en el lado opuesto a Finch y Glotón.

—Ya he tenido suficiente —dijo—. Y si existe siquiera una posibilidad de que ganar esto me permita volver a casa, lo intentaré.

—Bien —respondió Cade, la mirada de pura rabia en el rostro de Finch fue lo único que le impidió sonreír—. Yoshi, si eres tan amable.

Yoshi se levantó de un salto y giró la llave, murmurando una plegaria en voz baja. Pero parecía que cualquiera que fuera el dios que los estaba vigilando se sentía generoso, porque la llave giró y el motor se encendió con un rugido. El barco pronto regresó al río entre sacudidas, mientras Spex tomaba la iniciativa de recoger la vieja ancla oxidada. Y luego, el Códice habló.

—*Lo siento, Cade, pero debo informarte de que solo los contendientes pueden participar en la ronda de clasificación.*

La voz se oyó por toda la cabina, parecía que había aumentado el volumen para que se la oyera por encima del estruendo del motor. Cade sintió que le fallaban las rodillas. Justo cuando creía que lo había arreglado todo, aquel mundo parecía destrozar sus progresos. Pero Amber se apresuró a responder.

—¿Cómo se convierte alguien en contendiente? —preguntó, levantando una mano para silenciar las palabras de pánico que empezaban a formarse en los labios de las demás.

—*Hay que presentarse voluntario* —informó el Códice.

—Nos ofrecemos voluntarias —dijo Amber.

—¿Sabes siquiera lo que eso *significa*? —gruñó Grace.

—*Confirmad: Amber Lin, Grace Jelani, Bea Prescott y Trix Prescott sois voluntarias para convertirse en contendientes.*

—Estáis firmando vuestra propia sentencia de muerte —advirtió Finch, que estaba claro que esperaba revertir la decisión—. Moriréis, igual que nosotros.

Amber no dudó.

—Confirmo —dijo.

Se giró para mirar a las demás.

—Confirmo —dijo Grace, sacudiendo la cabeza, derrotada.

—Confirmo —se mostraron de acuerdo Bea y Trix después de ella.

—*Confirmado* —dijo el Códice.

Cade se permitió sentarse y soltar un gemido de alivio tanto por la comodidad como por la decisión de las chicas. Al conocerla, Amber no le había gustado demasiado. Ahora, seguramente le debía más de lo que creía.

Finch también se sentó, su expresión era la viva imagen de la furia. Tenía la mirada fija en Jim, aunque evitaba la de Cade. La traición había sido absoluta. Él siempre había creído que ver a Finch avergonzado le resultaría divertido, pero contemplar los resultados solo provocó que un escalofrío helado bajara por su espalda.

Aun así, mientras el *Brujería* subía por el río y pasaban de largo junto a la jungla, Cade no pudo evitar permitirse un breve momento para saborear su cambio de suerte. Las cosas por fin parecían estar saliendo como él quería.

Ojalá durara.

TREINTA Y OCHO

Cade observó pasar la linde de la jungla, buscando palabras que pudieran romper el sombrío silencio que envolvía al *Brujería* mientras navegaba río arriba. Nadie había dicho nada desde la votación, aunque la ira seguía burbujeando.

La realidad de su situación había caído sobre ellos después de unos pocos minutos de viaje, acentuada por la siniestra cuenta atrás, que no dejaba de restarles tiempo. Cade se sentó con Quintus en la parte de atrás y, aunque no podían hablar, el silencio entre ellos no era incómodo. Había algo en la presencia del legionario que tranquilizaba a Cade.

Avanzar a contracorriente por el río era lento. Además, Yoshi estaba en contra de forzar aquel viejo navío más de lo necesario, por lo que el *Brujería* avanzaba a lo que parecía ritmo de caracol, anclando en la orilla de vez en cuando para evitar que el viejo motor se sobrecalentara.

Aun así, Cade sabía que volverían con tiempo de sobra. Ya veía la cascada por allí delante y sentía la niebla que levantaba sobre la piel. Muy pronto, pasaron junto al claro lleno de tocones y echaron el ancla en la orilla del estanque. Cade echó un vistazo a la cuenta atrás mientras el grupo saltaba a tierra.

01:23:56:02
01:23:56:01

No tenían mucho tiempo para prepararse, y pronto oscurecería. Por la noche, no harían demasiada cosa. Aunque pudieran, tenían que equilibrarlo con estar bien descansados para la batalla.

—¿Cuál es el plan entonces, oh gran líder? —preguntó Scott, haciéndole a Cade un saludo exagerado—. ¿Quizá puedas sacarte de la manga algunos lanzacohetes para complementar estas espadas?

Líder.

—No es mi líder —murmuró Finch. Golpeó a Cade con el hombro al pasar por su lado.

Cade lo ignoró. Finch era un problema para más tarde, pero, por el momento, lo necesitaba. Un luchador más, por muy reacio que fuera, podría marcar la diferencia.

Pero Eric no pensaba aguantar su actitud.

—Ya sabes que puedes largarte cuando te dé la gana —le contestó mientras se colocaba frente a Finch y señalaba con la cabeza la penumbra del bosque.

Finch echó chispas por los ojos y llevó la mano a su espada, pero la presencia amenazadora de Eric hizo que se lo pensara dos veces. Se marchó y Glotón corrió detrás de él.

Los demás los siguieron, abriéndose camino a través del claro sembrado de tocones, en dirección a la entrada de la cueva, en la base de la montaña. Detrás de ellos, el bosque se alzaba cuan alto era, y Cade se alegró de dejarlo atrás. Sería un alivio volver a tener un lugar cómodo donde dormir. Por un tiempo, al menos.

Cade vio que Jim sacudía la cabeza. Estaba escuchando cómo Finch le echaba la bronca a Glotón, desquitándose con él.

—Finch siempre ha sido un cobarde —dijo Jim, señalando a aquellos dos con la cabeza—. Pero uno muy mezquino. Solo pelea cuando sabe que puede ganar. Te ataca cuando estás deprimido, te apuñala cuando no estás mirando.

—Tú lo sabes bien —dijo Spex, con expresión pétrea.

Jim no pudo sostenerle la mirada.

—Siento mucho aquello —dijo—. No sabes cuánto me arrepiento. Me quedo despierto por la noche, pensando en todo lo que he hecho.

—Uy, sí —dijo Spex, cuyas palabras estaban impregnadas de sarcasmo—. Apuesto a que has perdido el sueño por ello.

—Si pudiera retroceder en el tiempo, lo haría —dijo Jim, hablando casi en un susurro.

Spex lo ignoró.

—Entonces, ¿por qué te juntas con ellos? —preguntó Yoshi, con un deje acusatorio en su voz—. Si odias tanto a Finch.

—Le tenía miedo. Me asustaba lo que me haría. —Jim se miró los pies, avergonzado—. Supongo que yo también soy un cobarde.

Cade vio el cambio de expresión de Spex. ¿Era lástima lo que veía? Desapareció enseguida, ya que Spex prefirió adelantarse antes que seguir con la conversación. Si Cade tenía problemas para perdonar a Jim, quien nunca le había hecho daño de forma directa, ¿cuánto le costaría a Spex?

Entraron en la cueva en sombras y avanzaron por el túnel negro y resonante. La voz de Scott salió de la oscuridad.

—No has respondido a mi pregunta. ¿Tenemos un plan o vamos a limitarnos a esperar?

Cade se había pasado todo el viaje reflexionando sobre ese mismo tema.

—Supongo que el ataque vendrá de fuera de la muralla, si nos fiamos de los campos sembrados de huesos —dijo, pensando en voz alta—. Podemos decir, con bastante seguridad, que nos encargaremos de la muralla, pero lo único que podremos hacer con estas espadas es apuñalar a cualquier cosa que suba. Además, es demasiado ancha para que los trece la defendamos de forma efectiva. No va a ser fácil.

—Venga, no lo edulcores —gruñó Scott—. Cuéntanos lo que piensas de verdad.

—Quintus tiene una honda —dijo Cade, esperando que su próxima idea pareciera igual de buena que en su cabeza—. Y una puntería impecable. Hay mucha munición para él en la armería, y las hondas son bastante fáciles de hacer. Tal vez pueda enseñarnos cómo usar una.

—Ni siquiera le acierto a una pelota de fútbol —gimió Spex.

—Solo necesitamos unas pocas descargas antes de que empiecen a escalar los muros —dijo Cade con tanta confianza como fue capaz de reunir—. Si matamos aunque sea a más de uno, valdrá la pena.

—Quienquiera que sean —murmuró Amber en la oscuridad.

Cade siguió.

—Aunque las hondas no funcionen, deberíamos lanzarles rocas cuando lleguen a los muros —dijo, recordando lo que había leído sobre los asedios—. Deberíamos apilar tantas como podamos encima de las murallas.

No era aceite hirviendo, pero era mejor que nada.

La voz de Finch resonó en la caverna.

—¿Eso es todo? ¿Rocas? Un plan estupendo, genio.

Cade apretó los dientes, pero ignoró la burla. No tenía mucho más con lo que trabajar.

No tardaron en emerger a la luz del crepúsculo. Los otros entraron en tropel en la fortaleza, pero Cade tenía otras ideas. Se fue directo hacia la muralla para inspeccionarla y subió uno de los dos tramos de escaleras construidas cerca de cada extremo.

Para su consternación, estaban en peor estado de lo que recordaba, el mortero se desmoronaba bajo sus pies. La parte superior de la muralla no estaba mucho mejor, y faltaban la mayoría de las crenulaciones, por lo que quedaba un murete desigual que le llegaba por la cintura. El borde interior de la plataforma también era un lugar peligroso por donde caminar, las piedras estaban tan flojas que podrían derrumbarse y provocar que alguien cayera al vacío

Pero Cade ya no estaba examinando la muralla. Porque, al final del cañón, un campo de fuerza azul se extendía entre los campos sembrados de huesos y el desierto. Y, esperando al otro lado, había una horda de figuras agachadas, proyectando largas sombras bajo el brillo del sol poniente.

Víboras.

TREINTA Y NUEVE

Según los cálculos de Cade, había unas cien, aunque tenía poco tiempo para confirmarlo antes de que estuviera demasiado oscuro para contar y la única fuente de luz fueran las lunas de arriba y el suave brillo del campo de fuerza. Ahora, los trece se encontraban en la muralla, observándolas en la penumbra de la noche.

—Un puñado cada uno —murmuró Scott—. Bueno, dos puñados. Pan comido, ¿verdad?

Cade no lo recompensó con una respuesta. Las cifras eran una locura. Era cierto que algunos de ellos habían derrotado a una víbora antes, y armados solo con rocas o cadenas, nada menos. Pero sabía que habían usado el polvo para cegarlas, como él, o habían recibido la ayuda del otro chico atrapado en la misma sección del cañón. Enfrentarse a tantas parecía misión imposible.

Ahora que lo pensaba, su último desafío había sido más un rompecabezas por resolver que una batalla que ganar. Encontrar un arma. Adaptar su entorno para conseguir ventaja. Trabajar en equipo.

Pero aquello, aquello era… Bueno, ahora que lo pensaba, ¿acaso no era lo mismo? Joder, incluso estaba la muralla, que servía como saliente, con ellos arriba y los monstruos abajo.

Solo era una situación a mayor escala, con mucho más en juego. Ahora tenían espadas. Y trabajaban juntos, más o menos. Entonces, ¿qué se le estaba pasando por alto? Adaptarse al medio tenía que ser más que encontrar algunas rocas que lanzarles. Tenía que haber algo más que pudiera hacer.

—No es demasiado tarde para volver al barco —comentó Finch.

—No es demasiado tarde para cerrar el pico —espetó Amber.

Cade los ignoró. Tenían poco menos de dos días para prepararse, y una buena parte del tiempo la invertirían en comer, beber y dormir.

—Muy bien, chicos, esta noche no haremos mucho —dijo Cade—. Vamos a por algo de comer y a dormir. Esto tendremos que resolverlo por la mañana.

—¿Crees que me voy a ir a la cama con todas esas cosas ahí? —preguntó Glotón—. ¿Quién me dice que esa especie de pared invisible no va a desaparecer y que nos matarán mientras dormimos? Deberíamos dejar a alguien de guardia o algo así.

En aquel momento, Cade solo quería descansar. Dudaba de que quienquiera que controlara todo aquello hubiera orquestado aquella situación solo para matarlos mientras dormían. Si confiaba en algo en ese mundo, era en que las entidades que los habían llevado hasta allí querían que jugaran al juego de la forma en que estaba destinado a ser jugado.

—¿Te estás ofreciendo voluntario? —preguntó Cade—. Está muy oscuro.

Glotón se rascó la nuca.

—Bueno, eh… puede que las primeras horas. Finch me hará compañía, ¿verdad, Finch?

Finch puso los ojos en blanco, pero hizo un breve asentimiento. Estaba perdiendo amigos. No podía perder a su último aliado.

—Tres horas, entonces —dijo Cade—. ¿Alguien más?

—Yo —dijo Yoshi—. Y no necesito que nadie me haga de niñera.

Cade miró a los demás, pero ya se alejaban hacia las escaleras, ansiosos por conseguir dormir un rato. Estaban muertos de cansancio. Solo Quintus permaneció alerta, contemplando a las víboras con una intensidad sombría.

—De acuerdo —suspiró Cade—. Despiértame cuando termine tu turno, Yoshi.

Seis horas de sueño. Tendría que servir.

Dejaron a Finch y Glotón vigilando y los demás bajaron a ras del suelo y encendieron las antorchas que había allí para llevarse dos con ellos. Se dirigieron a los cuartos del tercer piso de la fortaleza, como habían hecho en el pasado. Esa vez, Cade se vio en una de las dos habitaciones con todos los demás chicos.

Las chicas habían acampado en la habitación opuesta: nadie quería dormir a solas entre las literas o en las habitaciones sin puerta de la planta baja. Por supuesto, las puertas de las dos habitaciones que estaban usando tuvieron que dejarse abiertas para que los que hacían las guardias pudieran entrar y despertarlos, pero, aun así, era reconfortante tenerlas.

Sin embargo, siete adolescentes eran demasiados para caber en una cama, por lo que Spex se ofreció voluntario para traer una de las literas de tres camas a la habitación, y Jim se ofreció voluntario para ayudarlo para poder hacer las paces.

Quintus ya estaba acurrucado en la esquina, después de haberse preparado un catre con los cojines de la habitación, y tenía aspecto de estar más cómodo de lo que lo había estado en mucho tiempo. Eso dejaba la cama principal para Cade, Eric, Scott y Yoshi.

Antes de embutirse todos en ella, Yoshi detuvo a Cade y echó una mirada al Códice, que lo seguía.

—¿Quién es Louis Le Prince? —preguntó Yoshi.

—*Louis Le Prince inventó la primera cámara de cine y el proyector. Desapareció de forma misteriosa de un tren con su prototipo en el año 1890.*

Ambos intercambiaron una sonrisa. Hacía un día, aquello habría sido toda una revelación. En aquel momento, solo era interesante.

Cade se preguntó si Louis había marchado y muerto con la Legión, o si se había quedado y al final había abandonado la fortaleza, igual que había hecho Quintus.

Apenas podía imaginar cómo sería para un hombre de la era victoriana aparecer entre un grupo de romanos en otro planeta. Por no hablar de usar sus cámaras para grabarlos mientras luchaban contra monstruos.

Había una cosa que sí debía conceder a los dioses. Tenían buen gusto en materia de historia.

Hecho aquello, los dos se metieron en la cama junto a Eric y Scott. Estaban apretados, y Cade se encontró colgando del lateral de la cama. Se incorporó para ver si había más espacio al otro lado.

—¿Qué más nos puede decir esa cosa? —preguntó Yoshi, sofocando un bostezo. Luego se quedó inmóvil, con los ojos muy abiertos—. Códice, ¿cómo podemos volver a casa?

—*Los contendientes pueden regresar a sus planetas natales cuando llegan a la cima de la clasificación.*

—Maldita sea —murmuró Yoshi—. Entonces solo hay una forma de volver.

—¿Podemos *ver* esa tabla de clasificación? —pidió Cade.

—*Acción prohibida. Los contendientes deben completar la ronda de clasificación para acceder a las funciones de marcador.*

Cade dio un puñetazo en la cama.

—Justo cuando creía que estábamos llegando a algún lado —gimió—. ¿Por qué tiene que ser tan reticente?

—Sí, pequeño bicho reticente —dijo Scott, quien estaba claro que no sabía lo que significaba «reticente».

Cade no pudo evitar sonreír.

—Seguro que no nos lo dice para que tengamos otra razón para jugar al puñetero juego —sugirió Eric—. Parece que tendremos que sobrevivir al día de mañana si queremos averiguar por qué estamos aquí.

—Sí, bueno, si nos hubiera contado todo esto en primer lugar, es probable que no nos hubiéramos marchado de aquí —argumentó Yoshi—. Si querían que nos quedásemos y peleáramos, tienen una forma muy rara de demostrarlo.

Eric levantó una mano.

—A lo mejor querían que entráramos en la caldera —dijo—. La crearon por alguna razón.

Cade se recostó con un gemido, harto de todo aquel debate.

—No sirve de nada intentar averiguar lo que quieren —murmuró—. De todos modos, todo es una locura. ¿Por qué su razonamiento iba a ser diferente?

En algún lugar muy por debajo, pudieron oír a Jim maldiciendo y el ruido de algo de madera estrellándose contra la piedra. Estaba claro que la litera para tres personas no era fácil de transportar por las empinadas escaleras.

Se quedaron allí tendidos un minuto, mirando el techo.

—Alguien tiene que apagar la antorcha —susurró Cade.

—Yo no —dijo Eric.

—Yo no —dijo Scott a toda prisa.

El único sonido por parte de Yoshi fue un profundo ronquido.

—Maldita sea —respondió Cade.

CUARENTA

Cade se fue despertando poco a poco. El sol se filtraba a través de las cortinas deshilachadas, inundando la habitación de un brillo meloso. Por un momento, se deleitó en ella, permitiéndose un instante para disfrutar de la comodidad de la duermevela.

Se incorporó de golpe y casi se golpeó la cabeza con el Códice, que flotaba sobre él. Nadie había ido a despertarlo. ¿Se había quedado Yoshi allí toda la noche? Cade se estiró y se frotó los ojos antes de ir a trompicones hasta la cortina y mirar hacia la muralla. Allí no había nadie.

Pues vaya con la guardia. Aunque no es que estuviera particularmente preocupado por eso de todos modos. Si los misteriosos titiriteros los quisieran muertos tan pronto, nunca habrían empezado aquel elaborado juego. Aun así, parecía extraño que Yoshi abandonara su puesto. A menos que… ¿Finch y Glotón tampoco lo habían despertado a él?

Examinó las camas. Spex y Jim habían renunciado a llevar la litera hasta allí arriba y habían colocado los colchones rellenos de paja en el suelo. Scott y Glotón se las habían arreglado para quedarse dormidos con las caras juntas, para diversión de Cade. No había señales de Finch ni de Yoshi.

La curiosidad y la preocupación se entremezclaron lo suficiente como para conducir a Cade desde la calidez de la ventana hasta la estancia principal del piso superior. El crujido de la puerta del dormitorio arrancó gemidos a los demás. Los dejó dormir y fue más allá de la enorme mesa de piedra, hasta la puerta del dormitorio que había en la pared opuesta.

Dentro, vio a Amber al borde de la cama, con la cabeza colgando boca abajo y la boca abierta. Estuvo a punto de reír cuando recordó que tanto Yoshi como Finch estaban desaparecidos, allí solo estaban las chicas. Y si no estaban en la muralla… algo iba mal.

Luchando contra su pánico creciente, Cade se apresuró a bajar las escaleras hasta la planta baja. Entonces, la vio, formando costras en el suelo en un patrón de salpicaduras que hablaba de violencia. Sangre.

—¡Chicos! —gritó Cade—. ¡Ayuda! ¡Ayuda!

Cuando sus ojos se ajustaron a la luz de las aberturas que había por ventanas, vio más manchas de sangre. Como si hubieran arrastrado algo hacia las escaleras de los baños.

Cade movió la mano para aferrar una espada que no estaba allí, puesto que todas estaban apiladas en el dormitorio. Arriba, escuchó movimiento y gritos de preocupación mientras los demás acudían a encontrarse con él, pero no esperó. Bajó las escaleras de un salto y corrió hacia la sombría caverna con las manos cerradas en puños.

Entonces, lo vio. Atado como un pavo, con un charco de sangre junto a su cabeza, sobre la piedra. Yoshi.

Incluso en aquel momento, se resistía a sus ataduras y gemía a través de la mordaza que le habían puesto en la boca. Tenía los ojos muy abiertos, aunque era difícil saber si era por la ira o por el miedo. Cade se dio prisa y tiró de los apretados nudos, frenético.

Con el corazón en un puño, Cade empezó a reconstruir lo que había sucedido. Finch se había ido, y lo más probable era que eso significara que el *Brujería* tampoco estuviera ya. Debía de haber atacado a Yoshi en plena noche y robado las llaves del barco para marcharse.

Por fin, deshizo todos los nudos de los jirones de tela. Yoshi tiró de la mordaza y escupió el trozo de tela que le habían metido en la boca. Luego soltó una diatriba de maldiciones con la que continuó mucho después de que los demás aparecieran en escena, con sus espadas desenvainadas y las caras pálidas por el miedo. No había ni rastro de las chicas: los gritos de Cade no debían de haberlas despertado.

Cuando Yoshi terminó, respiró hondo y ejerció presión en el corte que tenía en la parte posterior de la cabeza con la tela que había escupido. Hizo una mueca, pero cuando retiró la tela, estaba seca. Parecía que había dejado de sangrar.

—¿Estás bien? —preguntó Spex, arrodillándose a su lado.

—Estoy bien —gruñó Yoshi—. Las heridas en la cabeza, colega. Sangran una barbaridad.

—¿Qué ha pasado?

—Saltó sobre mí —dijo Yoshi—. Finch, después de que él y Glotón vinieron a buscarme. Me desperté aquí abajo.

Cade tragó saliva. Cualquier oportunidad que tuvieran de marcharse había desaparecido… A menos que planearan cruzar a pie una jungla infestada de dinosaurios. El lado positivo era que ya no necesitaría convencer a los demás de que se quedaran. Pero era un pobre consuelo. En realidad, apenas sabía si él mismo se habría quedado, frente a probabilidades tan abrumadoras. Ahora, parecía que o ganaban o morían en el intento.

—¿Sabías esto, Glotón? —preguntó Cade.

Se giró, solo para ver al chico mirando al suelo con ojos vidriosos.

—Me ha dejado —fue todo lo que contestó.

—Supongo que eso responde a la pregunta —dijo Yoshi mientras Spex lo ayudaba a ponerse de pie.

—Scott, Spex, Jim, quedaos aquí —dijo Cade—. Eric, conmigo.

Tomó la espada de los dedos sin energía de Glotón y se apresuró a subir las escaleras, haciéndole un gesto a Quintus para que se quedara. El soldado se puso a hacer guardia en las escaleras sin una palabra, gladius en mano.

Tardaron cinco minutos, durante los cuales el corazón les latió a toda velocidad, en atravesar el túnel y llegar al claro de los tocones, pero, en su corazón, Cade ya sabía que el barco no seguiría ahí. Sus sospechas se vieron confirmadas tan pronto como salieron a la luz del día.

La ausencia del barco en el estanque era flagrante.

CUARENTA Y UNO

Se acercaron a la orilla, como si por algún milagro fueran a encontrar el *Brujería* todavía allí, escondido entre los hierbajos. Pero lo único que quedaba era la estaca de madera y el extremo de la cuerda que Finch había cortado después de subir el ancla. Debía de haberse ido a toda prisa. Cade soltó un hondo suspiro y se sentó en un tocón. No estaba seguro de cómo sentirse.

Sin duda, Finch no duraría mucho por su cuenta. Pero aquello significaba que ahora tenían un luchador menos. Y que no disponían de una ruta de escape si perdían o se veían obligados a huir. Y suponía un golpe aplastante para su moral.

Oyeron pasos detrás de ellos y Cade se giró para descubrir que Yoshi los había seguido. Él sacudió la cabeza, luego hizo una mueca y se tocó la herida de la cabeza.

—Esto no cambia nada —dijo, como si le estuviera leyendo la mente.

Cade gruñó y bajó la cabeza, el sudor culpa del ardiente sol de arriba le goteó por las mejillas. Eric se sentó a su lado y le dio un apretón en el hombro. Por un momento, los tres se quedaron en silencio. Aquello resultaba casi pacífico, con el rugido sordo de la cascada y dejando que la fresca rociada que generaba la cascada al estrellarse en el estanque los recubriera como el rocío de la mañana.

Yoshi se aclaró la garganta y Cade se giró para mirarlo. Tenía una sonrisa astuta en la cara.

—¿Qué pasa? —preguntó Cade.

—Me acabo de dar cuenta. Esta espada —dijo Yoshi, sosteniendo el arma a la luz—. Es una hoja Muramasa. ¿Sabes lo que eso significa?

—No —dijo Cade.

—Muramasa fue un gran espadachín, superado solo por Masamune. Pero se decía que sus espadas estaban malditas: una vez desenvainadas, la hoja debía empaparse de sangre antes de poder volver a su vaina, o el propietario se volvería loco.

Yoshi lo miró a los ojos y Cade se dio cuenta de que, de alguna extraña manera, su amigo estaba intentando animarlo.

—Ese es mi plan para mañana.

Cade sonrió y asintió, a pesar de sí mismo. Se ahorraría contarle a Yoshi lo de la Honjō Masamune hasta después de la batalla, tenía la sensación de que Yoshi le pediría que se la cambiara. Pero sentía cierto apego por la espada, después de todo, le había salvado la vida. Además, prefería no tener una espada maldita.

Eric se puso de pie, sosteniendo su propia espada. Era enorme; tan larga que, con su altura, era probable que fuera el único de ellos que podía manejarla. Aparte de Grace, tal vez.

—¿Quién hizo esta?

Yoshi examinó la base de cerca y se encogió de hombros.

—No reconozco el nombre.

Cade se lo pensó un momento y llamó al Códice por encima del hombro.

01:08:23:15
01:08:23:14
01:08:23:13

—Códice, háblanos de esta espada. Con todo detalle, por favor.

El dron respondió en su tono aburrido.

—*Remanente identificado como la Hotarumaru, forjada por Kunitoshi Rai en 1297 e. c. Se la conoce coloquialmente como la espada Luciérnaga, llamada así por una leyenda que cuenta la historia de su dueño, el líder del clan Aso, que dañó la espada en la batalla. Esa noche, soñó que unas luciérnagas se posaban en la espada y se despertó para descubrir que había sido reparada por arte de magia. La espada desapareció en 1945.*

—Cómo mola —dijo Eric, deslizando la hoja a baja altura y cortando limpiamente una flor.

Cade sonrió ante la mirada de celos que vio en el rostro de Yoshi.

—¿Cómo sabes tanto sobre espadas? —preguntó Eric.

—Mi madre es marchante de arte —dijo Yoshi—. Se especializa en antigüedades japonesas. Las espadas son una de las piezas con mayor demanda.

Se volvió hacia Cade.

—Además, me inscribí en clases de kendo, con la esperanza de encontrar objetivos a quienes vender mis espadas falsas. Si uno quiere encontrar gente obsesionada con las espadas japonesas, tiene que ir a la fuente, ¿verdad?

A Cade se le iluminaron los ojos.

—¿Aprendiste a pelear con espadas? —preguntó.

—Bueno, sí —dijo Yoshi, encogiéndose de hombros—. Pero solo unos meses. Hacía feliz a mi madre, así que seguí yendo a clase más tiempo del que debería. Luego se descubrió todo y me envió al reformatorio.

—¿Por qué no nos lo habías dicho antes? —exigió saber Cade—. ¿No ves que podrías entrenarnos para pelear?

Yoshi sonrió y sacudió la cabeza.

—Luchar contra un oponente entrenado con otra espada no es lo mismo que luchar contra un monstruo.

—Pero... —Cade se detuvo, consciente de la verdad de lo que había dicho Yoshi—. Bueno, como mínimo puedes enseñarnos a sostenerlas bien —dijo—. Enséñanos cómo atacar, cómo parar un golpe.

—A ver, soy un profano en el mejor de los casos, pero... —Yoshi se lo pensó un momento y luego asintió.

—Muy bien. —Cade sonrió—. Eso es lo que haremos hoy.

—De acuerdo —dijo Yoshi mientras se ponía de pie—. Iré a prepararlo todo.

Se alejó a grandes zancadas, aunque Cade no tenía ni idea de qué tenía que preparar.

—¿No crees que es mucha coincidencia que sepa cómo usar una espada? —dijo Eric, rompiendo su largo silencio—. No es exactamente un tipo de habilidad muy común.

Cade se dio cuenta de que Eric tenía razón. Frunció el ceño.

—Te tenemos a ti, que eres casi un *experto* en Roma. A Spex, con toda su cultura general. Ahora, a Yoshi y su habilidad como espadachín.

—¿Y tú? —preguntó Cade, enarcando las cejas.

—Supongo que ya lo descubriremos —dijo Eric—. Puede que sea por mi tamaño, después de todo, fui defensa. Pero ¿no te parece extraño?

Cade suspiró.

—Creo que *fuimos* elegidos por una razón —dijo—. Puede que todos nosotros sepamos algo útil.

—¿Y fueron ellos los que provocaron que acabáramos en la escuela? —preguntó Eric, retorciéndose las manos—. ¿Crees que tienen tanto poder? ¿Que se tomaron tantas molestias?

Cade se miró las manos, recordando su falsa condena. ¿Era posible que aquellos «dioses» fueran responsables de lo de los portátiles?

—Puede —fue lo único que Cade logró decir—. Yo *soy* inocente.

Hizo una pausa.

—¿Podrían haberte tendido una trampa a ti?

Por un momento, Eric no respondió. Se quedó contemplando la caída del agua en la cascada.

—Sé qué tipo de rumores corren por la escuela —dijo Eric—. Que soy un asesino. La verdad es que... lo soy.

Cade se quedó sin palabras. De alguna manera, al conocerlo, se había convencido de que se trataba de un simple rumor. Parecía imposible que hubiera un asesino en la escuela con ellos.

—Maté a mi mejor amigo —dijo, y para sorpresa de Cade, le brillaron los ojos por las lágrimas—. En la escuela nunca hablé con los demás porque... no quería hacer amigos. No los merecía.

—¿Qué pasó? —preguntó Cade, con tanta amabilidad como pudo.

—Estábamos celebrando que habíamos ganado los *playoffs* —dijo Eric—. La mejor temporada de mi vida.

Cade asintió cuando a Eric se le quebró la voz por la emoción.

—Salimos a beber. Le robé un barril a mi hermano mayor, celebramos un fiestón en casa de un amigo...

Eric hizo una pausa, luego dejó escapar un suspiro largo y estremecedor.

—Tomé una decisión. Conducir. No recuerdo haberlo hecho. Solo recuerdo haber dejado la fiesta y despertarme en el hospital. Pero era yo quien iba en el asiento del conductor. Y mi mejor amigo estaba en la morgue.

Permanecieron en silencio un rato más, mientras una lágrima solitaria se deslizaba por la cara de Eric. Estaba claro que llevaba bastante tiempo queriendo contarle aquello a alguien.

—Después de eso, empecé a beber más —dijo Eric—. Repartía golpes a diestro y siniestro, dejando que mi rabia me controlara. Mis padres pensaron que necesitaba un cambio.

Cade le pasó un brazo alrededor de los hombros. Juntos contemplaron la cascada, dejando que la rociada los cubriera como un bálsamo fresco. Había mucho que hacer, y tendrían que ponerse en marcha dentro de poco. Pero había tiempo para aquello.

Había tiempo.

CUARENTA Y DOS

Yoshi había estado ocupado. Había vagado entre los tocones, recogiendo trozos de madera más pequeños que los romanos debían de haber descartado. Había reunido varios de esos troncos y había construido dos maniquíes improvisados, que se sostenían de pie y unidos gracias a unas estacas clavadas en el suelo y una maraña de hilos sueltos que había sacado del almacén.

Quintus estaba preparando su lección de honda, pero el resto esperaba junto a la cascada, observando cómo Yoshi paseaba de un lado a otro frente a ellos. Sostenía su espada con soltura y los miraba mientras se frotaba la barbilla.

—Hoy no os enseñaré a bloquear ningún ataque —dijo Yoshi, en parte para sí mismo y en parte para ellos.

—¿Por qué no? —se quejó Glotón.

—No he sido entrenado para bloquear a un perro rabioso, o a un… —Sonrió a Amber—. ¿Cómo los llamaste? ¿Chimpancés-piraña?

—Creo que esa fue la descripción de Cade —se rio Amber.

—¿Acaso no es lo que parecen? —gimió Cade—. Dime que no es una buena descripción.

Amber asintió a regañadientes.

—Sin embargo, no se parecen en nada a las «víboras».

—Eso es porque… —empezó Cade, pero Yoshi levantó una mano para detenerlo.

—Lo que *sí* os enseñaré es cómo sujetar una espada —continuó Yoshi, después de tomarse un momento para poner en orden sus pensamientos—. Y cómo blandirla.

Se giró hacia un lado y levantó su espada para que pudieran ver cómo la agarraba.

—Fijaos en que las manos no se tocan —dijo Yoshi—, sino que la mano dominante queda en la mitad superior del mango, mientras que la mano más débil sostiene la parte inferior. Nunca pongáis los pulgares muy arriba en la empuñadura, solo en los laterales.

El grupo siguió su ejemplo, extendiendo las espadas frente a sí. Scott hizo una floritura mientras lo hacía y Cade se alejó, preocupado por perder un ojo. Yoshi vio su expresión y sonrió.

—Extendedlas —los instruyó Yoshi—. No hagamos el trabajo de las víboras por ellas.

Así lo hicieron y, a continuación, Yoshi levantó la hoja para que la espada quedara extendida frente a él en un ángulo de cuarenta y cinco grados, con la punta justo por debajo de la altura de su cabeza, con los brazos extendidos casi por completo.

—Hay que mantener cierta distancia con el oponente —dijo Yoshi—. La ventaja que tenemos es nuestro alcance. Una víbora tiene que acercarse lo suficiente como para tocarnos, mientras que nosotros podemos atacar antes de que lo hagan ellas: cuanto más lejos esté la bestia, más difícil lo tendrá.

De nuevo, siguieron su ejemplo y, en esa ocasión, Cade sintió la hoja más lejos, más pesada en la mano. Ya estaba sudando.

—Vamos con el primer golpe, y el más simple. Se llama *men*.

Yoshi levantó la espada por encima de la cabeza y cortó hacia abajo mientras daba un paso adelante.

—No dudéis de vuestro ataque. Dadlo todo o no lo hagáis. No hay término medio —dijo Yoshi—. Dad un paso adelante mientras atacáis, reducid la distancia tanto con la espada como con vuestro cuerpo mientras os mantenéis fuera de su alcance.

Todos a una, avanzaron mientras bajaban las espadas. Scott blandió la suya con tanta fuerza que la punta quedó enterrada en el suelo. Se rio entre dientes y arrastró los pies cuando todos lo miraron.

—Estoy más acostumbrado a un bate de béisbol.

Yoshi les hizo repetir el movimiento varias veces, corrigiéndoles la forma de agarrar las espadas y lo grande que daban el paso hacia delante. En particular, todos parecían tener problemas con lo mucho que alzaban la espada sobre la cabeza antes de bajarla y con detener el movimiento antes de que sus armas tocaran el suelo. Aprendían rápido, y Yoshi era un buen maestro. Pronto, incluso Scott le pilló el tranquillo.

—Ahora, el corte en diagonal hacia abajo —dijo Yoshi—. Lo llamamos *kesa-giri*, o «la túnica del monje».

Se detuvo al ver sus expresiones desconcertadas.

—Es porque el corte sigue la línea de la túnica de un monje, baja atravesando el pecho —explicó Yoshi, haciendo una demostración mientras pronunciaba la última palabra—. Os aconsejo que uséis este movimiento cuando podáis, en lugar del corte *men*. Es menos probable que la espada se os quede encajada en el cráneo o que se rompa.

Siguieron su ejemplo. Se parecía mucho al movimiento anterior, pero con un ángulo ligeramente distinto: se entraba por donde Cade imaginaba que podría ser el hombro de una víbora y se salía por la cadera opuesta. Era difícil de conseguir; a pesar de que las víboras eran tan grandes como un ser humano, a menudo estaban encorvadas o agazapadas, lo que significaba que tenían que apuntar más hacia abajo de lo que un espadachín solía hacer.

Yoshi asintió para expresar su aprobación, ya que la mayoría lo hizo bien a la primera, aunque los hizo alternar entre entrar desde arriba a la izquierda e ir hacia abajo a la derecha y a la inversa. Esa vez, el más lento en asimilarlo todo fue Eric, a quien le costaba maniobrar con su espada, que era mucho más larga. Cade se fijó en que Grace miraba con envidia la espada Hotarumaru. De todo el grupo, ella era la única que podría manejarla, ya que igualaba a Eric en su considerable altura y fuerza.

—De acuerdo, digamos que lo habéis dado todo con el corte *men* o el *kesa-giri* —dijo Yoshi— y que habéis fallado, o que solo habéis herido a la bestia. ¿Qué hacéis? Spex, por favor, haznos una demostración.

De inmediato, Spex dio un paso adelante y cortó con ella hacia abajo, deteniendo su espada a unos treinta centímetros del suelo. A toda prisa, levantó la espada una vez más para un segundo intento.

—Fijaos en la abertura que deja mientras levanta la espada —dijo Yoshi con una sonrisa—. Es el momento de hacer un *kiriage*, el corte diagonal hacia arriba. Es el movimiento más difícil para un principiante, en especial si acabamos de hacer un corte hacia abajo.

Yoshi imitó a Spex y dio un mandoble con un potente gruñido. Pero en lugar de detener la hoja, permitió que siguiera su camino más allá de él antes de invertir el movimiento y volver a llevarla hacia arriba, siguiendo el mismo camino que había hecho al bajar. A continuación, giró la hoja y volvió a la misma posición en la que había empezado, con la espada por encima de la cabeza.

—En el tiempo que ha tardado Spex en hacer un movimiento y prepararse para repetirlo, yo lo he hecho dos veces. Ahora, intentadlo vosotros.

Esa técnica fue la que más tardaron en dominar. A Cade le costaba invertir el agarre porque, para hacerlo, tenía que cruzar los brazos en el momento más bajo del movimiento descendiente. Aun así, al final lo lograron, aunque Cade apenas podía imaginarse a sí mismo haciéndolo en plena batalla con una víbora gruñendo frente a él.

Por fin, Yoshi les enseñó el sencillo *do*, un corte horizontal que podría revertirse igual que el *kiriage*. Cuando terminaron, Yoshi dijo:

—Pues ya hemos acabado con la clase. Si os enseño algo más, habrá demasiado que recordar. Solo espero que sea suficiente.

—Gracias, Yoshi —dijo Cade, y hubo un coro de murmullos de agradecimiento—. Practiquemos un poco más, luego Quintus nos enseñará cómo lanzar piedras y habremos acabado por hoy. El resto de los preparativos pueden hacerse mañana.

—Oye —dijo Glotón—. A lo mejor deberíamos concentrarnos en el tema de la espada y que las chicas aprendan a tirar las piedras.

Se produjo un momento de silencio.

—¿Estás de broma? —exigió Amber, redondeando a Glotón—. ¿Y eso por qué?

—Bueno, nosotros somos más fuertes, ¿no? —dijo Glotón.

Grace se aclaró la garganta y cruzó sus musculosos brazos. Glotón dudó.

—Mmm, tal vez no más que ella.

Cade sacudió la cabeza con disgusto, sin saber si aquello era caballerosidad fuera de lugar o puro machismo.

—Glotón, necesitamos a tod…

Pero Amber lo cortó con una mirada fulminante.

—Muy bien —dijo—. Veamos quién es más fuerte.

Glotón se rio.

—¿Qué, quieres echar un pulso?

Amber negó con la cabeza, con una sonrisa astuta en la cara. Avanzó hasta colocarse junto a Yoshi, con su espada en la mano.

—Que todo el mundo sostenga su espada recta —dijo, extendiendo el brazo, con la punta de su arma apuntando directamente frente a ella. Las chicas lo hicieron de inmediato, y Cade tuvo la ligera sospecha de que ya habían hecho aquello antes, con sus palos de hockey. De todos modos, los chicos siguieron su ejemplo. Glotón fue el último en obedecer, con una gota de sudor corriéndole por la frente.

—El primero en dejarla caer es *el más débil* —dijo, sosteniendo la espada delante de ella sin temblar—. Se cansará más rápido. Se rendirá antes, la blandirá con menos fuerza. ¿Correcto, Yoshi?

Yoshi estaba sonriendo.

—Correcto, Amber —dijo.

Él no participaba en el reto y, en aquel momento, avanzó, dando toquecitos hacia arriba y hacia abajo a las espadas de los demás con la suya propia cuando empezaban a flaquear.

Cade miró a Glotón. Su brazo era el que más pesaba, y lo había visto usar su peso en su propio beneficio, aplastando a otros chicos contra la pared o el suelo. Pero, en aquel momento, actuaba en su contra.

Permanecieron allí, bajo el sol, otros tantos minutos. A Cade le dolía todo el cuerpo, más debido a las palizas que había recibido que al ejercicio, pero su mes de entrenamiento lo había preparado bien. Estaba orgulloso de ver que le estaba yendo mejor que a la mayoría.

En contraste, Glotón estaba empapado en sudor y sacudía la cabeza para librarse de las gotas que le colgaban de la nariz. El brazo no paraba de temblarle. Al fin, con la cara roja como la remolacha y los ojos inyectados en sangre, la dejó caer.

—Qué gracioso —dijo Amber, volviéndose para apuntarle con su espada—. A lo mejor deberíamos dejarte *a ti* a cargo de las hondas. O podrías ser el chico del agua, traernos bebidas cuando a los *verdaderos* luchadores se nos reseque la garganta.

—Ya has demostrado lo que querías —gruñó Glotón.

Una por una, más espadas cayeron. Parecía que la mayoría de chicos solo habían estado esperando a que Glotón fuera el primero, porque dejaron caer los brazos con gemidos de alivio. Las chicas, por otro lado, seguían sin inmutarse. Pronto, solo quedaron Cade, Eric y las chicas.

Bea fue la primera, y Cade vio un destello molesto en la cara de Amber. Entonces, Eric dejó escapar un largo gemido y dejó caer su espada.

Cade había perdido casi toda la sensibilidad y, despacio, muy despacio, la punta de su espada cayó al suelo.

Grace y Trix bajaron las suyas momentos después, dejando a Amber invicta y con una sonrisa en la cara. Para recalcar su mensaje, la giró dos veces en el aire antes de clavarla en el suelo.

—Jugamos a hockey —dijo—. Todas las tardes y la mayoría de fines de semana. Así que no me hables de fuerza.

Grace se inclinó hacia Cade.

—No pinches a mamá oso —susurró.

Cade sonrió a Amber. Mamá oso, desde luego.

CUARENTA Y TRES

Las últimas horas de la tarde las pasaron turnándose para cortar los maniquíes de madera que Yoshi había hecho. Era un ejercicio satisfactorio, aunque agotador. Yoshi había explicado que los cuerpos de las víboras serían mucho más blandos y más fáciles de cortar, pero era bueno practicar con un objetivo para afinar la puntería, en lugar de dar bandazos al aire.

Animados por su aparente éxito, su júbilo quedó interrumpido cuando Quintus los guio hasta la muralla. Observaron el campo de matanza, el cañón cubierto de huesos, el terreno plano y fangoso delimitado por dos acantilados curvos. Era igual de largo que cuatro campos de fútbol y, en la otra punta, estaba la gran barrera brillante, separándolo del desierto. Y detrás de ella, cien bestias monstruosas aguardaban con paciencia, observando con ojos como pozos negros.

A su lado, Cade escuchó a Spex susurrar en voz baja.

—Mientras camino por el valle de la sombra de la muerte…

—¿Un salmo? —preguntó Cade, a quien le vinieron a la cabeza los largos periodos pasados en la capilla de su antiguo colegio.

—*Gangsta's Paradise*, de Coolio —Spex le sonrió—. ¿Qué puedo decir? Me gusta el rap de la vieja escuela.

—Ah, claro. —Cade le devolvió la sonrisa.

Aun así, el valle de la sombra de la muerte era una descripción adecuada. Los huesos de mil criaturas diferentes estaban dispersos por todas partes, y si las víboras no hubieran estado esperando al final del cañón, Cade podría haber ido a inspeccionarlos para ver a qué tipo de enemigo se enfrentarían. Pero ya no había necesidad, sabía lo que se avecinaba. En menos de dos días, se les echarían encima por lo menos cien de esas cosas.

Fueran lo que fueran esas cosas. Seguía siendo un misterio. No eran criaturas prehistóricas del pasado. Entonces ¿qué eran? ¿Mutantes? ¿Criaturas míticas? ¿Demonios? Era extraño, pero a veces, su deseo de entender la verdad de aquel mundo alienígena lo distraía de su deseo de salvar su propio planeta. Con cada pista que desentrañaba, el misterio de aquel lugar solo parecía adquirir profundidad. Pero aquel no era el momento de andarse con tales contemplaciones.

Los monstruos aguardaban con paciencia, mirándolos a través del campo de fuerza translúcido. Cade estaba seguro de que eran criaturas salvajes y nada inteligentes, pero seguía sintiendo una punzada de preocupación por si el hecho de entrenar allí hacía que la estrategia de su equipo resultara obvia. Sin embargo, ya era demasiado tarde. El sol ya estaba llegando al horizonte.

Había otro misterio, uno que parecía aún más obvio cuando echó un vistazo a la cuenta atrás.

01:01:47:51
01:01:47:50
01:01:47:49

A Cade le parecía que los días transcurrían en incrementos de unas veinticuatro horas. La coincidencia le pareció extraordinaria. Aunque, también se lo parecía todo lo demás. ¿Era posible que aquel mundo hubiera sido diseñado para ser un reflejo de la Tierra? ¿Eran los «dioses» realmente tan poderosos?

A su otro lado, Quintus se aclaró la garganta, distrayendo a Cade de sus pensamientos. El romano se subió al parapeto y se mantuvo ahí arriba, en equilibrio, para que todos pudieran verlo. El trabajo de Quintus era hacer una demostración: Cade ya había explicado los principios básicos por él, gracias a que los había leído cuando estudiaba los métodos de guerra romanos.

Por suerte para ellos, en el almacén había cuerda de sobra, aunque algo deshilachada y mohosa. Quintus se había tomado la molestia de hacer una honda para cada uno de ellos. Y eso no era lo único que había estado haciendo mientras ellos entrenaban con las espadas.

En el valle, Quintus había levantado cuatro montones de huesos, marcando distancias, aunque Cade no tenía idea de cómo de lejos o con qué propósito. Encima de cada uno, había colocado lo que parecía ser el cráneo de una víbora, inquietantemente similar a los cráneos humanos pero con mandíbulas llenas de dientes afilados y cuencas oculares muy grandes.

El legionario tomó su honda y colocó uno de los proyectiles del almacén en la bolsa de cuero del centro. Era un arma tan antigua que precedía al tiro con arco. Los primeros modelos los habían utilizado los pastores del paleolítico para repeler a los lobos hambrientos. La misma arma que David había utilizado para matar a Goliat. Simple. Mortífera.

Cade echó un vistazo a la honda. Una cuerda con una correa de cuero en el centro, un lazo para el dedo en un extremo y un nudo sencillo en el otro. Quintus dejó que el arma colgara, con el dedo en el lazo y el extremo anudado en la palma. Luego la balanceó en un círculo alrededor de la cabeza y la soltó en la cúspide de su lanzamiento. La cuerda se desplegó, arrojó el proyectil de plomo y se tensó cuando el dedo la retuvo. El proyectil se movió tan rápido que Cade no pudo verlo, luego detectó un estallido en la arena: había llegado hasta la mitad del cañón. Parecía que no había acertado en el segundo montón más cercano por milímetros.

A toda prisa, Quintus atrapó el extremo suelto, encajó otra piedra en el cuero y repitió el movimiento. El proyectil rasgó el aire. Esa vez sí dio en el objetivo, chocó contra la pila más cercana. Un impacto directo.

El cráneo de la víbora estalló en pedazos, sus dientes afilados salieron volando como astillas. El legionario gritó y alzó las manos en el aire. Se volvió hacia los demás, que aplaudieron con asombro.

—Virgen santa —gritó Jim—. ¡Esas cosas pueden hacer mucho daño!

Pero Quintus no había acabado. Colocó una tercera piedra, con una expresión de sombría determinación en el rostro. Giró la honda alrededor de su cabeza y, dejando escapar un gruñido de esfuerzo, envió el proyectil muy alto en el aire. Cade perdió la pista del pequeño punto negro, pero quedó claro dónde había impactado cuando el campo de fuerza parpadeó y se oyó un crujido que procedía del sitio del impacto, justo en su centro.

Cade se quedó con la boca abierta. Había oído que quienes manejaban la honda podían lanzar piedras incluso más lejos que la mayoría de arcos, y ahora tenía delante la prueba. Quintus la había lanzado al otro lado del cañón, a una distancia de cuatro campos de fútbol.

El joven legionario hizo una reverencia en mitad de los gritos y vítores de los demás, luego le hizo un gesto a Cade para que probara él mismo.

—¿En serio? —preguntó Cade—. ¿Tengo que ser el primero?

Quintus se limitó a mirarlo, expectante, y Cade suspiró. A lo largo del parapeto, Quintus había dispuesto cajas con proyectiles, y Cade se inclinó para recoger uno. Era más pesado de lo que había esperado, y mientras lo sostenía en la palma, le pareció una pelota de fútbol negra del tamaño de una uva.

Cade la colocó en la cinta de cuero en el centro de su cuerda, pasó el dedo por el lazo y agarró el otro extremo suelto con la mano. Intentó recordar cómo lo había preparado Quintus. Le había sorprendido lo poco que el soldado había girado el arma por encima de la cabeza, dejando que la cuerda describiera un único círculo antes de soltarla durante el segundo, lanzando su cuerpo hacia delante como un lanzador de béisbol.

—Adelante —gritó Yoshi—. Está oscureciendo.

Cade lo intentó. Con todas sus fuerzas. Pero cuando fue a lanzar, soltó el proyectil demasiado pronto y este salió catapultado hacia un lado solo para caer al suelo cuando apenas había recorrido la mitad de la distancia hasta el primer marcador. Había ido tan rápido y lejos como si la hubiera lanzado con la mano.

Quintus se rascó la cabeza, luego le indicó a Cade que lo intentara de nuevo. Iba a ser una tarde larga.

CUARENTA Y CUATRO

Quintus los entrenó duro, gritando «*Iacite!*» (la palabra en latín para «lanzar») cada diez segundos. Ellos tenían que mantener el ritmo mientras descargaban un aluvión de proyectiles que, si bien no daba exactamente en el blanco, aterrizaba en algún punto cerca de cada uno de los tres marcadores hechos de montoncitos de huesos, el más lejano de los cuales se encontraba en mitad del cañón.

Para disgusto de Glotón, a las chicas les estaba yendo mejor que a la mayoría de ellos, puesto que habían perfeccionado su coordinación mano-ojo gracias a años de práctica intensiva de hockey.

Casi había anochecido cuando todos ellos consiguieron acertar de forma constante a la última pila de huesos, aunque el cráneo de la víbora permaneció notablemente intacto.

Cade por fin se había dado cuenta de para qué eran los marcadores: estimaciones aproximadas de lo lejos que estarían las víboras cada diez segundos mientras atravesaban el cañón para cargar contra ellos. Lo que significaba que, si Quintus había calculado bien, lo más probable era que llegaran a la muralla en menos de un minuto, lo que daba a cada defensor tres lanzamientos antes de tener a los monstruos justo debajo.

A medida que avanzaba la noche, Cade empezó a pensar que no valía la pena practicar, pero Quintus parecía bastante complacido con su progreso: les palmeaba la espalda y esbozaba amplias sonrisas. Supuso que tres lanzamientos de doce tiradores se traducían en treinta y seis oportunidades de matar o herir a las víboras. Si todos daban en el blanco, acabarían con un tercio de sus enemigos. Por supuesto, era una estimación de lo más optimista.

A medida que desaparecían los últimos rayos de luz solar, la luna roja subió a lo alto del cielo y su contraparte blanca más pequeña combinaba con su brillo oxidado para crear una luz similar a los últimos momentos de la puesta de sol. Solo entonces detuvo Quintus los ejercicios y le indicó mediante gestos que habían terminado por esa noche.

Los demás se tambaleaban escaleras abajo en mitad de gemidos de agotamiento, algunos masajeándose los hombros doloridos. Cade solo esperaba que no sintieran dolor al día siguiente por la tarde, cuando el temporizador llegara a cero. Necesitaban estar más en forma que nunca. Por suerte, al día siguiente tendrían algo de tiempo para descansar, ya que su única tarea sería llevar piedras a la cima de la muralla. Y luego, por la tarde… lucharían.

Cade se quedó en lo alto de la muralla, echando una última mirada al campo de batalla. ¿Cuántos otros habían estado en aquel mismo lugar a lo largo de los siglos, preparándose para la batalla? ¿Se habían sentido tan mal preparados como él?

Había algo que los demás parecían haber olvidado, pero Cade no podía quitárselo de la cabeza. Aquella no sería su batalla final. Vencer allí solo significaba que entrarían en el juego. Y a juzgar por los huesos de abajo, era un juego que se volvería mucho más mortal con el paso del tiempo.

¿Podía ser que participando en el juego solo estuvieran retrasando lo inevitable, prolongando su agonía? Quintus llevaba allí más de un año, pero incluso esa cantidad de tiempo en aquel sitio parecía inimaginable.

Cade estaba seguro de que Quintus nunca había luchado en el juego. Solo había protegido la muralla hasta que había empezado la cuenta atrás y luego había escapado. Cade quería saber de qué se había enterado el joven legionario de los otros romanos, los que habían estado allí antes de que Quintus y el resto de la Novena Legión aparecieran en el desierto.

Cualquier indicio o pista, aunque tuviera que dibujar en una pared, o si el conocimiento medio de latín de Cade les permitía entenderse un poco.

Cade se dio la vuelta, solo para ver que Quintus no había vuelto con los demás a la fortaleza. En vez de eso, se adentraba en el túnel a toda prisa, aferrándose a su espada y su honda. Qué extraño. ¿Qué podría querer hacer, en la oscuridad?

Cade sintió un nudo en el estómago cuando la respuesta flotó en su mente sin invitación. Al final, Quintus había visto por sí mismo a qué se enfrentaban. Y había decidido regresar a la jungla. A Cade le costaba culparlo. El legionario había hecho más que suficiente por ellos. Y, sin embargo, Cade sintió que sus pies se movían y lo llevaban escaleras abajo para seguir a Quintus.

Aceleró el paso cuando entró en el túnel, solo para descubrir que Quintus se había adentrado ya bastante. Cade podría haber gritado, pero, por supuesto, él no lo oiría. En vez de eso, echó a correr, obligando a sus piernas doloridas y heridas a moverse.

En todo caso, quería dar las gracias a Quintus y dejar que se fuera. Sin resentimientos, sin culparlo de nada. Era lo mínimo que podía hacer.

Para cuando Cade salió del túnel y entró en el claro de los tocones, Quintus ya no estaba a la vista. Cade escaneó los árboles, buscando la figura del chico mientras se alejaba. Todo estaba en silencio, un marcado contraste con la orquesta animal que se solía oír por la noche. Allí, al borde de los enormes árboles, el único sonido era el suave susurro de la brisa y el más que agradable zumbido de los insectos.

Pensando que llegaba demasiado tarde, Cade dio media vuelta para volver a la fortaleza. Solo entonces lo vio, justo por el rabillo del ojo. El destello del culo pálido y desnudo de Quintus mientras se metía en el estanque de la cascada.

No se trataba de una despedida. Quintus se estaba dando un chapuzón.

—Por amor de Dios —dijo una voz detrás de Cade.

Se giró y se encontró a Amber fulminándolo con la mirada. Sostenía lo que parecía una cortina que se había llevado de la fortaleza, doblada como una toalla sobre el brazo.

—Has tenido la misma idea que yo, ¿verdad? —preguntó en tono autoritario.

—Bu-bueno… —tartamudeó Cade.

—En fin, vamos —dijo—. Pero vigila lo que haces con los ojos y las manos.

Se dirigió hacia la cascada, dejando que un Cade desconcertado vigilara por ella. A Quintus no se lo veía por ninguna parte, se había perdido en la niebla. Estaba claro que ella quería limpiarse el sudor del día, pero no en compañía de casi una docena de adolescentes desnudos.

Ahora que lo mencionaba, un baño en las aguas frías le parecía el cielo. Puede que no hubiera pensado en ello, sobre todo, dado el tamaño del pez que había visto en las aguas del río, pero Quintus parecía sentirse bastante seguro en el estanque. Y había vivido allí una buena temporada.

Así que Cade siguió a Amber hasta el agua, arrastrándose detrás ella con las manos en los bolsillos. Para su sorpresa, Amber saltó al agua completamente vestida, con los calcetines hasta la rodilla y todo. Solo entonces se quitó la ropa y lanzó todas las prendas a la orilla, salpicando agua en todas direcciones en el proceso.

—¿Qué? —dijo Amber, mientras Cade echaba un vistazo a su ropa húmeda—. Estaba sucia, bien puedo aprovechar para darle un lavado al mismo tiempo.

Cade vaciló en la orilla un momento más, pero una ceja enarcada de Amber lo hizo saltar. Estaba tan fría que lo aturdió, incluso después del calor de aquel día. Por un momento, dejó que su cuerpo se hundiera, hasta que golpeó el fondo rocoso con las botas. Luego se impulsó y salió a la superficie para tomar una profunda bocanada de aire, aclimatándose aún a la temperatura.

Era un verdadero alivio que el agua fría recorriera su cuerpo y lavara el sudor acumulado durante el día. Y esa agua parecía mucho más clara y limpia que el agua llena de limo del río en el que Cade se había dado un breve chapuzón el día anterior, aunque no tan transparente como para que a Cade lo avergonzara quitarse la ropa y arrojarla a la orilla.

Por un momento, Cade y Amber se miraron por encima del agua, medio ocultos por la intensa rociada que acompañaba al rugido de la cascada que había más allá. A la tenue luz de la luna roja, el agua estaba oscura, demasiado oscura para ver cualquier cosa que quedara por debajo del cuello. Aun así, fue un momento cargado de tensión. Podrían morir al día siguiente. Aquella podría ser su última noche juntos, y allí estaban, solos.

Bueno, no completamente solos. Ambos seguían viendo a un Quintus desnudo, agachado en la orilla opuesta, sin sentir vergüenza alguna de que vieran sus pálidas nalgas desde el otro lado del agua oscura. Nada como una buena exhibición para acabar con el romanticismo de un momento. Eso y el Códice, que flotaba sobre él en silenciosa vigilancia.

Aun así, Amber nadó más cerca de él, ya que era difícil hablar por encima del rugido de la cascada.

—Es una pena lo del barco —dijo Amber, primero para romper el silencio—. Ese Finch parecía un mal bicho. ¿Lo conocías mucho?

Cade hizo una mueca ante el recordatorio de su navío perdido.

—Lo conozco desde hace seis meses, y antes era aún peor —dijo.

Amber se lo quedó mirando un momento y frunció el ceño.

—No eres como los demás.

Cade se encogió de hombros.

—Yo también lo pensaba al principio... pero no somos tan diferentes. No en lo que importa. Son buena gente, en su mayor parte. Buena gente que tomó algunas malas decisiones.

Ella le sonrió.

—Supongo que tienes razón. Pero lo que en realidad quería preguntar es... ¿por qué tus padres te mandaron al reformatorio?

Cade dudó.

—¿Es demasiado personal? No respondas, no pasa nada —dijo Amber, y por primera vez, vio que se le sonrojaban ambas mejillas.

Era entrañable, y no se había dado cuenta de lo intimidante que le había parecido hasta aquel momento. Parecía tan valiente... tan segura.

—No, no pasa nada —dijo Cade con un suspiro—. En mi antigua escuela encontraron una docena de portátiles en mi dormitorio, debajo de mi cama. Creyeron que los había robado, pero no fui yo.

—¿Portátiles? —preguntó Amber—. ¿Dónde he oído eso antes?

Cade se rio.

—No deja de olvidárseme de dónde... o supongo que es más bien de *cuándo* vienes. Los portátiles son ordenadores que puedes llevar a cualquier lado.

—¿Metiste doce ordenadores debajo de tu cama? Debía de ser una cama muy grande —dijo Amber.

—Son un poco más pequeños que en tu época —se rio Cade—. Ojalá tuviera mi móvil para enseñártelo. Alucinarías.

—Creo que ya he alucinado suficiente en los últimos días —gimió Amber, salpicándole un poco de agua en la cara—. No dejo de pensar que voy a despertar en cualquier momento. Pero nunca lo hago.

Cade asintió, y se quedaron un rato en silencio, simplemente disfrutando del aire nocturno.

—Ahora ya sabes tanto como yo. ¿Alguna idea sobre qué es este lugar?

Amber se lo pensó un momento, su rostro pálido a la luz de la luna mientras nadaba por el agua.

—¿Has visto a alguien o algo más adelantado a tu tiempo? —preguntó Amber.

—A ver, el Códice y los campos de fuerza son bastante avanzados, pero no sé si son de nuestro futuro.

—¿Qué pasa si lo son? —dijo Amber—. ¿Qué pasa si esos supuestos dioses son personas del futuro? Gente que ha descubierto cómo viajar en el tiempo y lo utilizan para esto. ¿Para divertirse?

Cade la miró fijamente.

—Eso es muy retorcido.

—¿Tienes otra teoría?

—Me gustaría creer que las personas son mejores que eso.

Amber se rio.

—La gente de Quintus no era mejor que eso, tenían gladiadores. ¿Por qué no iba a hacer lo mismo la gente de nuestro futuro?

—Porque creo en el progreso —dijo Cade, aunque sus palabras carecían de convicción—. Vamos a mejor. No a peor.

—Díselo a quienes murieron en la Segunda Guerra Mundial —dijo Amber—. O en la primera, para el caso.

Cade no pudo replicar. Tenía razón. Por supuesto que tenía razón. Pero él no quería creerlo.

Solo pudo asentir para expresar que estaba de acuerdo. No había mucho más que decir.

—Date la vuelta —dijo Amber de repente.

Cade lo hizo y escuchó el chapoteo de la chica al subir a la orilla.

—Nada de esto importará si no ganamos mañana —dijo Amber—. Esperemos que las espadas y las piedras sean suficiente.

Después de contar hasta diez, Cade se giró lentamente, solo para verla alejarse envuelta en su cortina reconvertida en toalla.

Tenía razón. El misterio de por qué estaban allí podía esperar. Tenían una batalla que ganar.

CUARENTA Y CINCO

A solas en el estanque, Cade nadó para acercarse a la cascada. Pronto se perdió en la fresca rociada. Era un entorno pacífico, con la vacía oscuridad del agua debajo de él y la niebla blanca por encima.

Algo tiró de su pierna. Antes de que pudiera reaccionar, Cade se vio arrastrado hacia abajo mientras un grito silencioso hecho de burbujas escapaba de su boca. Pataleó para salir a la superficie, presa del pánico, y sintió que lo que lo tenía agarrado lo liberaba. Cade se abrió camino hacia arriba, ahogándose en el líquido oscuro. Frenético, sacó la cabeza en mitad de un estallido de agua… solo para encontrar a Quintus riendo como un histérico a su lado.

—¡Serás cabrón! —gritó Cade.

Quintus se rio, y cuando los latidos de Cade volvieron a la normalidad, le ofreció una sonrisa reacia. Una vez que se calmó, el legionario hizo señas a Cade para que lo siguiera.

Juntos, chapotearon hasta el otro lado del estanque, donde Quintus se detuvo para sentarse en las rocas redondas del fondo de los bajíos.

—Ojalá pudiera hablar contigo —dijo Cade, buscando una roca propia donde sentarse—. Apuesto a que podrías contarnos muchas cosas sobre cómo funciona todo esto.

Quintus tenía los ojos cerrados y movía los dedos de los pies debajo del agua. A Cade no le importaba no ser escuchado. Le sentaba bien desahogarse.

—Esos jefes supremos. Y los estrategos, sean quienes sean. Nos han dado los recursos que necesitamos. Han dejado armas y herramientas dispersas por la jungla. No tiene sentido. Es como si quisieran que ganáramos y perdiéramos al mismo tiempo.

Se rascó una picadura de insecto que tenía detrás de la oreja y pensó en el problema.

—Necesitamos más. Pistolas. Armaduras. Códice, enséñame el mapa otra vez.

00:21:22:34
00:21:22:33
00:21:22:32

El dron se acercó más, proyectó la imagen a vista de pájaro, que brilló en la penumbra, y Cade hizo zoom sobre la fortaleza con los dedos. Para su consternación, solo encontró una docena de puntos en la fortaleza y sus alrededores, uno que representaba al proyector y el resto, a las espadas que había escaneado.

Todos los demás estaban mucho más lejos y, mientras los examinaba, pocos sugerían que pudieran encontrar armas significativamente mejores allí.

Se quedó mirando la línea de árboles, iluminados por la luna, cavilando sobre si podrían justificar salir a pie para explorar lo puntos azules más cercanos. Solo algunos de ellos, para poder hacer el trayecto de ida y vuelta antes de que la cuenta atrás llegara a cero por la mañana.

El Códice lo informó de que eran barcos romanos que databan del 36 a. C., perdidos por el emperador Octavio en una tormenta. Pero estaba seguro de que, a esas alturas, los romanos se habrían llevado todo lo que pudiera haber resultado útil. Lo único que conseguirían serían restos, cosas que los romanos habían pasado por alto. No valía la pena correr el riesgo.

No, tendrían que aprovechar lo que tenían allí. Que no es que fuera mucho. Solo tenían dos cosas mínimamente cercanas a la actualidad, el proyector y el *Brujería*, pero ahora el segundo ya no estaba y el primero solo resultaría útil en la batalla si planeaban dejarlo caer sobre las cabezas de las víboras.

Una idea acudió a la mente de Cade. El combustible diésel del *Brujería* podría haberse utilizado para hacer cócteles Molotov. Podrían haber vertido el combustible en ánforas y haber prendido un trapo empapado para lanzárselas a las criaturas cuando se acercaran a la base de la muralla

Mierda, podrían haber vertido el combustible directamente sobre las víboras desde los mismos barriles y dejado caer una antorcha encendida. Podría haber sido un elemento decisivo para cambiar las tornas.

Maldijo a Finch en voz baja, pero no tenía sentido lamentarse por lo que ya no tenía remedio. El *Brujería* ya no estaba.

Sin embargo, había algo más que Cade podía aprovechar. La retrospectiva. Su mente moderna y la máquina con acceso a todo el conocimiento terrestre que se cernía frente a él. Lo estuvo pensando un rato y se encontró con la mente en blanco. No era como si allí pudiera fabricar una pistola o un ordenador.

El arco había revolucionado el arte de la guerra durante miles de años, evolucionando desde el arco corto hasta el recurvo y el largo. Pero ni siquiera sabría por dónde empezar. Encontrar y dar forma a la madera adecuada, fabricar las cuerdas, hacer las flechas. Una tarea desalentadora para alguien que dispusiera del lujo del tiempo. Una tarea imposible sin él.

Quizá, si dejaba de lado el armamento de la Edad de Hierro y avanzaba hasta la era industrial... hasta la pólvora. Pero, de nuevo, no tenían tiempo suficiente para fabricarla, ni los ingredientes adecuados.

Cade oyó que Quintus rascaba algo y se sintió desconcertado al descubrir que había sacado algo de debajo del agua con su gladius. Una roca plana. Quintus continuó pinchándola. Perplejo, Cade lo ignoró y retomó su reflexión.

¿Cuál era el equivalente de Quintus? Los romanos habían usado algo llamado fuego griego, una forma de napalm que ardía incluso en la superficie del océano en una guerra naval. Pero esa receta se había perdido y, aunque el Códice la conociera, lo más probable era que contuviera ingredientes a los que no tenían acceso. Se había teorizado que la sustancia estaba hecha de cal viva, azufre y guano de murciélago, por nombrar solo algunos de los posibles ingredientes. Aquel misterio había fascinado a su padre durante años.

No, a Cade solo le quedaba algo que incluso un hombre de las cavernas haría mejor: lanzas. No eran mejores que sus espadas. Y sabía, gracias a sus desastrosos intentos durante los campamentos de su infancia, que un palo afilado no era lo mismo que una jabalina.

Desprovisto de herramientas e infraestructura, su conocimiento moderno quedaba reducido al de un niño pequeño. Era inútil.

Ajeno a los sombríos pensamientos de Cade, Quintus dejó escapar un grito triunfal.

Cade sintió curiosidad y miró más de cerca. La roca había sido partida en dos. Solo que no era una roca en absoluto, sino un molusco de algún tipo. Se parecía mucho a una ostra, solo que mucho más grande.

Así que de aquí salieron todas esas conchas de la pila de basura.

Quintus serró con el gladius el óvalo gris carnoso que constituía la criatura que vivía dentro y sorbió la mitad. Reparó en que Cade lo estaba mirando y le ofreció el bocado restante. Cade se lo quedó mirando, su mente y su estómago en desacuerdo entre sí. Parecía que un dinosaurio se hubiera sonado la nariz sobre un pulmón encurtido.

Y luego la vio. La solución a todos sus problemas. Allí, en la palma de la mano del legionario.

—Quintus, eres un genio —dijo Cade.

Se hizo con los restos del molusco y se lo tragó, triunfante. Su sabor era tan malo como su aspecto, pero Cade sabía que necesitaba su fuerza.

Había trabajo por hacer.

CUARENTA Y SEIS

00:01:57:09
00:01:57:08
00:01:57:07

—Te has vuelto loco, ¿no? —dijo Scott, sacudiendo la cabeza.

Cade sonrió y lo ignoró. Colocó más madera en el horno improvisado que había montado, un tubo grande y sencillo hecho de arcilla y paja, con un orificio para que pasara el aire por la base. En el interior, las brasas brillaban casi blancas y las llamas rugían mientras escapaban por la parte superior del tubo. Hacía muchísimo calor, pero, aun así, Cade bajó la cara y sopló en la ardiente vorágine.

—Los otros se preguntan qué estás haciendo —dijo Scott, rascándose la barba incipiente que le había salido en la barbilla.

—Luego os lo explicaré —respondió Cade—. Sigue buscando rocas.

Scott suspiró y se alejó, murmurando en voz baja. Cade se mantuvo ocupado metiendo más madera en el horno, contento de haberlo construido a la sombra de la fortaleza. La sombra proporcionaba un pequeño consuelo en mitad del calor opresivo del día.

Apenas había dormido, porque se había pasado gran parte de la noche sacando arcilla de la orilla del estanque y llevándola

312

a mano al relativo refugio de la fortaleza y su muralla, donde la brisa no perturbaba sus esfuerzos y tenía cerca los materiales que necesitaba. Una sola ráfaga de viento en el momento equivocado podría arruinar todo lo que había planeado.

Una vez añadida la madera, Cade miró por encima del hombro para examinar el trabajo que se había llevado a cabo esa mañana. En la parte superior de la muralla, sobre las almenas, habían apilado docenas de rocas que iban desde el tamaño de una bola de bolos hasta una tolva espacial.

El problema había resultado ser no el hecho de llevar las rocas hasta allí, sino encontrar alguna. Habían rescatado algunas de los escombros que habían caído de la estructura, pero en la ladera de la montaña no había rocas del tamaño adecuado. La mayoría de las que había en el estanque eran demasiado grandes, e incluso una más pequeña que habían encontrado había requerido que casi todos ellos ayudaran, muchas maldiciones y varios dedos magullados para llevarla hasta la parte superior de la muralla.

De entre todos los demás, solo Yoshi había evitado la mayor parte del trabajo físico. Se había instalado junto al pozo y había afilado todas las espadas con un enorme guijarro plano que había encontrado en el estanque. El gladius de Quintus ya no era un arma desafilada y oxidada, sino una hoja afilada y reluciente. Cuando el legionario la había visto, había expresado su alegría abrazando a Yoshi con tanta fuerza que el chico había necesitado darle una palmada en la espalda a Quintus para que lo soltara.

Cade vio pasar a Bea a toda prisa, con otra ánfora llena de agua en equilibrio sobre la cabeza. Cade sabía que, fuera, estarían vertiéndola a lo largo de la base de la muralla, donde antes habían cavado una zanja tosca, cuyo interior habían forrado con hojas para ayudar a retener el agua. Incluso la tímida chica estaba resentida, pero había que decir en favor del grupo que, hasta el momento, nadie lo había cuestionado.

Era un trabajo agotador, y lo habían hecho sin ninguna explicación del motivo. Pero Cade no había tenido tiempo para contárselo: le había llevado la mayor parte de la noche reunir los materiales y, ahora, el proceso debía comenzar de inmediato.

Ahora que las llamas ardían con fuerza, Cade desplegó los cuencos de arcilla que había sacado del dormitorio de la fortaleza. Cerca, en una pila triste, aguardaba parte de la sustancia que había preparado con anterioridad. Ojalá tuviera más.

El fuego siguió ardiendo y Cade quería ayudar a los demás, cargar parte del peso. Pero aquello era demasiado importante. En lugar de eso, se puso en cuclillas y observó las llamas.

Cuando las cenizas del interior del horno se hubieron enfriado, Cade sacó su precioso contenido con mucho cuidado, intentando mantener las conchas quemadas intactas y lejos de las cenizas grises en las que descansaban. Porque eso era lo que estaba haciendo.

Estaba quemando hasta el último caparazón que había logrado encontrar (de caracol, molusco o cáscara de huevo) hasta que solo quedaban fragmentos blancos. Tuvo cuidado de limpiarse el sudor de los dedos antes de tocarlos, porque tenía que hacerlo todo con las manos desnudas. Mientras lo hacía, llevaba un trozo de tela alrededor de la cara y se limpiaba los dedos en el uniforme a intervalos regulares. Aun así, cuando terminó, tenía las yemas de los dedos rojas y en carne viva.

Por fin estaba listo. Todos los cuencos estaban llenos hasta el borde con los restos quemados de las conchas y los aplastó con mucho cuidado hasta convertirlos en polvo con un trozo de leña romo. Pronto tuvo delante varios tazones llenos de polvillo blanco. Los cubrió todos con un segundo cuenco, manteniendo el contenido a salvo de la brisa. Todo aquello le había llevado la mayor parte de la noche y la mañana, y el sol de la tarde estaba en su cenit. Se quedó allí agachado, junto a su preciosa carga.

—Muy bien, tienes que decirnos de qué va todo esto —dijo Amber.

Cade se giró para mirar al resto del grupo, detrás de ella, todos empapados en sudor, con el pelo pegado a la frente. Se obligó a sonreír, esperando que lo entendieran.

—Lo que veis aquí es cal viva u óxido de calcio —dijo Cade, señalando los cuencos—. Conchas quemadas, trituradas hasta hacerlas polvo. Es el ingrediente clave para hacer cemento: creo que es lo que solían usar para hacer el mortero para las paredes, a menos que encontraran una fuente de piedra caliza cercana.

Los otros lo miraban impasibles. Cade se impacientó.

—La cal viva reacciona de forma violenta a la humedad —dijo—. Tanto que se ha utilizado como arma durante siglos. Si se inhala, te quema los pulmones y la garganta. Si os entra en los ojos, os quedaréis ciegos mientras os hierven las cuencas. Si tenéis la piel húmeda, os freirá.

Jim soltó un silbido bajo.

—Guerra química —susurró Grace.

—Una versión antigua, sí —dijo Cade—. Y como las víboras tienen unos ojos tan grandes… bueno. Me pareció que era una buena idea.

Sonrió.

—Por eso nos has estado haciendo mojar la base de la muralla —dijo Amber—. Para que también les queme la piel a esos bichos cuando la tengan mojada.

—Correcto. Se han estado secando en el desierto todo este tiempo, así que era la única manera —dijo Cade—. Y no hay forma de pararlo una vez que empieza, así que procurad que no os caiga encima. El agua solo lo empeora. Como es obvio.

Eric avanzó hacia Cade y le dio una palmada en la espalda.

—Eres un genio —dijo.

Cade se encogió de hombros, tratando de no sonreír.

—Solo espero que funcione —dijo—. Lo he confirmado todo con el Códice, incluso me dijo cómo hacer el horno... sabe mucho. Pero si no se quema correctamente, o el polvo reacciona a la humedad del aire antes de la batalla, podría no funcionar bien del todo, si es que funciona.

—Lo que sea, hombre —dijo Jim—. Para mí, eres un héroe.

Cade se puso de pie y echó un vistazo al Códice. Lo había enviado lejos de él, porque la incesante cuenta atrás lo había puesto nervioso. Pero ya sabía cuánto tiempo quedaba. Menos de dos horas para el final. No era suficiente tiempo para todo lo que había planeado.

—¿Está Quintus aquí? —preguntó Cade—. Todos deberíamos practicar más con la honda. Tenemos suficientes rocas preparadas y la base de la muralla ya debe de estar bien empapada a estas alturas.

—Sí —dijo Scott—. Está allí.

Cade levantó la mirada y vio al legionario mirando en dirección a la brillante barrera. Mientras observaba, el chico levantó una honda y la balanceó una vez por encima de su cabeza. Incluso desde donde estaba, Cade escuchó el zumbido en el aire, y el distintivo sonido cuando entró en contacto con el campo de fuerza. Más allá, escuchó una serie de chillidos de las víboras, perturbadas por el ruido.

—Muy bien, tenéis unas dos horas para practicar —dijo Cade—. Ya que estáis, subid estos cuencos a la muralla. ¡Con cuidado!

Gimieron e hicieron lo que les pedía, pero Cade se llevó a Amber a un lado antes de que los siguiera.

—¿Necesitas practicar? —le preguntó—. ¿Cómo se te da el tiro con honda?

Amber sonrió y se cruzó de brazos.

—Mejor que a ti.

—Genial, entonces te vienes conmigo —dijo Cade, mirando el montón de madera sobrante—. Tengo otra idea.

CUARENTA Y SIETE

No quedaba nada más por hacer. O, al menos, no quedaba tiempo para hacerlo. Estaban ya en las almenas, examinando el campo de batalla.

Las víboras se habían concentrado al otro lado del campo de fuerza y los miraban en silencio con sus ojos negros como la tinta y las bocas abiertas mientras jadeaban por culpa del calor. Si estaban deshidratadas o sufrían algún golpe de calor, no lo demostraban. Al contrario, se pusieron en cuclillas sobre sus patas traseras, cual sapos, y permanecieron casi inmóviles. Esperando, igual que hacía Cade.

Era como si supieran lo que iba a pasar. ¿Qué instinto las había llevado hasta allí? Cuando Cade había aparecido por primera vez en aquel planeta, todo había tenido sentido: su hambre carnívora las había impelido a atacarlo mientras esperaba en el saliente. A medida que se aglomeraban bajo aquel calor seco, parecía que algo más las estaba controlando, que algo las mantenía allí. Feromonas, tal vez, o algún tipo de control mental. No pensaba descartar nada en lo que se refería a aquellos supuestos dioses.

Aunque nada de aquello importaba en ese instante. Estaban allí; eso era lo único que necesitaba saber. Delante de él, el Códice flotaba sobre los campos óseos mientras su cuenta atrás avanzaba.

00:00:01:11
00:00:01:10
00:00:01:09

Quedaba un minuto. Cade se retiró la capucha para no bloquear su campo visual, luego echó un vistazo a las murallas en ambas direcciones para asegurarse de que todos estuvieran en posición. Glotón, Jim, Scott y Eric protegían el flanco izquierdo, mientras que Quintus, Yoshi y Spex protegían la parte central.

Amber, Grace, Trix y Bea estaban en el flanco derecho, mientras que Cade se paseaba de un lado a otro por todo el centro, listo para reforzar el flanco que necesitara ayuda. Como responsable de que todos estuvieran allí, era su deber colocarse donde pudiera dirigirlos a todos. Aunque eso significara estar donde la lucha sería más encarnizada.

El hecho de que Amber y Quintus fueran los más cercanos a él lo hacía sentirse un poco mejor, pero la empuñadura de su espada estaba resbaladiza por el sudor que le cubría las manos. Se había guardado en el bolsillo algunas de las cenizas del fuego y, en aquel momento, las frotó entre las palmas hasta que quedaron ásperas y secas una vez más.

00:00:00:05
00:00:00:04
00:00:00:03

—Preparaos —gritó Cade.

Como si lo hubieran escuchado, las víboras por fin empezaron a removerse, sus ojos como huevos de pez giraron en las cuencas mientras la barrera parpadeaba y desaparecía. Entonces, todas a una… cargaron.

Su velocidad era extraordinaria, sus ágiles cuerpos saltaban y trotaban por el suelo cubierto de huesos. Había decenas de ellas, tantas que parecía como si una oleada de fango se deslizara sobre la tierra negra. La honda de Quintus ya estaba en el aire y desapareció entre la masa de monstruos, dejando un único cadáver roto.

Un segundo proyectil siguió al primero, pero Cade se obligó a apartar la mirada de los movimientos de Quintus. No podía permitirse el lujo de distraerse si tenía que dirigir a los demás.

—Vamos —susurró, con la espada en la mano izquierda y la honda en la otra.

Las víboras que iban delante de todo llegaron al marcador más alejado y derribaron las pilas de huesos apilados.

—¡Tirad! —gritó Cade, girando su honda por encima de la cabeza.

Doce proyectiles surcaron el aire, demasiado veloces y pequeños para seguirlos con la mirada. Cade no vio el impacto, solo un cuerpo tendido que la horda dejaba atrás y dos rezagados lesionados que cojeaban por detrás. Una segunda descarga más irregular siguió a la primera, ya que ahora disparaban a voluntad. Era difícil no acertar con tantos objetivos, y el ruido sordo del impacto de los proyectiles contra la carne iba acompañado de alaridos de ira.

Cade había imaginado que las hondas supondrían un cambio radical, pero las primeras víboras ya habían alcanzado la marca que señalaba la mitad de la distancia entre el desierto y la muralla. Pero había una sorpresa esperándolas, y aquel fue el momento en el que empezaron sus auténticos chillidos de dolor.

Amber y él habían dejado docenas de estacas afiladas clavadas en la tierra húmeda, las puntas endurecidas al fuego en su horno y enterradas al azar. Mientras observaba, la víbora más cercana retrocedió, arrancando la astilla de madera del suelo con su mano empalada. Sus movimientos fueron imitados por toda la línea enemiga, pero, aun así, más víboras atravesaron el campo de estacas sin obstáculos, interrumpiendo la estampida pero convirtiendo la oleada en un flujo escalonado de monstruos.

Lanzaron dos salvas más antes de que las primeras víboras llegaran hasta la sombra de la muralla, media docena de las más veloces, que habían escapado de su campo de estacas. Allí, Cade y Amber habían dejado estacas mucho más grandes, colocadas lo bastante cerca como para que fueran casi como una segunda muralla. Aquellas no fueron tan efectivas. La mayoría de víboras simplemente rodearon la pared estrechamente espaciada, mientras que otras arrancaron las estacas y las pisotearon. Aun así, proporcionaron a los defensores unos segundos preciosos. Muchas víboras se habían quedado retrasadas por culpa de una cojera y el recuento de muertes se aproximaba a la docena.

El ataque con las hondas continuó, pero que las criaturas redujeran la velocidad también comportó desventajas para ellos: ahora, las víboras estaban dispersas por todo el cañón, y era mucho más difícil acertar que cuando eran una multitud compacta.

Y, a pesar de los esfuerzos del grupo, la primera de las criaturas llegó a la base de la muralla, arrastrándose por la húmeda trinchera con siseos de aparente placer. Estaba claro que el tiempo que habían pasado soportando el calor no había sido agradable para ellas, y eso proporcionó a Cade unos pocos segundos más mientras los monstruos se revolcaban en las trincheras como cerdos en el barro.

Pero cualquiera que fuera el instinto que impulsaba a los monstruos a atacar pronto superó al placer que les proporcionaba la trinchera, y el primero de ellos clavó las garras en la muralla, justo debajo de Cade, alentando a los que lo rodeaban.

Más monstruos lo siguieron, y las víboras no perdieron el tiempo y se pusieron a escalar. Cade no pudo hacer otra cosa que limitarse a ver cómo hundían las garras profundamente en el debilitado mortero, que les proporcionó un amplio apoyo a medida que avanzaban hacia arriba.

—Lanzad y luego preparad las espadas —bramó Cade, que arrojó una última piedra a una víbora lesionada de las que tenía debajo. Para su sorpresa, golpeó de lleno en el objetivo e, incluso por encima de los alaridos de los atacantes, escuchó romperse la clavícula de la bestia con un chasquido audible.

Dejó escapar la cuerda entre sus dedos, agarró su espada con las dos manos y miró a las víboras dispersas que subían por la muralla.

—Todavía no —susurró, mirando las rocas que descansaban sobre el parapeto frente a él.

Su estrategia de ralentizar a las víboras estaba actuando en su contra, ya que la mitad de los monstruos se habían rezagado y seguían abriéndose paso a través del campo minado de estacas. Las necesitaba a todas juntas para su próximo movimiento. Aun así, había muchas reunidas en la base de la muralla, y llegaban más a cada segundo. Tendría que ser suficiente.

La primera víbora, una criatura llena de cicatrices y con unos dientes irregulares, estaba directamente debajo de él. El monstruo ganaba unos treinta centímetros cada vez que saltaba y resbalaba, frenético por llegar hasta él. Cade le echó otra mirada, sofocando las náuseas que se arremolinaron en su estómago. Podía oler su hedor animal y ver brillar sus afilados dientes. Había llegado el momento.

—Rocas —bramó, empujando una roca del tamaño de una pelota de playa para que cayera por la muralla.

Rodó hacia abajo, destrozando el mortero antes de chocar con la víbora líder y derribarla sobre la multitud que tenía detrás. La piedra cayó encima y se oyó un crujido de huesos rotos. A lo largo de la muralla, se estaban produciendo escenas similares mientras los demás arrojaban sus propias piedras. Pero las víboras seguían trepando y parecían casi más frenéticas que antes por satisfacer su deseo de carne humana.

Cade había albergado la esperanza de ser metódico con las rocas, pero la muralla estaba plagada de monstruosidades en toda su anchura. Empujó otra piedra, y luego otra, sin mirar apenas mientras seguía lanzando las que quedaban en lo alto de la muralla.

Solo unas pocas fueron tan efectivas como las primeras, pero seguían impactando contra los objetivos. Con cada víbora que caía, las que tenía debajo caían en cascada a su vez. Pero algunas se aferraban con obstinación, soportando las rocas que les arrancaban los dientes y ensangrentaban la piel tensa de sus caras.

No tardaron en quedarse sin piedras. En ese momento, la mayoría de las víboras dejaron atrás los campos óseos hasta que casi todas las que quedaban se congregaron debajo de ellos.

Cade forzó una sonrisa sombría y levantó un puño cerrado. Distribuidos a lo largo de la muralla, los otros aguardaban su señal mientras retiraban las tapas de sus cuencos. Cade hizo lo mismo, esperando para vaciarlo. Echó un vistazo por el borde, y unos globos oculares negros se posaron en él, hambrientos. Ya podía escuchar el gorgoteo de su respiración. Aun así, mantuvo el brazo extendido.

—Casi —susurró para sí mismo—. Casi.

La primera víbora enganchó una garra en la cima de la muralla y soltó un aullido largo y triunfante. Cade dejó caer el puño y arrojó el cuenco al vacío.

El polvo blanco se arremolinó como el humo. Parecía una cantidad lamentable en los cuencos, pero una vez en el aire, se convirtió en una columna de polvo que se expandió y se asentó sobre la masa de cuerpos de abajo, aunque no llegara tan lejos o no fuera tan abundante como Cade esperaba.

Sin embargo, hubo poco tiempo para ver los resultados, porque una bestia aulladora estaba subiendo a rastras al parapeto. Cade agarró su espada y la apuñaló, la hoja rechinó cuando se introdujo por las fosas nasales y se hundió en la garganta.

La sangre salió a chorros, caliente y corrosiva. Vio caer a la víbora, que se llevó a otras consigo. Pero, a ambos lados de Cade, la muralla era ancha, y ahora había más monstruos alcanzando la parte superior. Cade hizo descender la espada y su hoja produjo un sonido metálico contra la muralla al cortar una garra que alcanzaba las almenas.

La bestia se retiró y Cade giró cuando otra alcanzó el parapeto a su espalda. Describió un amplio arco con la espada y le hizo un corte profundo en el hombro y en el pecho. La criatura cayó hacia atrás y Cade estuvo a punto de perder su arma, pero logró arrancársela del cuerpo con un gruñido.

A su lado, Amber gritó de ira mientras un cuerpo caía por la muralla y golpeaba el suelo con un sonido húmedo. Su espada cayó con la bestia, atrapada en su cráneo, pero Amber levantó su hacha robada a toda velocidad y atacó a su siguiente oponente.

Los otros también se defendían, aunque apenas pudo echarles una mirada rápida antes de apuñalar a otra víbora que se encaramaba al parapeto. Fue entonces cuando escuchó el chillido, tan fuerte que le hizo daño en los oídos. Se arriesgó a echar un vistazo por encima de la muralla, ignorando a una tercera víbora que llegaba hasta arriba por su derecha.

Debajo, vio a las criaturas llevarse las patas a los ojos y pasarse las largas lenguas por las caras llenas de polvo. Otras se ahogaban y sufrían arcadas, con las gargantas y pulmones llenos de polvo corrosivo.

Sin embargo, no todas habían quedado incapacitadas, sobre todo, aquellas que estaban más alejadas. Por suerte, muchos de aquellos especímenes eran los que se habían quedado retrasados, los heridos y los cobardes. Pero, aun así, la horda siguió escalando, incluso mientras sus cuerpos chisporroteaban. Cegados y sin poder respirar, incluso los especímenes que menos veían seguían avanzando, guiándose únicamente por el tacto y el sonido.

Cade pivotó y apuñaló a la recién llegada víbora de su izquierda, pero la criatura se escabulló hasta quedar fuera de su alcance. Oyó el ruido que producían unas garras detrás de él, pero no se atrevió a darle la espalda a la bestia. Atrapado en medio de dos oponentes, solo pudo cargar hacia delante y cortar a la víbora en el pecho. Fue recompensado con un arañazo en los antebrazos por las molestias, un regalo de despedida de la criatura moribunda.

El dolor casi hizo que dejara caer el arma, pero apretó los dientes y arrancó la espada del cadáver de una patada.

Se giró, solo para ver que dos víboras más se arrastraban por detrás de la primera. Más allá, Amber estaba en una situación peor, obligada a retroceder hasta el precario borde de la muralla interior mientras las víboras la rodeaban.

¿Ya?

A Cade se le cayó el alma a los pies al darse cuenta de algo que lo impactó como un puñetazo en el estómago.

La muralla había caído.

CUARENTA Y OCHO

—¡Retirada! —gritó Cade, que dio media vuelta y corrió hacia Quintus—. ¡Volvemos a la fortaleza!

Los defensores corrieron hacia las escaleras más cercanas, y Cade agarró al legionario por el brazo. Cuatro cadáveres yacían junto al chico, y Cade tuvo que tirar con fuerza antes de que Quintus le permitiera llevárselo con él. Gritó a los monstruos con voz ronca y siguió apuñalándolos con su gladius mientras unos cuantos más coronaban la muralla.

Con el corazón desbocado, saltaron los escalones de dos en dos hasta que llegaron al suelo. A su espalda, las criaturas lanzaban aullidos de triunfo… y el cielo se oscureció de repente. Cade se derrumbó cuando un peso cayó sobre su espalda. Unas garras se le clavaron hondo, y luego la hoja de Quintus descendió desde arriba y la fuerte mano de Eric lo arrastró sobre los adoquines. Conmocionado, Cade caminó a trompicones hacia atrás hasta que Eric lo aupó y cruzó con él la puerta abierta de la fortaleza.

Pero no todos lo habían logrado con tanta facilidad. Más víboras seguían saltando desde arriba, haciendo caer de rodillas a los defensores que se batían en retirada. Spex cayó debajo de un par de bestias que le saltaron encima, pero Jim lo levantó después de dos rápidos mandobles de su espada y de pasarse el brazo del chico herido sobre el hombro.

Cerca, Amber decapitó a otra bestia que tenía atrapado el hombro de Bea entre los dientes. Empujó a la chica hacia delante y Cade vio a los monstruos cernirse sobre aquellos cuatro rezagados, con los demás no muy por delante.

Cade gritó e intentó ponerse en pie, pero Eric le colocó una mano en el pecho. Durante unos breves instantes, se sostuvieron la mirada, y Cade vio la intención de su amigo en su expresión. Luego, Eric empujó a Cade, que quedó tendido de espaldas, y corrió hacia el patio lleno de víboras.

Eric cargó contra los monstruos que los perseguían soltando rugidos desafiantes, y la horda cambió de dirección, abandonando su persecución de los defensores lesionados para ir contra el enemigo que se les abalanzaba. Cade intentó seguirlo, pero los supervivientes que entraron por la puerta a trompicones, salvados por la distracción, le bloquearon el paso.

Lo único que pudo hacer fue quedarse mirando mientras el enjambre de víboras rodeaba a Eric. Él alzó la espada y descargó un tajo, ignorando los golpes de las garras y los dientes que se cerraban en torno a sus extremidades. A pesar de su inmensa fuerza, cayó de rodillas y desapareció bajo el enjambre.

—¡Eric! —gritó Cade, observando cómo las criaturas se apilaban sobre él. La imagen quedó tapada cuando los demás empujaron el pesado proyector hacia la entrada.

Habían atrancado las ventanas con una barricada de bancos, camas y mesas, pero habían dejado la puerta despejada para poder batirse en retirada. En aquel momento, los supervivientes apuntalaron la improvisada barrera que formaba el proyector con bancos y mesas, hasta que tuvieron una montaña de madera de una altura considerable.

Justo a tiempo. Al otro lado, las bestias arañaron y lanzaron zarpazos, pero Cade sacó toda su furia y metió la espada entre los huecos de la barricada. Disfrutó de la satisfactoria resistencia de la carne con cada puñalada, hasta que las criaturas retrocedieron entre chillidos de odio. Pronto, Cade se encontró apuñalando el aire vacío y maldiciendo con amargura en la penumbra.

Los supervivientes permanecieron en silencio, adaptándose a la oscuridad. El interior no estaba iluminado, la única fuente de luz eran las cuatro antorchas crepitantes instaladas en las paredes del atrio. Solo entonces, Cade vio a los dos muchachos tendidos uno al lado del otro junto a la entrada. Y la sangre que formaba un charco entre ellos.

Spex y Jim.

Fue hacia allí a toda prisa y les rasgó la ropa para restañar las heridas. Pero vio que era demasiado tarde. Jim tenía unas profundas marcas de garra en el pecho. Demasiado profundas. A pesar de ello, sonrió a Cade mientras los ojos empezaban a ponérsele vidriosos.

—Lo he salvado —farfulló Jim, mientras los dientes se le manchaban de sangre.

Spex se levantó y se giró hacia el chico herido, tratando de detener el flujo de sangre. Cade no tuvo valor para decirle a Spex que era demasiado tarde. En vez de eso, se arrodilló a su lado, apenas consciente de que los demás se congregaban a su espalda.

—Sí, lo has hecho, Jim —dijo Spex con suavidad—. Me has salvado.

Las pestañas de Jim revolotearon y sus últimas respiraciones fueron un borboteo. Cade fue a darle la mano, pero antes de que pudiera hacerlo, vio los dedos ensangrentados de Spex sobre los de Jim. Este miró a ciegas hacia arriba y se agarró a la mano de Spex como a un salvavidas.

Spex se aferró a Jim, incluso después de que el brazo del chico se quedara flácido. Momentos después, murió, con una sonrisa pacífica en el rostro. Cade se atragantó y le cerró los ojos a Jim con una mano temblorosa. Entonces, casi como si fuera una señal inaudible, las criaturas de fuera empezaron a aullar.

Cade se limpió las lágrimas amargas y volvió a concentrarse en la tarea que tenían entre manos. Todavía no se había acabado, ni de lejos.

—Quien no esté herido, que vaya a comprobar las otras barricadas —dijo Cade, incapaz de apartar la mirada de la cara de Jim.

Escuchó un ruido de pisadas cuando los demás se apresuraron a cumplir su orden. Cuando por fin se alejó, dejando a Spex junto al cadáver, vio que allí solo se había quedado Bea, apretándose un vendaje alrededor del hombro herido.

—¿Está muy mal? —preguntó Cade mientras sacaba el brazo del uniforme para dejar a la vista su espalda herida.

Bea se arrodilló a su lado para examinarle la herida y luego le inspeccionó ambas muñecas, donde las garras lo habían dejado marcado.

—No son arañazos demasiado profundos —dijo—, pero te han dado de lleno. Ven, deja que te los limpie.

Cade apretó los dientes cuando le vertió agua sobre las heridas, y luego otra vez cuando presionó varios trozos de tela sobre ellas y se los ató alrededor de la espalda y las muñecas.

—Se te da bastante bien —dijo Cade.

—Hice un curso de primeros auxilios en el colegio —explicó Bea—. Nunca pensé que tendría que ponerlo en práctica tan pronto.

—Qué suerte hemos tenido.

Los demás regresaron poco a poco. Las barricadas estaban aseguradas. Por el momento.

Para sorpresa de Cade, todos estaban heridos, solo que no tanto como para sentir que debían quedarse atrás. Spex tenía unos arañazos bastante feos en la espalda y Yoshi tenía un mordisco en el muslo: un círculo rojo de pinchazos desiguales que Bea limpió con un trapo. Otros tenían laceraciones en las muñecas y los brazos. Ninguno había escapado completamente indemne, y Bea asumió el papel de médico y se puso a vendarlos mientras Cade contemplaba el movimiento de las sombras a través de los huecos de su improvisada barricada.

Volvió a colocarse bien el uniforme y se puso de pie, tambaleándose un poco. Le dolía, pero todavía podía participar en la pelea.

El impacto de las víboras contra las barricadas de las ventanas resonó en los barracones, y Trix y Grace corrieron hacia allí para hacerlas retroceder. Pronto, el ruido de golpes contra la madera fue reemplazado por aullidos de dolor. Un poco más tarde, los sonidos se detuvieron.

Por un momento, el mundo se quedó en silencio, y Cade solo alcanzó a escuchar el golpeteo de las garras en los adoquines de fuera.

Respiró hondo, esperando el próximo ataque. Luego, los monstruos del exterior empezaron a aullar de nuevo, más y más fuerte. Parecía que, por el momento, mantendrían las distancias.

Los supervivientes se miraron unos a otros, pero ninguno se atrevió a decir nada.

Estaban atrapados.

CUARENTA Y NUEVE

Debían de haber matado a treinta víboras en total y herido a muchas más. Pero mientras los siseos del exterior se prolongaban, Cade apenas se sentía triunfante. Era imposible saber cuánto tiempo permanecerían allí los monstruos, y su situación era mucho peor que antes. Aun así, aprovechó el tiempo para recuperarse y planificar su próximo movimiento.

Dio un trago largo y profundo y devoró la fruta que habían recogido antes en la cima de la montaña. Habían planeado aquella retirada, preparado las vendas, el agua y la comida de antemano. Pero solo había suficiente para unos días. Si la cosa derivaba en un asedio prolongado, acabarían muriendo de hambre.

En aquel momento, parecía muy obvio. Pero, sencillamente, no había habido tiempo para predecir lo que podría pasar. La retirada a la fortaleza había parecido un último recurso. ¿Cómo iban a saberlo?

Permaneció sentado en silencio junto a los defensores restantes, con la esperanza de que las criaturas se dieran por vencidas. Allí dentro hacía calor, y las antorchas crepitantes no hacían más que empeorarlo. Con las barricadas bloqueando puertas y ventanas, su única otra fuente de luz eran los rayos de la luna que se colaban entre los huecos.

Habían arrastrado a Jim al interior del atrio y lo habían cubierto con los sacos de arpillera de los barracones. Era un pobre lugar de descanso para el valiente, pero mucho mejor que el que tendría en el exterior. En los minutos que siguieron, escucharon a las bestias darse un festín con los restos de Eric y, a través de los huecos de la barricada, vieron sus cabezas sacudiendo el cuerpo boca abajo.

Iba a ser una noche larga… si es que duraban tanto. Solo Scott, Amber y Quintus estaban con él. Grace y Yoshi protegían las barricadas de los barracones y el almacén, respectivamente, y las gemelas Bea y Trix estaban en la segunda planta, mientras que Spex y Glotón se ocupaban de las ventanas de arriba.

La segunda y la tercera planta contaban con las barricadas más débiles, con la cama y la mesa de madera de cada habitación tapando las brechas. A pesar de ello, Cade esperaba que las criaturas tuvieran más dificultades para irrumpir en ellas mientras se aferraban a los laterales del edificio.

Hacía un rato, habían escuchado los arañazos de unas garras a lo largo de las paredes y los chillidos iracundos cuando los defensores de arriba habían apuñalado a las víboras que habían intentado entrar. Diez minutos después, las bestias habían vuelto a calmarse y sus chillidos se habían reducido a un murmullo bajo. Era casi como si estuvieran hablando, pero a Cade le pareció que se trataba más de una expresión de emoción que de cualquier otra cosa. Lo cierto era que sonaban cabreadas.

—¿Crees que se irán? —susurró Scott, rompiendo el silencio—. Puede que se dirijan a la jungla. Que se las queden los dinosaurios.

—Hay algo en este lugar que las atrae —dijo Cade mientras sacudía la cabeza—. Y somos una fuente obvia de alimento. No se rendirán con tanta facilidad.

—¿Tenemos que matarlas a todas? —preguntó Amber.

Él se giró hacia el Códice y se quedó mirándolo, expectante.

—*Las condiciones de la victoria son determinadas por los estrategos* —entonó—. *La decisión de los estrategos es final.*

—Otra vez esa maldita palabra —murmuró Scott.

—Si huyen, ganamos —dijo Cade, hablando con mucha más confianza de la que sentía—. Así que vamos a hacérselo pasar mal.

Amber suspiró.

—Creo que...

Pero Cade no llegó a oír lo que Amber creía. Arriba se oyó un estruendo, seguido de un grito confuso de Glotón. Se oyeron todavía más gritos y Cade distinguió una sola palabra.

Ayuda.

Echó a correr y sintió un estallido de dolor en la espalda mientras subía por las escaleras. Oyó pasos retumbando detrás de él, pero no miró hacia atrás. Ya podía escuchar los gritos.

—¡Aguantad! —gritó, pasando a la carga por el segundo piso, donde las gemelas permanecían en posición, defendiendo las ventanas de las víboras que habían empezado a atacar de repente.

Irrumpió en la habitación principal de arriba y analizó la escena, frenético.

Los monstruos habían entrado por el tejado. Había tejas destrozadas por todo el suelo, mientras una víbora tras otra entraba por el agujero irregular del techo. Justo debajo, Spex estaba de pie sobre la mesa, blandiendo su espada y sangrando por una docena de heridas.

Más víboras entraron por las habitaciones situadas a ambos lados, las barricadas, rotas. El cuerpo de Glotón yacía junto a una de las puertas, una parodia sangrienta y muerta de su antiguo ser. Las víboras lo rodeaban, obstruyendo la entrada. Miraron a Cade con los rostros ensangrentados antes de volver a girarse para seguir atiborrándose.

—Dios mío —susurró él.

Las víboras rodearon la mesa, ignorando a Cade. Olían la sangre de Spex y resoplaban a través de sus fosas nasales. Mientras Cade observaba, una saltó sobre la espalda de Spex. Gritando, el chico se la quitó de encima y le clavó la espada, retorciendo la hoja cuando la tuvo hundida en su cráneo. Otra volvió a saltarle encima, deslizándose sobre la mesa mientras le hacía un corte en la pierna.

Cayó sobre una rodilla, gimiendo como un toro herido. Las víboras cerraron más el círculo a su alrededor, sintiendo la victoria.

Cade alzó su espada, pero Spex levantó una mano. Le dedicó una sonrisa sombría.

—Ve abajo, Cade —dijo mientras se levantaba entre tambaleos—. Gana esto.

Cade se obligó a tragarse la ira ardiente que sentía y le hizo un único asentimiento.

—¡Os vais a enterar! —rugió Spex, cargando.

Recorrió la distancia que lo separaba de las víboras a toda velocidad, saltó de la mesa y aterrizó entre las criaturas que se arremolinaban junto al cadáver de Glotón. Giró su espada como un bate de béisbol, atravesando cuerpos a diestro y siniestro.

Las víboras caían bajo su espada, distraídas por la carne a sus pies. Pero no pasó mucho rato antes de que lo atacaran en manada. Las garras le rasgaron el cuerpo y los dientes se cerraron alrededor de su cuello, pero, aun así, siguió luchando, gritando de ira.

Entonces, alguien arrastró a Cade hacia atrás y escaleras abajo.

—Trix, Bea, seguidnos —gritó Amber, ayudando a Quintus a llevarlo al segundo piso.

—¡Soltadme! —gritó Cade.

—No dejes que muera en vano —siseó Amber, tirando de él hasta el siguiente tramo de escaleras.

Arriba, los gritos de Spex sonaban cada vez más débiles, y Cade apenas podía pensar qué hacer. El techo de los barracones era de piedra, pero no era más que una fina barrera contra las víboras que plagaban los pisos superiores. Las víboras acabarían por romperlo y atacarían desde arriba. Pasaría lo mismo en el almacén.

Eso los dejaba con una única opción.

—Conmigo —gritó Cade, corriendo por las escaleras—. ¡Todos conmigo!

Ya no se oía a Spex, y los chillidos de triunfo que llegaban desde arriba le indicaron que apenas tenían unos segundos.

—¡Deprisa! —gritó Cade, mientras Grace y Yoshi corrían hacia el atrio. La barricada de la entrada ya estaba temblando, y un puño con garras apareció en un agujero que había abierto en la madera astillada. La horda entera entraría por ahí en cualquier segundo. Tres docenas, o más, de criaturas asesinas y salvajes.

—Seguidme —gruñó mientras tomaba una antorcha de la pared. Nunca había sentido tanta rabia.

Se dirigió a la carrera hacia la amplia escalera al final de la estancia y los otros lo siguieron a toda prisa. A su espalda resonaron unos aullidos y él siguió corriendo hacia las escaleras, casi cayéndose en su prisa, pero llegó a la parte inferior, con el corazón desbocado dentro del pecho y la respiración rápida y trabajosa.

Pensando rápido, encendió las antorchas a ambos lados de la escalera, lo que les proporcionó dos fuentes de luz para ver. Los supervivientes, jadeantes, se colocaron en una fila a sus dos flancos mientras escuchaban los sonidos de arriba. La parte superior de las escaleras estaba a oscuras, pero Cade escuchaba a las víboras, que reunían el coraje para atacar.

—Nos cargaremos a tantas como podamos —dijo Cade—. No deis ni un paso atrás. Si nos rodean, estamos acabados.

Los defensores cerraron filas, a unos treinta centímetros de distancia los unos de los otros y formando un anillo alrededor de la escalera.

Solo somos ocho. ¿De verdad hemos perdido a tantos?

Detrás de ellos, Cade escuchó el rugido del agua del río subterráneo. Se giró y miró hacia la corriente de agua oscura, la piscina para bañarse y las letrinas que había detrás. Demasiado abierto. Pelearían en la escalera.

Cade respiró hondo, y el Códice avanzó flotando hasta colocarse a su lado, su mirada implacable y silenciosa fija en todos ellos.

—Espero que tus malditos estrategos estén mirando —gruñó.

Alzó la antorcha para iluminar los escalones, revelando a la masa de criaturas que aguardaban arriba. Tenían los cuerpos cubiertos de quemaduras y muchas de ellas tenían los ojos lechosos por culpa de la cal viva. Otras respiraban con dificultad. Algunas incluso se alejaron de las llamas, temerosas.

Pero más criaturas presionaron desde detrás, empujando hacia abajo a las situadas en la línea frontal. Un espécimen de los más grandes, plagado de cicatrices, saltó hacia delante y aterrizó sobre la antorcha chisporroteante con su garra. La llama parpadeó y murió, y la víbora se acuclilló en las sombras. Echó la cabeza hacia atrás y aulló su triunfo.

Al oír eso, las demás se abalanzaron en una oleada repleta de aullidos y chirridos.

Demasiado deprisa.

La horda bajó los escalones en una desbandada frenética, tropezando entre sí y estrellándose en la parte inferior de la escalera en una maraña de extremidades. Cade blandió la espada una, dos veces, sin ver apenas lo que estaba golpeando mientras lanzaba un tajo tras otro a la masa de cuerpos.

Los cadáveres inundaron la escalera cuando los otros defensores estrecharon el círculo, creando sangrientas franjas rojas con el ascenso y descenso de sus espadas. Las víboras heridas se retiraron hacia las escaleras, y fueron pisoteadas por las que tenían detrás. Las víboras siguieron avanzando, arrastrándose sobre sus propios muertos, y Cade gritó con odio, apuñalando, pateando y escupiendo con un abandono salvaje.

No la vio venir. Una saltó desde la parte de arriba de las escaleras y lo estampó contra el suelo. Su cara se dividió en dos cuando abrió la boca de par en par y la acercó a su cabeza. Cade retrocedió mientras aquellos dientes afilados como agujas se abalanzaban sobre él.

El hacha de Amber se interpuso entre ellos, los dientes chocaron contra el acero. El hedor a carroña hizo que le entrara una arcada, la saliva de la víbora le goteó por los colmillos cuando estos rozaron la nariz de Cade. Luego, una bota pateó la cabeza de la víbora y Amber lo puso en pie. Quintus liquidó a la aturdida criatura con una puñalada que le atravesó el pecho.

Aturdido, Cade se tambaleó hacia delante y volvió a unirse a la batalla. Los monstruos seguían llegando, inundando la escalera en una masa de cuerpos de color marrón rojizo. Pero aquellas eran las bestias heridas y las ciegas, las que habían sido demasiado lentas para unirse a la primera oleada. Se mostraban más vacilantes, reacias a entrar en el radio de alcance de las espadas, que no dejaban de cortar y cercenar.

Con menos monstruos trepando por encima de la auténtica pared de cadáveres que habían alzado, los defensores terminaron con los heridos, apuñalándolos antes de que pudieran volver a rastras con sus hermanos. Cade echó un vistazo a las criaturas de arriba. Había unas treinta, pero ninguna parecía tan segura como antes.

Estaban al límite. Podía sentirlo.

—Llevemos la pelea hasta ellas —dijo Cade con voz ronca—. Conmigo. ¡Ahora!

Cargaron, saltando por encima de los cadáveres, escalando con una mano en dirección a los monstruos de arriba. Cade fue el primero en llegar y empleó su espada a modo de lanza, obligando a las criaturas a alejarse. Se tambaleó sobre sus pies y una víbora saltó sobre sus hombros y lo hizo caer de rodillas. Se la quitó de encima, pero no antes de que le hiciera un corte en la frente con una garra. Medio cegado por la sangre, Cade siguió luchando, cortando a la bestia desde el hombro al esternón y separándola de su espada con un bramido iracundo.

Entonces, Amber y Quintus aparecieron a su lado, sus armas oscilantes hendían carne y hueso. Las víboras retrocedieron, y a aquellas alturas incluso las que se encontraban en la parte superior de la escalera lo hicieron. Cade se tambaleó hacia ellas y la segunda antorcha describió un arco por encima de su cabeza y aterrizó entre ellas.

—¿Os gusta eso? —gritó Grace.

Los monstruos sisearon con miedo, alejándose de la luz.

—¡Vamos! —gritó Cade.

Se tambaleó hacia delante, resbalando con la sangre. Scott y Yoshi lo adelantaron, profiriendo gritos sin palabras. El mundo era una neblina de dolor y agotamiento, pero Cade se obligó a seguir adelante. Amber lo levantó por el cuello, y lo mantuvo de pie. Apoyándose el uno en la otra como marineros borrachos, recorrieron esos últimos pasos cojeando.

Pero cuando llegaron a lo alto de las escaleras, no había víboras para recibirlos. Solo las huellas de unas garras ensangrentadas en el suelo y el sonido de los chillidos de retirada en el exterior.

Cade cayó de rodillas y dejó que su espada repiqueteara al caer al suelo.

—*Felicidades* —dijo el Códice—. *Habéis ganado.*

CINCUENTA

Cade tenía la vista clavada en el techo mientras permanecía tumbado en la cama improvisada. Era el único techo que había sobrevivido a la batalla, y ahora él estaba tumbado en un colchón mohoso y relleno de paja, esperando a que lo inundara la sensación de alivio. Solo que nunca llegó.

Habían pasado horas, los primeros rayos del sol asomaban en el horizonte. La habitación estaba a oscuras, y la sangre de Glotón y Spex todavía manchaba el suelo junto a la puerta. Las víboras muertas habían sido arrojadas por la ventana. Sus cadáveres serían quemados más tarde.

Lloró por sus compañeros. Había sentido culpa en el pasado, cuando ofendía a alguien sin querer o mentía a sus padres. Aquello era diferente. Por su culpa, había muerto gente.

Porque había *elegido* creer al Códice. Porque los había convencido de pelear. Los había convencido de morir por una causa que ni siquiera sabían si era real o no. De los seis que habían luchado junto a él, ahora solo quedaban dos. Cuatro habían muerto, y todo era por su culpa. Que las chicas hubieran salido de aquello ilesas era un pequeño consuelo… aunque esa era una definición muy vaga de la palabra. Se alegraba de eso.

Los demás estaban fuera, enterrando a sus amigos. Habían elegido hacerlo en la cima de la montaña, pero a Cade no le habían quedado fuerzas para la subida, puesto que la pérdida de sangre y el agotamiento le habían pasado factura. Así que lo habían dejado descansar, y Quintus se había quedado en la muralla, vigilando por si las víboras que se habían batido en retirada volvían.

Cade dudaba de que fueran a regresar. Él y los demás habían ganado. Lo había dicho el Códice.

Se quedó contemplando al dron mientras este flotaba en silencio en el centro de la habitación. Lo había salvado muchas veces, pero lo odiaba. Aunque solo fuera una herramienta. ¿Era su herramienta... o la de ellos?

—Códice —graznó Cade—. Ven aquí.

El dron se acercó y se quedó flotando justo al lado de su cabeza. Se incorporó y se sentó con la espalda contra la pared. Por un momento, sintió una punzada de culpabilidad por hacerle preguntas cuando los demás no estaban allí. Tenían tanto derecho como él a escuchar aquello. Pero no podía esperar.

Ahora que habían ganado, respondería a sus preguntas. Eso había dicho.

—Quiero saber por qué estamos aquí —dijo.

Silencio.

El Códice parecía observarlo.

—*Respuesta prohibida.*

Cade lo miró con incredulidad.

—¿Estás vacilando? —dijo, señalando el suelo ensangrentado con el dedo—. ¿Después de todo lo que hemos hecho?

El Códice se apartó de él y se dirigió a la oscuridad del rincón.

Cade soltó un gruñido bajo.

—¿Cómo te atreves? —gritó, ignorando el dolor que sintió en la garganta afónica.

—Vaya, vaya —dijo una voz—. Pues sí que tienes temperamento. Perdona mi pequeña broma.

Cade echó un vistazo. Había una figura allí, de pie en la penumbra. Mientras la observaba, vio un leve brillo azul rodeándola. Una proyección del Códice.

—Muéstrate —gruñó Cade.

La figura salió de las sombras y Cade abrió los ojos de par en par, incrédulo.

Una niña pequeña. Llevaba un vestido sin mangas y sus rizos color chocolate enmarcaban sus sonrojadas mejillas de querubín. Dio un saltito hacia él y Cade retrocedió a trompicones, horrorizado. En algún lugar, detrás de sus inocentes ojos azules, yacía algo más.

Algo… malo.

Ella le hizo una delicada reverencia, sin apartar nunca los ojos de su cara.

—No te preocupes, Cade —dijo, sonriendo con dulzura—. Nunca te haría daño. Después de todo, vamos a *divertirnos* muchísimo juntos.

Frunció el ceño al ver la expresión de Cade y luego hizo un puchero, haciendo sobresalir su labio inferior en una parodia de mal humor.

—¿No te gusta? —preguntó mientras se acariciaba el pelo y hacía una reverencia. Mientras lo hacía, sus trenzas marrones se convirtieron en los rizos de Ricitos de Oro.

—La he hecho solo para ti. Se supone que debe tranquilizarte.

—¿Quién eres? —se las apañó para decir Cade. Fuera lo que fuera aquella aparición, estaba logrando todo lo contrario. El corazón le latía con fuerza y tenía la boca tan seca que apenas podía hablar.

La niña se sentó en el borde de la cama y entrechocó los talones. Calzaba unas delicadas zapatillas con hebillas en la parte superior.

—Los primeros hombres que traje aquí me llamaron Abaddon —suspiró, casi con nostalgia—. También llamaron Abaddon a este lugar. Pero he tenido muchos nombres.

Abbadon giró la cabeza y le sonrió. Tenía que recordar que no era una niña quien le hablaba, en absoluto.

—Pero supongo que no te referías exactamente a eso —dijo Abaddon.

Cade recuperó el habla.

—Claro que no, joder —susurró.

Abaddon aplaudió con las manos de la niña y se rio. Se arrastró por la cama, pero el colchón no se hundió bajo su peso. Eso proporcionó a Cade algo de coraje, el hecho de saber que aquel ser no estaba realmente allí.

—Ha pasado un tiempo desde que pude hablar en tales términos —se rio Abaddon—. Los contendientes romanos se estaban volviendo muy aburridos. Que si los dioses por aquí, que si los dioses por allí. La adoración es tediosa. Esto es mejor.

Cade levantó la barbilla y le sostuvo la mirada a Abaddon.

—Dímelo —exigió.

La niña ensanchó la sonrisa. Abaddon puso la mano de la niña sobre la suya, y a Cade se le erizó el vello del cuerpo cuando una energía estática se asentó sobre su piel.

—Fuimos los primeros —dijo Abaddon—. La primera vida, hace siete mil millones de años, se formó en el caldo primigenio del universo. Antes de que tu pequeño planeta fuera siquiera soñado, mi especie trascendió la mortalidad. Sustento trascendido, *necesidad* trascendida. Soy más anciano que tu sol. ¿Puedes imaginártelo?

Cade negó con la cabeza incluso mientras la comprensión caía sobre él en cascada. Era algo antiguo, alienígena. Casi podía verlo, detrás de sus grandes ojos. Como si esos miles de millones de años le hubieran arrancado el alma y hubieran dejado una cáscara marchita en su lugar. Allí no había ninguna amabilidad.

—Por supuesto, la inmortalidad tiene su precio —dijo Abaddon—. Sin la muerte, nosotros y otros como nosotros podríamos habernos propagado como un virus por todo el universo. Comérnoslo, dejarlo estéril. Solo había una solución. ¿Adivinas cuál fue, Cade?

No tenía respuesta para aquello.

—Nos hicimos a nosotros mismos y al universo, estéril. No tendremos hijos, ni habrá vida rival que nos infecte o suplante. Un precio terrible que pagar, promovido por los estúpidos de nuestros líderes. Y seguimos viviendo. A la deriva a través del tiempo.

—¿Qué pasó luego? —exigió saber Cade—. ¿Qué tiene eso que ver con todo esto?

La fachada de inocencia desapareció en un instante.

—Paciencia, niño —espetó Abaddon, cuyo rostro angelical se retorció en un rictus de ira—. Has preguntado quién soy, así que he respondido. Recuerda tu lugar, o eliminaré todos tus átomos de la existencia.

Cade se quedó en silencio y la expresión de la niña volvió a adoptar su máscara amigable. Fue entonces cuando Cade lo sintió. Abaddon estaba desquiciado.

—La muerte es una dulce liberación. O, al menos, eso pensamos muchos de nosotros. Nos matamos a nosotros mismos para terminar con la infinitud. Fue una epidemia, sacrificamos a nuestra especie durante milenios. El aburrimiento es algo terrible. Destruye la mente.

Resultaba macabro escuchar hablar de esa manera a una niña. Cade sintió náuseas.

—Hace cinco mil millones de años, los últimos de nosotros nos reunimos. Veintiuno. Los únicos que quedábamos de nuestra gran especie, que una vez nos contamos por miles de millones. Lo único que quedaba de la vida. Había que hacer cambios.

Ahora estaban llegando a alguna parte. Muy a su pesar, Cade se inclinó hacia delante.

—Se decidió que sí tendríamos hijos. Más o menos. Cada uno de nosotros recibió permiso para sembrar vida en un solo planeta. Para verlo crecer, nutrirlo. Algo que nos diera un propósito. Que nos entretuviera.

Abaddon se recostó y ahuecó los rizos de la niña.

—¿No lo ves? —Se rio—. Yo os hice. Los romanos tenían razón, en cierto modo. *Soy* vuestro Dios.

A Cade le dio vueltas la cabeza ante semejante horror.

—Pero eso no fue suficiente. ¿Acaso un hombre no se aburre de observar a las hormigas? ¿Y no desea un poco de espíritu competitivo entre sus semejantes?

Abaddon sonrió con dulzura y, en aquel momento, Cade pudo ver la locura en los ojos de aquel antiguo ser.

—De modo que hicimos este mundo. Tomamos especímenes de nuestros respectivos planetas y les dimos a cada uno un pedazo. Los romanos llamaron a este mundo *Acies*, y a los demás miembros de mi especie les otorgaron el nombre de *panteón*. Bastante apropiado, ¿no te parece?

—¿Y cómo llegaron los romanos aquí? —preguntó Cade—. ¿Cómo es que Quintus está aquí? ¿Puedes controlar el tiempo?

Abaddon se rio.

—No, ganso tonto. He reunido innumerables especímenes de tu planeta desde la primera vez que se formó vida allí. A algunos los traje aquí de inmediato, como hice contigo y tus amigos. A otros los he guardado... ¿Cómo te lo explico para que lo entiendas? ¿En el hielo?

Cade no lo entendió. Abaddon esbozó una sonrisa simpática y habló despacio, como si se dirigiera a un niño.

—A esas chicas con las que te encontraste, las he mantenido congeladas durante décadas, solo para liberarlas hace unos días. Esperaba ver cómo eran devoradas, así que fue muy *divertido* ver que te topabas con ellas.

La niña hizo una pausa y Abaddon aplaudió con sus pequeñas manos.

—Bravo, por cierto. Convencerlas de que se unieran a ti fue un gran truco. De otra manera, no estoy seguro de que hubieras ganado.

—Así que no mueves a las personas de un momento a otro en el tiempo —dijo Cade, tratando de entenderlo—. Simplemente... las almacenas y esperas... ¿Hasta que te apetece meterlas en el juego?

—Había olvidado lo inteligentes que os habéis vuelto los humanos —dijo Abaddon, dejando escapar un suave suspiro—. Pues sí. Me gusta dejar alguna sorpresita de mi colección en el cráter para mis contendientes. Gente. Herramientas. Artefactos. Lo que me apetezca, ya sea útil para ellos o no. Piensa en este lugar como mi jardín, que puedo poblar y decorar a mi gusto. Añade un componente interesante al juego, ¿no crees?

Cade pensó en la cabeza olmeca y en la ciudad maya. Interesante... Bueno, era una de las posibles definiciones.

—Los animales que encontraste en la jungla son solo algunos de los ejemplares de la casa de fieras que tengo a mi disposición: la Tierra me ha proporcionado muchos niños con los que jugar a lo largo de los megaños. Y, por supuesto, en los últimos tiempos también he tenido muchos humanos a los que recurrir.

Abaddon miró por la ventana, como para hacer que la niña mirara a Quintus, que montaba guardia en la muralla.

—Tu amigo Quintus estuvo en el hielo durante casi mil años antes de que los romanos convocaran a su legión de donde la había almacenado. Los romanos han sido mis contendientes durante muchísimo tiempo.

Abaddon hizo una pausa, con una sonrisa perpleja en el rostro.

—Por supuesto, ahora están casi todos muertos. Por eso os he traído a vosotros, para reemplazarlos.

Pero Cade todavía estaba intentando entender lo último que Abaddon había dicho.

—Espera, ¿esos romanos... convocaron a Quintus y a la Novena Legión? —preguntó Cade—. ¿Te refieres a que te pidieron que... los descongelaras? ¿Por qué?

—Para el juego, por supuesto. *El* juego. La vida es un conflicto, ya ves, y este lugar es una celebración. Pero has hecho que me adelante. Qué travieso.

Abaddon hizo que la chica lo apuntara con un dedo delicado.

—Es un juego sencillo, en realidad. Tenemos una tabla de clasificación, y los representantes de cada planeta, o los contendientes, como los llamo yo, deben luchar entre sí para que su planeta suba o baje puestos. Si caen demasiado abajo en la tabla de clasificación, su mundo será destruido: desarrollamos armas capaces de hacerlo antes de que tu planeta existiera siquiera.

Cade cerró los ojos y asimiló la verdad. Aquello era una locura. Una locura.

—¿Y si nos clasificamos los primeros? —susurró Cade.

—Si llegáis al primer puesto, puede que mandemos a los contendientes a casa. Por supuesto, estáis muy lejos de conseguirlo, ¡vais casi los últimos! —se rio Abaddon—. Pero reservemos las reglas del juego para nuestra próxima charla.

Cade sintió que se mareaba. El horror de la situación era sofocante.

—¿Y las víboras? —preguntó Cade, reprimiendo las náuseas—. ¿Son de un planeta rival?

—Ah, eres bastante curioso —dijo Abbadon, dando una alegre palmada—. He elegido bien a mis nuevos contendientes. Pero bueno, ya lo sabía. Llevo mucho tiempo observándoos.

Cade se quedó mirando a la niña. ¿Cuánto sabía Abaddon sobre él? ¿Y sobre los demás? La expresión de Abaddon cambió, y luego suspiró con melancolía.

—No, las víboras son lo que queda de las criaturas de mi primer planeta, antes de que quedaran demasiado abajo en la clasificación y me viera obligado a eliminarlas. Mi primer experimento fue un fracaso, pero me quedaron algunos especímenes para jugar.

—¿Creaste otro planeta? ¿Antes de la Tierra? —preguntó Cade.

—Tú lo conoces como Marte. La Tierra es mi segundo intento.

Cade apenas podía creer lo que estaba escuchando. Parecía una broma pesada.

—Se me ocurrió diseñar una ronda de clasificación, solo por diversión. Para poner a prueba vuestro temple. Todavía no habéis jugado al *verdadero* juego. Mis compañeros y yo estamos ansiosos por poner a prueba a mis nuevos contendientes.

—¿Diversión? —espetó Cade—. Este juego no tiene nada de divertido. Mis amigos han muerto delante de mí.

—Pero quieres irte a casa, ¿no?

Cade nunca había estado tan cabreado. Abaddon había elegido bien su avatar. Para ellos, Cade no era más que el juguete de un niño mimado. Un juguete que arrojar a un lado cuando apareciera algo mejor.

—Eres un monstruo —dijo.

Abaddon se rio.

—¿Acaso a un granjero le importa que su ganado lo vea como tal?

—No somos ganado —dijo Cade mientras se apoyaba una mano en el pecho—. Somos seres que piensan y sienten.

—Para mí, vuestro intelecto es como el de una planta para vosotros —respondió Abaddon. La dulce sonrisa en el rostro de la niña contradecía la crueldad que había detrás—. Charlar contigo es como jugar al ajedrez con una ameba. Eres menos que ganado para mí. Menos que una bacteria. ¿Seres pensantes? Ni siquiera sabes qué es un ser pensante.

—Entonces todo es relativo, ¿verdad? —preguntó Cade con amargura.

—Bien —dijo Abaddon, sonriéndole bien—. Lo has entendido.

Cade miró a Abaddon, sin palabras por culpa de la ira. Nunca había experimentado una ira semejante. No había nada que pudiera hacer al respecto. Abaddon tenía todas las cartas. Podría matarlo chasqueando los dedos. Estaba a merced de Abaddon, y parecía que el alienígena no la dispensaba con facilidad.

La niña bajó de la cama de un salto.

—Es la hora —dijo Abaddon con voz cantarina y haciendo una pirueta de bailarina.

—¿Es la hora de qué? —preguntó Cade.

—De jugar, por supuesto —dijo Abaddon.

Apareció un temporizador encima de la cabeza de la niña, con una lenta cuenta atrás. Entonces, así como así, Abaddon ya no estaba allí. Cade se encontraba solo en la habitación, mirando a la penumbra. El Códice flotó hasta la cara de Cade.

—Descansa, Cade —oyó la voz de Abaddon—. El juego acaba de empezar.

AGRADECIMIENTOS

Hay muchas personas con las que he contraído una deuda de gratitud por su contribución a la creación y publicación de *El elegido*.

Quisiera agradecer a mi agente del Reino Unido, Juliet Mushens, lo duro que ha trabajado, en colaboración con muchos editores increíbles de todo el mundo. Ella ha sido la luz que me ha guiado durante todo el proceso y mi vida no sería igual sin ella.

Gracias a los equipos editoriales de Feiwel and Friends y Hodder Children's, por ayudar a poner un libro precioso a disposición de la mayor cantidad de lectores posible. Han hecho un trabajo fantástico y han estado conmigo de principio a fin. En particular, me gustaría dar las gracias a:

Jean Feiwel, Emily Settle, Liz Szabla, Patrick Collins, Kim Waymer, Melinda Ackell, Alexei Esikoff, Julia Gardiner, Mariel Dawson, Kathleen Breitenfeld, Katie Quinn, Morgan Dubin, Katie Halata, Emma Goldhawk, Naomi Greenwood, Samantha Swinnerton, Sarah Lambert, Tig Wallace, Michelle Brackenborough, Naomi Berwin, Sarah Jeffcoate, Ruth Girmatsion y Nic Goode.

Me gustaría dar las gracias a mis amigos y familiares por su constante apoyo, orientación y paciencia. Vic James, Sasha Alsberg, Dominic Wong, Michael Miller, Brook Aspden, y también a Liege, Jay, Sindri y Raj Matharu, sois los mejores.

Por último, gracias a vosotros, los lectores, por todo lo que habéis hecho. Vuestros comentarios, reseñas, mensajes y apoyo lo han significado todo para mí. En última instancia, sois vosotros los que me habéis llevado al éxito, y vosotros los que conseguís que siga escribiendo. Nunca dejaré de sentirme asombrado, honrado y agradecido por vuestro apoyo.

Gracias.

Taran Matharu